小休止

1

祐天寺の高級住宅街のなかにある増村の邸宅は、見事な配合を見せた築山や植込みや芝生の庭が、高く長いコンクリート塀に囲まれ、鉄柵の正門も裏門も武器を身近に置いた門番によって守られていた。書生という名目の玄関番も、東亜大学の空手部部員だった。

深く垂れこめた夜のとばりに包まれた白亜の建物の二階。さまざまな骨董品に飾られた第二応接室で、ヘネシーのコニャックの壜をはさみ、増村と田辺が向かい合っていた。

田辺の唇の腫れはひいていた。しかし、凄まじいリンチを受けた顔面には、まだ紫色のあざやドス黒い傷跡が残っていた。

「どうだい、儂の部下の働きぶりは？」

銀髪の増村は、射るような目差しをフッと和らげた。

「お蔭（かげ）様でね。先生のところの用心棒がついてきてくれたので、舟橋（ふなばし）たちは、私が会社に出ていっても、手も足も出なかったですよ」

田辺はコニャックを啜（すす）った。島津（しまづ）亡きあとの品川精化社長だ。

「用心棒とは人聞きの悪い。社員と呼びたまえ——」

増村は唇を突き出したが、すぐに唇だけで冷たく笑って、

「まあいい。いくら奴らが生命（いのち）知らずでも、儂に歯向かうような愚かな真似はすまいだろうからな」

「それはそうですけど、先生……」

田辺は言葉尻を濁して、上目づかいに増村を見た。

「どうしたのだ？　奥歯に物のはさまったような言い方をしよって？」

増村の瞳に鋭さが戻ってきた。わざとのようにゆっくり葉巻に火をつけた。

「いや、お気にさわるといけないから、やめておきます」

田辺はコニャックのチューリップ・グラスをテーブルに戻した。

「かまわん。言ってくれ」

濃い灰色の眉の奥で、増村の鋭い瞳が光っていた。

「じゃあ言いましょう。確かに、奴らは先生を怖れています。だけど、先生よりももっと怖れている者がいるのです」

「儂よりも？……」

増村は眉を寄せた。

「そうです」

「誰だ？　言ってみろ」

増村は喉(のど)につまったような声を出した。

「衣川(ころもがわ)ですよ」

田辺は増村と瞳を合わせたが、眼光におされてフッと視線を外した。

「衣川？……なんだ、このまえに君が言っていた若造だな？」

増村は笑った。

「そうです、あの若造です」

田辺は強く言った。

「あんなのを怖れてるのかね？」

増村はしゃがれた声で笑った。

「先生、それじゃあ、先生はこのまえ私が申しあげたことを真剣にお聞きいれにならなかったんですね？」

田辺はうらめしげにいった。

「いやあ、別にそういうわけじゃあないがね、たかが若造の一人や二人……」

増村は笑いとばそうとした。

「待ってください。お言葉ですが、舟橋たちも島津が殺られたときには、たかが小僧の一匹や二匹といって多寡をくくっていたのです」

「…………」

「ところが、三国は狙撃されて重傷を負う。衣川は逃げながら、自分が捕まらぬために、何の恨みもない人々を射殺していく。まるで手負いの獣です」

田辺は唇をひきつらせた。

「…………」

増村は酷薄な印象を与える唇を固く結んでいた。

「昨夜、大村たちを殺ったのも衣川にちがいありません。島津と同じようになぶり殺しになっていますからね」

田辺の瞳に恐怖が宿ってきた。

「それで？」

増村は葉巻を横ぐわえにし、肘掛け椅子に深く身を埋めた。

「衣川は、今度の場合、逃げ場を失うと巡視艇を襲うようなことまでやっています。おそろしいほどの度胸と射撃の腕ですよ」

田辺は溜め息をついた。

「衣川は、島津を殺るとき、自分の兄貴が殺られたと同じように残忍な方法でなぶり殺しにすると、復讐を誓いました。屋根裏で震えていた島津の用心棒が、それを聞いています」

「それで？」

増村は繰り返した。

田辺の唇はピクピク痙攣しはじめた。

射すくめるような増村の瞳は、田辺の眉間に向けられていた。

「衣川は着々と復讐の誓いを実行に移しています。舟橋たちは次は自分の番かもしれないと思って、自分の身を守るのに必死です。私も、舟橋たちのリンチより、衣川のほうが怖い」

田辺は喘ぐように言った。

「だから、儂の部下に衣川を消してもらいたいというわけだな」

増村は唇だけで笑った。

「そうです。この前、先生にお約束していただいたとおり……」

「よし、よし。それほど事態が深刻なのなら、どうしても儂が腰をあげねばなるまいな」

増村は火の消えた葉巻に、再びマッチの火を近づけた。

「お願いします。私のためだけでなく、先生ご自身のためにも、このまえ申しあげたとおり、舟橋たちが衣川に殺られてしまったのでは恐喝あげようにも相手がいないということになりますからな」

田辺は少し落ち着きを取り戻してきた。

「うん。よろしい。儂のところの社員も、無駄メシばかり食わしているわけでないからな。さっそく、そのように手配しよう」

増村は唸った。

「ありがとうございます。やっぱり先生は約束をお守りになる……」

田辺は愛想笑いを浮かべて、増村のグラスにコニャックを注いだ。

「やっぱり、とはなんだ。儂はけっして男の約束を破ったことなんかない」

増村は狡猾に笑った。

「おっしゃるとおりで。まあどうぞよろしく」

田辺はグラスを差し出した。底に浅く琥珀色の液体をたたえた二つのチューリップ・グラスは、触れあって涼しげな音をたてた。

増村は乾杯したグラスにちょっと唇を触れただけだったが、田辺は頭を仰向けてグラスのコニャックを一息に飲み干した。緊張で喉の筋肉が締まっていたのか、アルコールに噎せて背を波打たせた。

2

夜の風が、ハンター帽からはみ出た衣川の前髪をなぶった。

衣川は西新宿四丁目の真美子のアパートの非常階段を登っていった。

二階の踊り場で、手摺に右手を置いて振り返ると、闇の先に新宿のネオンが赤く青くまたたき、夜空を火事のように染めていた。

衣川は左手に提げた銃ケースと数羽の鴨を踊り場に置き、それにつながった狭い露台に足を踏み入れた。

バルコニーから台所のドアが見えた。衣川はドアのノブを試してみた。ドアにはシリンダー錠がかかっていた。衣川はちょっと唇を嚙んで考えこんだが、バルコニーの物干し台の柱に打ちつけてある釘を力まかせに引き抜いた。

釘は五寸釘だった。衣川はそれを鍵穴にさしこみ、シリンダー錠の歯型のスプリングを押しつけるようにして巧みに鍵を外した。

再び左手に分解したフランキ自動散弾銃ケースと鴨を提げ、衣川は静かに台所のドアを開いた。

台所といっても、アパートなので、ダイニング・キッチンになっていた。衣川は電灯のスイッチを探そうと、壁に右手を滑らせた。

「誰？」

おびえた真美子の声とともに、寝室に灯りがついた。スタンドの光線がドアの隙間から流れでて、床にピンクの光の筋を落とした。

「俺だ。恭介（きょうすけ）です」

衣川は圧（お）し殺した声で答え、後ろ手に台所のドアを閉めた。

真美子が長い溜め息をつくのが聞こえた。床にガタンと何かが落ちる物音がした。

「あなただったの？　驚いたわ」

「表から入ると、人に見られると思った。それに、今はまだ君は店に出ている時間だと思ったものだから……」

衣川は、テーブルの上に散弾銃のケースを置き、脚をたばねた数羽の鴨を流しに投げた。

真美子は、膝のあたりに皺（しわ）のよったスラックスに、厚手のスェーターを着こんでいた。ダイニング・キッチンと寝室をへだてるドアを開き、宙を踏むような足どりで近よってきた。髪が乱れていた。頰がこけ、目の下に隈（くま）ができていた。

「心配してたわ！」

真美子は衣川の胸に顔を埋めて泣き崩れた。背を波打たせて泣いた。

「帰ってきた。このとおり、俺はまだ生きているんだ」

衣川は硬く光る瞳を寝室に向けて、真美子の背を優しく撫でた。

真美子は長いあいだ泣きやまなかった。衣川は軽々とその体を寝室のベッドの上に運びこんだ。自分はベッドのふちに腰かけ、啜り泣く真美子の手首を愛撫した。

床に、衣川の小銃が落ちていた。レミントン・ゲームマスターのスライド・アクション五連銃だ。

あわてて装塡したためか、床には口径三〇－〇六の小銃弾が一発落ちていた。拳銃弾とはケタ違いに長い首すぼまりの薬莢は、鈍く真鍮の肌を光らせ、凄まじい破壊力をじっと中に秘めていた。

「怖かったわ」

真美子は、啜り泣きのとぎれまから、喉につまった声を出した。

「…………」

衣川は柔らかく真美子の腕を叩き、床に転がったスライド・アクション小銃を拾いあげた。

普通の繰り出し式銃では、弾倉は銃身の下に平行したチューブ状の管弾倉になっているのだが、このレミントン・ゲームマスターだけは、箱型弾倉になっていた。これだと銃身があまり前床部に触れないので命中精度がいい。

銃の引金の用心鉄後部についた安全止めボタンは外されてあった。衣川は弾倉室から弾倉を外してみた。

三〇－〇六実包が四発、たがいちがいになって入っていた。スライドを引くと、薬室の実包が右側の排莢子口(エジエクター)から跳び出した。重い音をたてて床にぶつかった。

衣川はその実包と、はじめから床に落ちていた実包を拾い、卓子(テーブル)の上に置いて、装弾した箱型弾倉とともに並べた。

「ずいぶんと用心深いんだね」

衣川は笑った。

「え、ええ」

真美子は顔をあげたが、泣きはらした目を見られるのを嫌うかのように瞼(まぶた)を伏せた。

「今夜は帰りが早かったんですね？」

衣川は一人ごとのように呟(つぶや)いて、椅子に腰を降ろした。タバコをくわえてライターの火を移した。

「今夜は休みだったの。それより、恭介さん。よくご無事で……」

「何とかね。ここに刑事(デカ)は、来ませんでしたか？」

真美子は赤くなった瞳をあげた。

「追い返したわ。私とあなたとは、ここずうっと顔を合わせたこともないって。でも……ここにあなたが立ち寄りはしまいかと張り込んでるかもしれないわ」

「そうか。裏から入ったのは運がよかったな」

衣川はフーッと長くタバコの煙を吐いた。

3

「ああ、ここに着くと急に」

涙をぬぐった真美子は弱々しい微笑を浮かべた。

「お腹すいたでしょう」

衣川は白い歯を見せて笑った。

「ちょっと待ってて」

真美子はベッドから降り、三面鏡の前に坐った。乱れた髪をブラッシングしはじめた。髪は、黒い滝のように流れた。

「わたしがお店を休んだのは、どうしてだかご存知？」

ブラッシングの手を休めずに、真美子は呟くように言った。

「いや、なぜ？」

腋の下のホルスターからワルサー拳銃を出した衣川は尋ねた。戸棚にしまってあった銃の掃除具とビニールの風呂敷を卓子の上にひろげた。

真美子は、言葉を切ったまま、黙々と髪にブラッシをあてていたが、

「わたし、狙われているような気がするのよ」

「狙われている？　警察（サツ）にか」

衣川は、クリーニング・オイルの缶の蓋（ふた）をとりかけた手を止めた。

「違うわ。ヤクザたちよ」

真美子は振り向いた。

「ヤクザ？」

衣川の瞳はギラッと光った。

「ええ。なんだか、いつもわたしを見張っているような気がするの。ですから、さっきも、台所のドアをあなたが開けたときは、ヤクザが忍び込んできたのかと思って心臓が止まりそうになったの」

「…………」

衣川はワルサーを分解し、クリーニング・オイルをひたした金属ブラッシを銃身に通して、無心にラセンの溝（グルーヴ）を磨いているようなふりをした。

「わたし怖いの。どんな目に遭（あ）うかわからないんですもの」

真美子は肩を震わせた。

「…………」

衣川は無言だった。

「でも。でも、どうして、あの人たちはわたしをつけねらってるのかしら？」

「警察(サツ)と同じだよ。君から、俺の居所を割らそうとしているのさ」

衣川は、磨いた銃身にフランネルの端切れを通した。船の中で大雑把(おおざっぱ)に掃除したはずだが、ネルの端切れは火薬の滓(かす)を吸って真っ黒に変わった。衣川は、ネルの切れを替え、ニスのように刺激性の匂(にお)いを発するクリーニング・オイルをひたして銃腔をきれいにしていた。

「ここしばらくお店には出ないつもりなの。不用心ですから、あの鉄砲を貸しておいてちょうだいね」

真美子は、衣川が壁ぎわに立てかけたレミントン・ゲームマスターをブラッシで示した。

「いいですとも。今のところ、俺は、このワルサーさえあれば充分だ。あなたは、兄貴と一緒に猟に行ったこともあるから、銃の扱いには慣れているだろうね」

衣川はワルサーを組み立てながら言った。銃身と銃床を別々にしてケースに入れてあったレミントンを組み立てたのだから、真美子も銃に関してはまんざら素人ではない。

「これがあれば少しは心細さが減るわ……恭介さん、今ごろこんなことをお尋ねするのも何ですけど、そのハンター・コートは？」

真美子は立ちあがった。乳房がスェーターの中で揺れた。

「このコート？　今日は船を東京湾に出してのんびり鴨猟を楽しんでたんですよ」

衣川は不敵な笑いかたをした。ワルサーの銃身部をできるだけ深く遊底(スライド)に突っ込み、遊底自身の閉鎖部を正常の位置に戻した。

「あんなことを言って……」

真美子はひきつるような笑いを唇に走らせた。

「冗談ではないんだ。台所の流しを見てごらんなさい。射ってきた鴨が転がっているから。料理の仕方しだいでは、結構うまく食えますよ」

衣川はワルサーの銃床（フレーム）の後端に突き出た撃鉄を倒し排莢子（エジェクター）と安全装置を、スライドの後端にひっかからないように押しさげた安全止めをS（セーフ）の位置にし、銃身とスライドを連結したものを、受筒（レシーヴァー）の溝におさめた。スライドを後ろいっぱいに引き、スライド・ストップをかけて遊底を開いたままの位置にとどめた。

フレーム前端の分解レヴァーをもとに戻し、スライド・ストップを押し、八発装弾した弾倉を挿入すると、カチーンとスライドは閉じて、弾倉上端の実包を薬室に送りこんだ。

「本当？」

真美子は衣川のそばをすり抜けてダイニング・キッチンに入った。

「もっとも、ワタを抜いて羽をむしったら、しばらく冷蔵庫に入れておかないと、臭くてうまくないがね」

衣川は磨きあげたワルサーに安全装置を掛けてホルスターに突っ込んだ。

しばらくして、台所からバターとコーヒーの芳香が漂いだした。包丁の音が聞こえていた。

「出来たわよ」

真美子が声をかけた。

衣川は眠たげな瞼をこすりながらダイニング・キッチンに入り、テーブルに並べられたハム・エッグスとサラダをパクついた。

4

夜は更けていた。外を通る自動車（くるま）の音も間隔を増してきた。

衣川は、真美子から借りた兄の遺品の背広を着て、居間のソファに横たわっていた。毛布がわりにトレンチ・コートをかぶっていた。そばの卓子には、口径〇・二二インチのヴェルナルディリ超小型自動拳銃を仕込んだソフトが置いてあった。

なぶり殺しにあった兄貴の背広は、衣川の体にぴったりだった。スポーツ・シャツの左胸の脇、背広の下にホルスターに入れて隠したワルサー拳銃も全然目立たなかった。

淡い藤色のシェードのかぶさったスタンドの灯が、ソフトの影を大きく壁に映していた。

隣りの寝室からは、真美子の寝息が聞こえてきた。

衣川は目を開いた。腕時計を覗（のぞ）くと午前二時だった。わずか二、三時間の睡眠であったが、疲労はとれていた。

衣川は苦い口にタバコをくわえ、ゆらめき、ぶつかりながら天井に向かって昇っていく紫煙を見つめていた。

立ちあがって灰皿でタバコを揉み消した。ソフトを目深にかむり、そっとあくびを漏らした。

コートを着け、背広の内ポケットから財布を出して、一万円札を五枚ほど、ソファの枕の下に突っ込んだ。

手帳を引き破った紙切れに、どうもありがとう、と書いて、紙幣の上に載せた。

寝室で、真美子が寝返りをうつ音がした。衣川は吉野から奪ったフランキ自動散弾銃をどうしようかと迷ったが、このアパートに残しておくことに決めた。

玄関のドアに近より、音をたてぬようにそっと鍵を外した。

「どこに？　いま時分、どこにいらっしゃるの？」

寝室から、衣川を咎める真美子の声が聞こえた。

「ちょっと……」

衣川は鍵を抜きながら、ひょいと舌を出した。思いがけないほど、いたずらっぽく幼い表情になった。

「待って！」

寝室の中から、衣ずれの音が聞こえてきた。真美子の動く気配がした。

「また戻ってくる。行かないといけないところがあるんだ。元気でね」

早口に言い終わった衣川は、ドアを開けて廊下に跳び出した。ドアを後ろ手に閉め、つんのめるように歩きだした。

廊下の照明は薄暗かった。真美子はあきらめたのか、追ってこなかった。衣川は右手で腋の下のホルスターのワルサー拳銃の銃把を軽く握って、階段を降りていった。

アパートの外に出ると、窓から灯火の洩れているのは、二階の真美子の続き部屋だけだった。あとは、すべてのものが眠っているようだった。

アパートの前の広場に人影は見当たらなかった。放置してある車の蔭にも、張り込んでいる刑事の姿は見えなかった。

衣川はホッと安堵の溜め息をつき、ワルサーの銃把から手を離した。大通りに向けて、深夜の街を歩いていった。犬までが眠りをむさぼっているらしい。衣川の足音に吠えかかる犬はいなかった。

大久保に出てタクシーを拾った。車種は灰色のダットサン、運転手は剽軽な顔つきをした四十男だった。

「いや、はや、このごろの世間の物騒なのには、愛想がつきますねえ、旦那」

運転手は、しゃべりたくてうずうずしていた。

「何だね?」

池袋まで行くように命じ、目を閉じて走りだした車の震動に身をまかせていた衣川は、気軽な口調で尋ねた。

「それがですね、旦那。さっきあたしたちは仲間の集まる店に寄ったんですがね……」

「すると？」

「うちのタクシーの運転手が、中野の方で殺されたんですよ。何でも話では、頭の骨がパルプのように砕けたってことですよ。わずかばかりの料金を踏みたおすだけのために、ずいぶんひでえことをする奴がいるもんですねえ」

「まったくだ」

衣川は唇を歪めた。ワルサーの銃身の硬度を味わわせてやったあの運転手の死体が発見されたらしい。

「ついさっきまで一斉警戒で白バイがウロチョロしてたんですがね……犯人がつかまらないんで、あきらめて打ち切ったらしいですよ。何しろポリさんたちも、連日のデモで警棒を振り回しすぎてくたびれきってますからね」

運転手は喉を鳴らせて笑った。

「犯人の目星はついてるのかね？」

衣川はさりげなく訊いた。

「さあ、どうせチンピラでしょうね。でも、殺さなくたっていいでしょうにね。危なっかしくって、あたしなんざあ肩が凝(こ)っていけませんや」

運転手は、ハンドルを操りながら、器用に肩をすぼめてみせた。

「チンピラだったんだろうな。そいつはきっと、運ちゃんに顔を覚えられるとまずいことがあったんだよ。ひどくまずいことが……」

衣川はニヤリと笑った。

「そういうもんですかね。桑原(くわばら)桑原……」

運転手はハンドルから手を離し、合掌するジェスチャーをした。都電の安全地帯にぶつかりそうになった車を巧みに車道に引き戻した。

タクシーは小滝橋(おたきばし)、椎名町(しいなまち)四丁目を通って千早(ちはや)町に出た。右に折れれば池袋東口だ。

「池袋(ブクロ)はよした。このまま行って、板橋(いたばし)までやってくれ」

衣川は命じた。

池袋でタクシーを乗りかえる必要もないと思ったのだ。

「へい」

運転手はうなずいた。ますます車のスピードをあげていった。スピード・メーターは六十五キロをオーバーしていた。

ここまで来ると、行きかう車は数えるほどになった。

「板橋はどのあたりで」

運転手の声に、不安がまじってきた。

「署の裏だ」

「わかりました」

運転手は警察の裏で衣川が降りると知って安心したらしい。

塀に囲まれた板橋署の裏手は暗かった。隣接した消防署の高い火の見櫓からも、真下の暗がりは一種の死角になっていた。

衣川の乗ったタクシーは、塀に沿った暗がりに停車した。エンジンのアイドリングの唸りだけが静寂のなかに大きく聞こえた。

決死の密会

1

「おつりはいらない。とっといてくれ」

衣川は五千円札を差し出した。

「これはどうも。いやまったく、旦那」

剽軽(ひょうきん)な顔のタクシーの運転手は、米つきバッタのように頭をさげた。

衣川はタクシーから降りた。

ダットサンのタクシーは、バタンとドアを閉じて走りさり、赤いテール・ライトは闇の中に溶けこんでいった。

衣川は、板橋署の裏塀に背を寄せ、コートの襟を深く立てて顔を隠すようにしながら、じっと動かないでいた。

道を通り過ぎたアベックは、暗がりに立った衣川の存在に気づかなかった。忍び笑いを交わしながら去っていった。

隣接した消防署の高い火の見櫓からも、この暗がりが死角になっているのを衣川は計算していた。

五分ほど待った。自転車のライトがゆっくり揺れながら近寄ってきた。

衣川は、獲物を狙う豹(ひょう)のように身構えた。ライトは接近し、衣川の足もと近くの地面を照らした。

無言のまま衣川は跳び出した。右手で自転車のハンドルを摑(つか)み、左手で乗っている少年を引きずりおろした。発電器ライトなので、車輪が止まるとともに灯は消えた。

あまり突然なので、その十五、六歳の少年は、悲鳴をあげることもできなかった。地面に尻餅(しりもち)をつき、茫然(ぼうぜん)とした瞳を何度かまばたいた。

衣川は片手で自転車を持って静かに地面に倒した。尻餅をついた少年の首筋に空手チョップを叩きこんだ。

肺中の空気を吐き出して、少年は気絶した。首の骨が折れたのかと思って触ってみたが、折れてはいないようだった。

衣川は、

「悪かったな」

と呟き、軽い少年の体を左肩に掛け、起こした自転車にまたがった。長い衣川の両足は地面に着いた。

五十メーターも行かぬうちに、大きな屑箱が見つかった。衣川は自転車を停め、屑箱の中に気絶した少年を放り込んだ。

手を伸ばして蓋を閉じた。これでしばらくの間だけは気づかれないだろう。

自転車のペダルを踏み続けて、志村の中台町に向かった。由紀子の家に近づいてきた。

由紀子の家の近くの露地に自転車を捨てた。物蔭を選んで、由紀子の家に忍び寄っていった。

白いペンキで塗った低い木柵の門と、背ほどの高さの柚子の生垣で囲まれた目あての家が見えてきた。ブロック建ての窓からは灯火は洩れてなかった。

衣川は生垣に忍び寄った。腋の下のワルサー拳銃の銃把に手をかけていた。

生垣の隙間から庭内を覗いてみた。芝生に張り込みの刑事の姿は見えなかった。

衣川は生垣に沿って、裏手に回りこんでいった。上半身を折り、腰を低く落としていた。

生垣の枯れた枝を衣川の肘が折り、小さく乾いた音をたてた。衣川はそれにかまわず歩を進めた。

裏は枯草の残る低地になり、後ろ隣りの家との間にだいぶ長い間隔をつくっていた。

裏側に回ると、新しく鉄条網をからみつけた生垣が、ところどころ破けていた。野良犬の通路のようだった。

ワルサー拳銃を抜き出した衣川は、地面に腹這いになり、生垣の破れ目から頭を突っ込んだ。

音をたてぬように気をくばって、肩を差し入れていった。柚子の幹や枝の棘が鋭く肩を貫いて刺さった。

「畜生！」

口の中で罵声を圧し殺した衣川は、ゆっくりと後退した。体に触れそうな棘を一つ一つ折っていった。

暗いのと、音をたてぬように気をつかうのとで、意外に時間がかかった。二十分後、衣川はやっと裏庭にもぐりこんでいた。

2

裏庭には植込みが多かった。衣川は植込みの蔭を縫って、台所に近寄っていった。

台所の裏口にいちばん近い植込みの間で、何か鈍く見えるものがあった。

衣川は息をつめて、それに目を近づけた。

細い針金だった。黒く塗ってあった。よく見ると建物のまわりじゅうに張りめぐらされていた。

警報装置だ。電流が通じているのかもしれない。衣川は、闇のなかで唇を歪めて笑った。

その電線は、地上九十センチのあたりに張られていた。衣川の体格からすれば、その下をくぐるのより、またぎ越えたほうが触れなくていいだろう。

衣川はそっと立ちあがった。コートの裾をはぐって電線をまたぎ越え、向こう側の地面に片足を踏み出した。

途端に──建物の中で、かすかな音をたててベルが鳴りだした。地面の中にも警報装置が仕掛けてあったのだ。

あとにはひけなかった。棘の多い柚子の生垣の隙間をまたくぐらねばならぬのは苦痛だ。おまけに有刺鉄線までからませているのだ。

衣川は後ろにさがるかわり、台所の扉の横の壁にぴたっと背をはりつけ、首を回してドアの方をうかがった。

「誰だ！」

鋭い声が建物の中からはねかえってきた。男の声だった。

衣川は壁にへばりついたまま、ワルサー自動拳銃を握った右腕を肩のあたりに持ちあげていった。親指は安全装置にかけていた。

「誰だ！」

再び男の声がした。台所の中で人の動く気配がした。

電灯はつかなかった。台所の忍びやかな物音はドアの方に向かってきた。

台所の裏のドアのノブが、目に見えぬほどのゆるやかさで回りはじめていた。音もしなかった。

しかし、カチッと鍵の歯がはずれる音だけは消すことができなかった。中の男はちょっとのあいだ動きを止めていたが、いきなり勢いよくドアを開け放した。

男は、ドアだけ開け放し、自分はかえって後ろに跳んだ。ワルサーを肩のあたりに持ちあげて殴りかかろうとした衣川は、あやうく身を制した。唇が苦っぽい微笑に歪んできた。

男は開け放ったドアの後ろで立ちどまったまま、じっと耳を澄ませているようだった。衣川も化石の像のように身動きしなかった。

動きだしたのは、男のほうからだった。足音を殺し、そろそろと、体をドアの外に突き出してきた。

まず、右手に握ったコルト・ディテクチヴ・スペッシャルの口径〇・三八輪胴式拳銃(リヴォルヴァー)が現われた。それを持つ右手は、緊張にかすかに震えていた。

刑事だ。張り込みの刑事が、警報線のベルによって、様子をうかがいに来たのだ。

刑事の顔がドアの外に現われた。あたりの様子に目を走らせようと首を回した。

鋭い唸りをたてて、衣川のワルサーが振りおろされた。

ワルサーの銃身は無気味な音を発し、刑事の頭蓋骨のてっぺんを脳の中に陥没させた。刑事は呻き声すらあげることもできずに、前のめりに膝をついた。

跳び出した衣川は、刑事の右手から、銃身のひどく短いディテクチヴ・スペッシャル拳銃を奪った。奪うと、すぐに跳びじさった。

刑事はスローモーション・ピクチュアのようなスピードで地面に顔を突っ込んだ。痙攣したまま動かなくなった。衣川は、奪ったディテクチヴ・スペッシャル・リヴォルヴァーを左のポケットに落とした。撃鉄はあがってなかった。

その左手を使って、昏倒した刑事の体を引きずった。屋外に引きずり出し、自分の足もとに寝かした。

頭を割られた刑事は、すでに五十歳に近かった。衣川は憐憫の情さえも覚えた。

刑事の内ポケットから、警察手帳と革の弾薬サックを奪った。十数発しか入ってないようだった。

衣川は右手のワルサーの安全装置を押しあげて外した。肘と膝を使って、台所の床を這っていった。

台所の片隅に、薄汚れたマットレスが置いてあった。昏倒した刑事は、そこで夜をあかすつもりだったらしい。

台所に一人張り込んでいるのなら、玄関にも一人いるはずだ。廊下に続くドアを注意深く開いた衣川は、廊下の床をそろそろと玄関の方に這っていった。

寝室や居間の横を通った。衣川には思い出があった。

玄関に近づき、匍匐をとめて、全身の感覚を耳に集中した。

かすかな息の音が聞こえていた。相手も闇に瞳を据えて、こちらの様子をうかがっているのだ。衣川の心臓の音は、自分の耳に痛いほどだった。

3

衣川は、かむっていたソフトをそっと左手で脱いだ。ソフトの裏地の裂け目をさぐり、超小型ヴェルナルディリ自動拳銃を引っぱりだした。

〇・二二口径だから、うまくやれば、さほど大きな銃声はしないだろう。衣川は掌に入るほど小さなヴェルナルディリを左手に持ち、親指を逆にそらせて、銃の左側の蛇の目形の安全装置を押しさげた。

カチッ……と安全装置の外れる音がした。

「動くな！」

闇の中から刑事が声をかけた。

その声を狙って、衣川は発砲した。銃身が短いため、二十二口径弾でも相当に鋭い発射音がした。銃口から青白い閃光が流れ出た。小さな銃弾は、刑事の開いた口から入り、下顎を砕いて頸骨でとまった。

刑事は言葉にならぬ叫びをあげ、夢中でリヴォルヴァーの引金をひこうとした。

衣川は、四つん這いになって突進した。刑事の右腕のあたりをワルサーの銃身で叩きつけた。

刑事の手からリヴォルヴァーが落ちた。重い音をたてて、玄関ホールの床に落ちた。

衣川は、左手のヴェルナルディリを、刑事の肩に圧しつけるようにして引金を絞った。圧迫された銃声は小さかった。エジェクターで遊底からはじきだされた小さな空薬莢が、ピーンと金属性の音をたてた。

刑事は、二、三センチ後ろにはねとばされ、そのまま動かなくなった。鎖骨の上から入った弾が内臓を破壊したらしい。刑事の口からこぼれた血が、衣川の顔にふりかかって身震いをおこさせた。

衣川ははじかれたように立ちあがった。身を翻し、廊下を駆け戻ろうとし、あやうく踏みとどまった。

廊下の電灯のスイッチがどこについているのか、衣川は覚えていた。衣川は壁を手さぐりしてスイッチをひねった。ひねるとともに、パッと床に身を伏せた。

弾は飛んでこなかった。身動きもしない刑事の姿が明るい灯に照らされて物わびしげだった。流れる血が、ゆっくりと床の隙間にしみこんでいった。ソフトをかぶった衣川は、居間のドアを蹴りあけた。開くと同時に、室内に転がりこんだ。

室内の様子は以前とあまり変わってなかった。ただ、血に汚れた絨毯だけが、とりかえられていた。暖炉の火も、むろん、消えていた。

衣川は、すぐに居間から跳び出た。廊下を渡り、向かい合った二つの寝室の真ん中に立った。

左側の寝室が娘の由紀子、右側が母と父の寝室だったはずだ。その父の中村は今はいない。

衣川の放った銃弾の犠牲となって……。

由紀子と母の寝室の中間に立ったまま、衣川は一瞬ためらった。

すぐに決断はついた。

「俺だ。衣川だ。待ってろよ！」

衣川は由紀子の寝室に向かって叫んだ。

夫人の寝室のドアを試してみようとした。そのとき初めて、自分がまだ左手にヴェルナルディリ拳銃を持っているのに気がついた。安全装置を掛け、急いでソフトの裏におさめた。

夫人の寝室には鍵がかかっていた。衣川は力いっぱい、左肩からぶつかっていった。

凄まじい音とともに家がゆらいだ。衣川は三度、四度と体当たりをこころみた。ついにドアは軋んで開いた。

衣川の左肩は、骨折でもしたかのように痛んでいた。彼は素早く寝室に跳びこんだ。レースのかざりのついたネグリジェを着た夫人が、ダブル・ベッドの上に足を置き、窓から上半身を突き出して外に逃げだそうとしていた。

「待った！」

衣川は床の上に散らばった本や置物につまずきながらも、三跳びで夫人に追いすがった。

夫人の腰は、娘に劣らず柔らかかった。衣川は小さな悲鳴をあげてもがく夫人の背に頬ずりして、ニヤリと笑うと、次の瞬間には、夫人をベッドの上に仰向けに叩きつけていた。

ベッドのスプリングで、夫人の体は跳ねあがった。ネグリジェの裾がパッとひろがって、年に似合わず若々しい両腿がむきだしになった。

衣川は、不敵に笑いながら夫人の顔に自分の顔を近づけていった。

夫人は白眼をくるっと反転させて気を失った。

シーツを歯で引き裂き、衣川は夫人に猿グツワを噛ませた。シーツの布で縄をなって、手をしばりあげた。

走るようにして、由紀子の寝室のドアの前に立った。

「開けてくれ、俺だ」

「鍵はかかってないわ」

しっかりした由紀子の声が聞こえた。

衣川はドアを開いた。由紀子がしがみついてきた。ネグリジェの下に何も着ていなかった。

衣川は由紀子の唇を自分の唇でふさぎ、ゆっくりベッドに押し倒していった。

闇に溶ける

1

官能の陶酔の余燼（よじん）さめやらぬ由紀子から、衣川は身を離した。

汗にまみれた裸体を乾いたタオルでぬぐい、スポーツ・シャツやズボンをつけていた。

「待って！」

胸のあたりまで毛布をずりあげた由紀子は、小さく叫んだ。

「…………」

衣川は無言で、スポーツ・シャツの左腋の下にワルサー拳銃をおさめた革ケース（ホルスター）を吊（つ）った。手さぐりだった。

窓の外を風が吹いていた。灯火を消した寝室に、目覚まし時計の蛍光が淡い光を放っていた。

由紀子は毛布を捲いた上半身をベッドの上に起こした。上着をつけた衣川は由紀子と並んでベッドに腰を降ろし、優しくその肩を抱いた。

すべすべした由紀子の肩は冷えかけていた。衣川はその肩を抱いたまま、頰を寄せ、闇に瞳を据えたまま、じっと動かなかった。

「あなたはまるで戦場から帰った兵士のよう。血と汗と革の匂いがするわ」

由紀子は呟いた。

「そして、死の匂いもか？」

衣川は鳶色に波打つ由紀子の髪を頰で愛撫した。

電話のベルが鳴った。居間でけたたましい音をたてた。由紀子の体が一瞬こわばった。衣川も闇に瞳を光らせた。

ベルは鳴り続けた。

衣川は由紀子の体を押しだすようにした。

「行ってみてくれ」

「はい」

由紀子は、ベッドのそばの椅子に掛かったガウンをさぐった。

衣川は立ちあがり、スタンドのスイッチをひねった。

流れ出た光線に、裸体の由紀子の全身が浮きあがった。上むきに尖った乳房がかすかに震えた。

「消して」

由紀子は喘ぐように言った。

「君のすべてを、俺の網膜に焼きつけておきたいんだ」

衣川は静かに言った。

「…………」

由紀子は面(おもて)を伏せ、悪いことをするかのような素振りでローブをまとった。

衣川が先に寝室を出た。暖炉のある居間に入り、鳴っている受話器を取りあげた。

受話器を、衣川のあとを追ってきた由紀子に手渡した。

由紀子は、指が白くなるほど受話器を握りしめた。

「はい――」

由紀子は受話器に囁(ささや)いた。

「いえ別に……ええ特に変わったことはありませんわ……刑事さんですか？　ちょっと外を見回ってくるとかおっしゃって……はい……呼んでまいります――」

由紀子は受話器の口を掌でおおった。衣川の方を向いて、悲痛な声をだした。

「逃げて……」

「どうしたんだ？」

衣川は囁いた。

「ご近所の人が、どうもさきほどこの家で銃声がしたらしいと警察に知らせたんですって」

「お節介焼きめ」

衣川は低い声で罵った。

「張り込みの刑事を呼び出してくれって言ってるの。刑事たちは外に見回りに出たと言っておいたんですけど……」

長身の衣川を見上げ、由紀子は口早に囁いた。

「よし。一応、電話口から離れるんだ」

衣川は由紀子の腕をとった。

由紀子は受話器を電話の横に置き、衣川に身を寄せて廊下に出た。

玄関を血に染めて倒れている刑事の一人の死体がはっきり視界に入っても、由紀子はもう驚くようなことはなかった。

「逃げてちょうだい。いいえ、私も一緒に連れていって!」

由紀子は衣川の厚い胸に頬をうずめた。

「今はできない。君と一緒には……」

「………」

「俺は追われている。わかってるだろう、警察からも、組織からもドブ鼠のように追われている。この東京で、俺の死を望まない者は、君と……」

「私とあとは誰?……」

「君ともう一人の女だ」

「女?」

由紀子の声が震えた。

「誤解しないでくれ。殺された兄貴の恋人なんだ」

衣川は由紀子の背を撫でた。

「その方、きっとお綺麗なのね?」

由紀子は涙声だった。

「馬鹿なことを言うもんじゃない。君が考えてるような関係でないさ」

衣川は強く否定した。

2

「さあ、署の連中も焦れて、パトカーをこっちに回したかもしれない。ぐずぐずしてたら俺の体は蜂の巣になりそうだ」

衣川は乾いた声で笑った。

由紀子は、何か言いたげに唇を動かしたが声にはならなかった。

「あとになれば、警察の連中にも君と俺の関係はバレるだろうが、ここしばらくは奴らの目をごまかさないといけない」

「君は寝室に戻るんだ。俺がわざと君を縛っておく。君はショックで口がきけない振りをして、奴らの質問から逃れてくれ」

衣川はニヤリと笑った。

由紀子を抱えるようにして、衣川は寝室に戻った。

部屋を見回してみると、ロープのかわりになる房飾りのついた紐が、化粧戸棚のそばにたくさんぶらさがっていた。

衣川は力まかせにそれを引きちぎった。

「痛いし、はずかしいだろうけど、我慢してくれよな」

衣川はその紐で、裸身にガウンをまとっただけの由紀子の手足を縛った。

「達者でな。また来るよ」

衣川はうつむいた由紀子の顔を両手で仰向かせ、その額にそっと接吻した。

由紀子は、無言のまま、涙の粒を頬にころがした。

由紀子から手を離した衣川は、あとも振り返らずに寝室から出ていった。

廊下に出ると、一瞬ためらった後、向かいの由紀子の母の寝室を開いた。

夫人は、シーツを編んだ縄で手足を縛られ、口に猿グツワをはめられたままの体で、恐怖にひきつった瞳をいっぱいに見開いていた。

衣川は、夫人の転がったベッドに足早に近づいた。夫人は瞳をそらそうとした。

「やっとお目覚めですか？　警官がやって来ても、何もしゃべったらいけませんよ。あなたは何も知らない。何も見なければ何も聞かなかった」

夫人はあわててうなずいた。

「そう。聞きわけがなかなかよろしい。娘さんの身が大事なら、あなたは何も知らないということにするのです。眠っていて目を覚ましてみると、このとおりになっていたと言ってね」

穏やかなだけに、衣川の口調はかえって無気味だった。猿グツワを嚙まされた夫人は、ただ、ゼンマイ仕掛けのように首を振ってうなずくほかなかった。

衣川は裏口に跳び出した。頭を割られた年かさの刑事のほうは、俯けに倒れたまま、まだ動いていなかった。これも、死んでしまったのかもしれない。

衣川は建物の外壁に沿って表門の方に回った。

あたりの家々は、どこの窓からも灯は洩れてなかった。門灯と道ばたの常夜灯だけが、白々しく輝いていた。

道の左手にポツンとヘッド・ライトが現われた。衣川は丈の低い門の木柵を跳び越えた。

ヘッド・ライトはゆっくりと大きさを増してきた。警邏（けいら）のパトカーだ。

衣川は、素早く向かいの家々の間の細道にもぐりこんだ。それを抜けると麦畑だ。

まわりじゅうで犬が吠えだした。腋の下のワルサー自動拳銃の銃把に手を掛けた衣川は、麦畑の畦（あぜ）に転がりこんだ。

パトカーの中では、板橋署からの連絡を受けた二人の警官が、緊張した顔つきで前方に瞳を据えていた。

ヘッド・ライトの光芒の先を、衣川の黒い影が素早く横切った。

「あれは、何だ？」

運転しているほうの警官が呟いた。

「暗くてはっきりわからなかったよ。スピードをあげてくれ」

左側の中年に近い警官が言った。

スピードをあげたパトカーは、由紀子の中村邸の前に急停車した。

「この家だな？」

「そう。用心しろよ」

二人の警官は言い交わし、腰のベルトの、ホルスターに入れて吊ったS＆W（スミス・アンド・ウエッソン）制式拳銃に手をやった。撃鉄の上にかぶせていた安全止め革のボタンを外した。

二人はパトカーから降りた。門の柵を苦労して乗りこえ、前庭を前かがみになって玄関に走り寄った。

若くたくましいほうの警官が、玄関のベルを押した。

「やっぱり、おかしいぞ。出てこない……」

「ベルが中で鳴ってるのはよく聞こえるのにな」

「ドアを開くか？」

若い、パトロール・カーの警官が言った。

「よかろう」

年かさの警官は賛成し、玄関の真鍮のノブを試してみた。

「鍵がかかっている」

「仕方がない。ブチ破るか？」

若いほうの警官には東北訛り(なま)があった。

「チェッ、リューマチが起こりそうだよ」

「やってみよう」

二人は、掛け声を発し、肩から先に玄関のドアに体当たりした。

二人とも、あっけなくドアに跳ねとばされた。あやうく尻餅をつきそうになった。

「痛てて……」

年かさのほうは、顔をしかめて肩を揉んだ。

「俺にまかしといて」

若い警官は、アクセントのおかしな関西弁を使い、何度跳ね返されても懲りずにドアに体当たりした。年かさのほうは、腰の拳銃の銃把を握りしめ、あたりに落ち着きのない視線を走らせていた。

ドアはついに軋んで開いた。勢いあまった若い警官は、つんのめるように玄関に跳びこんだ。

その目に映ったのは、二発の小口径弾をくらって死体と化した張り込みの刑事の姿だった。

二人のパトロール警官は、痙攣するように拳銃を抜き出した。

3

麦畑の中に転げこんだ衣川は、北方の新河岸川の方に足を向けた。

五百メーターばかり歩いたとき、衣川は四方から吠え狂うパトカーのサイレンを聞いた。

衣川は畑の畦の間にぴったりと身を伏せ、通りを疾走してくるパトカーのヘッド・ライトをやりすごした。

背後で動くものがあった。衣川の心臓は動きを早めた。冷たい地面に身を伏せたまま、首をねじまげて背を振り向いた。

野良犬だった。痩せこけた野良犬が二匹、四つの目を緑色に輝かして衣川の跡をつけてきていた。

衣川は苦笑した。腋の下のワルサーの銃把から手を離した。

パトカーは、由紀子の家に向けてスッ飛んでいった。家々の窓から灯火が洩れはじめた。

衣川は灯火のとどかぬ場所を選んで歩きはじめた。二匹の野良犬はそのあとを追ってきた。

志村の西台の横の蓮根町に入ると、再び人家が多くなってきた。大通りで、しきりにパトカーのサイレンが唸っていた。

自警団も出ているらしい。提灯の灯が右に左に流れた。

完全に包囲されたらしい。悪あがきをするより包囲網の中にいるほうがかえって安全かもしれない。衣川は立ちどまり、中腰になってあたりを見回した。

左後方二百メーターのあたりに、藁ぶき屋根の農家が見えた。横に納屋らしきものが建っていた。

衣川はしつこくつけてくる野良犬を睨みつけた。声をだして叱ることはできなかった。

二匹の野良犬は、喉声で唸り、二、三歩後ろに退がった。

衣川は近くの小石を掴んで力いっぱい投げた。

石は、身をかわそうとした右側の痩せ犬の肩胛骨の上に当たった。甲高い悲鳴をあげて一瞬、横倒しになった痩せ犬は、パッと立ちあがり、鳴き声を漏らしながら逃げ去った。

連れの犬も、それにつられて逃げだしかけたが、途中で立ちどまり、歯をむきだして、威嚇の吠え声をあげた。

「畜生……」

衣川はその犬に近よった。

大型の雑種だった。背中の剛毛を逆立たせ、すりきれかかった尻尾を巻きあげて吠えまわった。

衣川が近よっていっても、その犬は逃げなかった。吠え声を唸り声にかえ、跳躍のかまえを見せた。

衣川は右手でワルサー自動拳銃を抜き放った。

同時に、その犬が長い跳躍を行なった。骨と皮ばかりのように痩せているので身軽だった。

衣川は体を斜めに開き、全身の力をこめて鋭くワルサーを振りおろした。

銃身は、衣川の喉をめがけて躍りあがった犬の鼻を叩きつぶした。

キャイーン！……甲高い悲鳴をあげて、犬は地面に尻餅をついた。

衣川は靴先でその頰骨を蹴りくだいた。犬は二、三メーター向こうに転がり、滝のような小便を漏らして悲鳴をあげつづけた。

悲鳴をききつけ、四方から飼犬が遠吠えしはじめた。衣川はむきだした犬の歯を蹴っとばした。

よろよろと立ちあがった犬は、必死のスピードで逃げていった。

遠くで、ランターンが激しく振り交わされた。ホイッスルが鳴った。

「いまいましい犬コロめ……」

衣川は口に出して呟き、素早くワルサーを腋の下のホルスターにおさめた。

上半身を折るようにして、衣川は農家に向けて走った。足音と足跡を残さぬように気をつかうので、あまり早くは走れなかった。

農家の前庭は、土を踏みかためた広場になっていた。前庭の左側に鶏舎があり、中央におおいをかけたオート三輪が置いてあった。

騒ぎを聞きつけて、農家の人々も目を覚ましたらしい。前庭には電灯の光が流れていた。

衣川のめざすのは、右側に建つ納屋だった。農家から五十メーターのあたりの麦畑に近づいた衣川は、走るのをやめ、匍匐をはじめた。

近づいてみると、納屋の横に牛小屋があった。糞と藁の臭いが漂ってきた。

納屋の入口は農家の前面に面し、裏には窓がついていなかった。納屋に入るには、衣川は光に全身をさらさなければならない。

農家から人声が聞こえていた。衣川は牛糞の臭いに鼻をしかめながら、下唇を噛んで考えこんだ。

ニヤリと笑って、衣川は牛小屋に近づいた。ギラッと牛が赤く目を燃やしてあとじさりした。

衣川は牛小屋の柱に手をかけ、力まかせによじのぼった。屋根に身を移すのが苦労だった。衣川はまず足から先に屋根にかけ、体を持ちあげていった。

牛小屋の屋根と、瓦ぶきの納屋の屋根とは続いていた。

衣川は音をたてぬように気をつけ、平べったい納屋の屋根に移って身を伏せた。肘や膝に瓦の角が当たって痛かったが、我慢できぬことはなかった。

母屋（おもや）の方を覗いてみた。前庭に面した縁側（えんがわ）から、若い男が二人降りたった。兄弟らしかった。

二人は納屋に向けて歩いてきた。衣川は屋根にぴったり身を伏せた。

二人は、納屋の中で物音をたてていたが、長い草刈り鎌と金属製の刃のついた熊手を持って現われた。屋根の上の衣川に気づいた様子もなく、母屋の中に引き返していった。衣川はホッと溜め息をついた。

狂った牝牛

1

遠くで、ランターンや懐中電灯の光が鬼火のように流れていた。

農家の納屋の屋根に身を伏せた衣川は、コートや服をとおす瓦の冷たさや風の冷たさをこらえていた。

ひとかたまりの懐中電灯の光が地面を明るく照らしながら、農家の方に近づいてきた。

「畜生……」

衣川は口の中で呟き、屋根の上を横に這って牛小屋と納屋の屋根の境目に身を移した。そこは、二つの屋根にはさまれて一段と低くなっていた。

懐中電灯を持った若い男たちは、四、五人の一団だった。手に手に、樫（かし）の六尺棒や野球のバットなどを持ち、肩を怒らせて歩いてきた。

地面に当たって反射した懐中電灯の光線も、屋根と屋根の窪みに身を伏せた衣川にはとどかなかった。一団は囁き声を交わしながら納屋のそばを通り過ぎ、農家の前庭を横切った。縁側の前に並んだ。

「用意はできたかい?」

青年団のグループのリーダーが、家の中に向かって声をかけた。

「今、すぐに行く。ちょっと待ってくれないか」

母屋の中から若々しい声がかかった。衣川は窪みから這い出た。納屋の屋根の上まで這いのぼり、そっと前庭を見おろしていた。

「へたをすると、犯人を捜しだすまでに一晩中かかっちまうかもしらんぞ。しっかり仕度をととのえてな……」

グループのリーダーが叫んだ。

「もう用意はできた」

「今、行くよ」

母屋の中から、若い兄弟二人の声がはねかえってきた。

懐中電灯を足もとに向けた若い男たちの顔は、興奮にひきしまっていた。蒼ざめているのと、頬を紅潮させているのが、だいたい半々だった。

「ご苦労さん……お待たせしてしまって」

兄弟は愛想のいい笑顔を浮かべ、グループに近寄った。

「しばらく」

「元気かい？」

青年たちは短く挨拶（あいさつ）を交わした。

「凶悪犯だって？」

長い草刈り鎌を持った農家の兄のほうが、グループのリーダーに尋ねた。

「そう、刑事（デカ）を二人殺（や）ってね。この前、中村さんたちを殺（や）ったのと、同じ犯人らしい」

「あの綺麗な娘さんは？」

金属製の熊手を抱えた弟が口をはさんだ。

「助かったらしい。気絶はしてたようだけど」

「よかった！」

「犯人はまだ、この近くに潜（ひそ）んでいるに違いない、ということだ。一人一人ではとても太刀打ちできるわけはない。だから、こうやって、皆に集まってもらったわけだ。夜遅くすまないけど、協力してくれるだろうね？」

リーダーは低姿勢だった。

「すまないどころか、スリル満点でこんなに楽しいことはないよ。さあ、行こう！」

兄のほうが鎌を振り回した。廊下の光を受けて、鋭く研（と）ぎすまされた刃がギラッと光った。

「おっと、張り切りすぎて、自分の首を切らないようにな」

グループの一人が野次った。みんな、声だけだして笑った。

「気をつけるんですよ、二人とも」

母屋の中から、中年を過ぎた女の声が聞こえた。

「わかってるよ。かあさんは、ちゃんと戸締まりをして留守番をしててくれ。俺たちの帰りが少々遅れたって気にすることはないからな」
十七、八歳の弟のほうが言った。
「じゃあ出発だ。おばさん、怪しい男の姿を見たら、この前に配った笛を力いっぱい吹いてください。誰かが、必ず飛んできますからね」

三十に近いリーダーは廊下の奥に向けて粋なポーズで手を振りあげた。

「大丈夫。首から吊ってますから、じゃあ、よろしくお願いしますよ。うちの息子たちをなるべく早く帰らしてくださいよ」

二人の兄弟の母は、障子の向こうから声をかけた。

「わかってます。では……」

リーダーは先に立って歩きだした。青年たちは物々しい構えでそのあとに従った。

2

腋の下のホルスターからワルサー拳銃を抜き出し、衣川は足音を殺して牛小屋の裏に回りこんだ。

衣川は柱を伝って、牛小屋の前に降り立った。牛小屋の中の藁に向けて長々と小便をした。瓦で体が冷えたためか、衣川は耐えられぬほどの尿意をおぼえた。

青年たちが去っていくと、母屋の灯が消えた。

母屋に忍びこむのは危険だった。家の中に残っている員数と構成がわからないからだ。しかし、いつまでも屋根の上に隠れおおすこともできない。

母屋の構えは、藁ぶき屋根をのせた中二階になっていた。一階の屋根だけは瓦だ。壁はクリーム色の漆喰で塗ってあった。

衣川は夜空を見上げ、その農家には電話線が通じてないのを確かめた。

牛小屋に戻った衣川はワルサー拳銃を左手に持ちかえた。牛小屋の入口に渡した一本の横木を外した。

牝牛は、唸り声をだして後じさりした。衣川は優しく舌を鳴らしながら、悪臭をはなつ牛小屋の中に足を踏み入れた。

牝牛は低く頭をさげ、角を突き出した。衣川の腋の下は脂汗でまみれた。

衣川の右手が牝牛の鼻環にとどいた。

衣川はぬるぬるする鼻環をつかんで牝牛を牛小屋から引きずりだした。牝牛は、暴れもせずにされるままになった。

衣川は、その牝牛を、前庭に連れだした。ポケットから飛びだしナイフを出し、ボタンを押して刃をおこした。

ナイフの刃が鈍く閃いた。

鼻環を外した衣川は、牝牛の後ろに回ろうとした。牛は細い尻尾を巻きあげ、滝のような小便をした。

衣川はニヤリと笑った。牝牛の後ろに回ると、小便の飛沫を避けながら、ナイフを持った右手を肩の後ろに引きつけた。

衣川の右手が閃いた。銀の筋となったナイフの刃は、牝牛の陰門を貫き、子宮の奥深く刺しとおした。

衣川は、ナイフを投げるとともに、左手のワルサーを右手に持ちかえ、安全装置を外しながら後ろにとびじさっていた。サッと納屋と牛小屋の隙間に隠れた。

牝牛は、猛獣のような咆哮を発し、自分が排泄した小便の池の上に尻餅をついた。尻餅をつきながら、前脚でむなしく空を掻いていた。

母屋で、パッと電灯がついた。衣川は壁に背を密着させた。咆哮をあげ続けながら、傷ついた牝牛は必死で立ちあがった。蹄で削られた地面から土煙があがった。

牝牛は、前庭の反対側の鶏小屋に向けて突進した。母屋の縁側から四十二、三歳の女と、五十を越したたくましい男が跳び出した。男は棍棒を握っていた。

体当たりをくらい、鋭い角で一撃を与えられた鶏小屋は壁の平面がバラバラになった。けたたましい鶏の驚声と羽音が乱れた。

砕いた壁を乗りこえた牝牛は、止まり木の鶏をはねとばし、反対側の壁に首まで突っ込んだ。

「こん畜生！」

母屋から跳び出した二人の男女が、罵声をあげて、暴れ狂う牝牛に向かって走り寄ってきた。二人とも裸足だった。寝間着のままだった。

鶏小屋を破壊した牝牛は、くるっと向きを変えた。閃いた鋭い角が風を切るのを見て、追ってきた女のほうが、恐怖の悲鳴をあげて横に転がった。男は棍棒を振りおろした。

「チャンスだ」

衣川は白い歯をみせた。納屋と牛小屋にはさまれた蔭から跳び出すと、凄まじいダッシュで母屋に向かって走りだした。走りながら、素早く安全装置を掛けたワルサーを腋の下のホルスターに突っ込んでいた。

棍棒の一撃は、牝牛の脳をはずれ、硬い角の一本にブチ当たった。凄まじい音をたてて棍棒と角が同時に折れ飛んだ。

牝牛は、残った一本の角を突き立て、男の腹を狙って突進した。

男はあやうく身をかわした。横転しそうになりながらも、その角を夢中で摑んだ。牝牛の後脚が、地面に転がった女の掌を踏んづけた。

女は悲鳴を絞り出した。

衣川は、母屋の軒下に走り寄るとともに、力いっぱい跳躍し、庇の下の副木に手をかけると見るや、跳躍の余力を利用して庇の上に身を移した。

前庭では、残った右の角にしがみついた五十男が、暴れ狂う牝牛に振り回されていた。掌を蹄で踏まれた女は、掌を腹に叩きつけながら泣きわめいていた。

屋根瓦の上に身を移した衣川は庇を這って、中二階の横側に回っていった。中二階には、土蔵のように小さな窓がところどころ開いていた。

窓には粋な格子がはまっていた。一つ一つの隙間は人間の頭だけがくぐれるほどにあけてあった。

衣川は力をこめ、一本の格子を押し外した。身を捩って中二階の内側に滑りこんでいった。

中二階の中側は暖かかった。埃っぽく空気がよどんでいた。

衣川は、外した格子をもとに戻し、ワルサーの銃把で釘を叩きこんだ。ジポーのライターに火をつけて素早くあたりを見回した。

もとは、蚕室にでも使っていたかのようなだだっ広い部屋だった。積みあげた机のこわれやダンボール箱などのガラクタが、いたるところに転がっていた。隅には麦藁が積まれていた。一階への昇降口には蓋がかぶせてあった。

衣川は、前庭を見下ろすことのできる前窓に行ってみた。

形勢は逆転していた。左手で角をつかみながら、男は棍棒で牛の頭を乱打していた。牝牛は尻餅をつき、悲しげな声で咆えた。男は、罵声を浴びせながら、それを牛小屋に追いたてていった。陰門から出血した牝牛の尻に、泥がべっとりとくっついていた。

3

S&W制式拳銃を抜き出した二人のパトロール警官は、中村家の玄関に身を伏せた。

「気をつけろ!」

年かさの警官が囁き、廊下の奥から目を離さずに、二発の〇・二二口径弾を喰ってコンクリートを血に染めた刑事の脈をさぐった。

「死んでいる」

「行ってみよう」

二人は短く言葉を交わした。

S&Wリヴォルヴァーの撃鉄を起こし、二人のパトロール警官は廊下を這っていった。

年かさの警官が、居間の方を銃口で示し、若い警官に顎をしゃくった。耳を寄せ、

「電話があったら、署と連絡をとってくれ」

「………」

若い警官はうなずいた。恐怖と興奮に頬が別個の生きもののように痙攣していた。

引金を引いて盲射したい衝動を必死にこらえ、若い警官は居間の中を這っていった。

人影はなかった。若い警官は、啜り泣きのような溜め息をついて立ちあがり、ハンカチをかぶせた受話器を持ちあげた。万年筆の尻でダイヤルを回した。

年かさの警官は、台所から裏口に出て、頭を割られた刑事を発見した。脈はまだ、かすかにあった。

二人のパトロール警官は、それ以上動く勇気がなかった。一人は居間の電話口、一人は裏口に転がる張り込みの刑事のそばに立ちすくみ、かすかな物音にもS&Wの銃口を向けながら、応援のパトカーの到着を待った。下腹が冷たく濡れていた。

やがてサイレンを咆哮させて、応援のパトカーが続々と到着した。

手足を縛られて、それぞれの寝室で発見された由紀子と母は、尋問に対して気が動顚して

いるため答えられないと言った。

しかし、捜査陣は、それが衣川の犯行だということは見抜いていた。ただちに捜索がはじまり、青年団や自警団など民間人にも呼びかけた。

誰しも、グループを離れて単独で行動するのを許されなかった。一人だけで道を歩いている者は、きびしい取調べを受けた。まるで、戒厳令がしかれているときのようだった。

青年たちは、うんざりするような日常茶飯の生活から急に身のひきしまるような興奮と緊張の渦のなかへ投げこまれ、切に戦争を待ちのぞんだ。若い力がわきおこってくるのを感じた。

懐中電灯の灯をたよりに、右手にそれぞれの武器を持って暗号を叫びかわすのも、敵陣に殴りこみをかける夜襲のスリルを満喫させた。

勇ましいその姿を、恋人たちに見せびらかしたいぐらいだった。

いっぽう、衣川が中二階に隠れた農家の前庭では、諦めて自分の小屋に入りかけた牝牛が、再び猛烈に暴れはじめた。

角を摑んでいた五十男を振りとばし、地に落ちた横木を踏んづけた。口から泡を吹きながら、裏の麦畑を怒った猪のように猛進していった。

「待てっ！」

脇腹を押さえて立ちあがった五十がらみの農夫は、足をひきずりながら、逃げ去る牝牛を追おうとした。

農夫の叫びもむなしく、牝牛は麦畑の畦を蹴ちらして猪突した。

蹲った農婦は、首から吊ったホイッスルを鋭く吹き鳴らした。

猛進する牛は、畑を横切り、遠くで焚火を囲んでいた自警団のまっただなかに突っ込んでいった。

パッと火の粉があがり、夜空に乱舞した。

「畜生！」

横っとびに跳んで体当たりを避けていた一人が、力まかせに長い鎌を振った。

鎌の刃は荒れ狂う牛の臀部の肉を一部分切りとばした。バラ色の肉が脂肪の縞模様を見せて殺げ、ルビーのような血をふき出した。

「やっつけろ！」

「こっちだ。こっちだ！」

青年たちは、手に手に樫の棒や鎌を振り回した。

新しい傷を受けた牛は、さらにたけり狂った。充血した目には殺意がギラギラ光っていた。

急旋回した牛は、鎌を振りあげた青年の脇腹を、一本だけ残った角でひっかけ、首の筋肉を使って空中に放りあげた。

青年は悲鳴をあげた。

空中でバタバタ手足を動かして落下するその青年の下腹部を、牛は下から勢いよく突きあげた。無気味な音をたてて、角は恐怖に失神した青年の下腹部を突き破った。腹の間に深く刺さった。

「やられた！」

「気狂い牛だ！」

「警官を呼べ」

惨劇を目撃した仲間たちは、腰を抜かしそうになりながらも逃げまわった。なかには、這って逃げまわる者もいた。

角に人体を突き刺したまま、狂える牛はよだれを垂らし、威嚇の唸り声をたてた。腸（はらわた）を貫かれたまま角にひっかかっている青年の体が視界の邪魔になるのか、牛は頭をはねあげてそれを外そうとした。

三度目に成功した。血まみれになり、無気味な色をした腸のはみ出た青年は、地面に叩きつけられたまま動かなかった。腸は湯気をたてて蠕動（ぜんどう）していた。

「こっちか、待ってろ！」

声をかぎりに叫びながら、腰のホルスターにおさめたS＆Wリヴォルヴァーの銃把を握りしめて、二人の制服警官が走り寄った。

青年たちは道をゆずった。

「みんな、低く伏せてください！」

「流れ弾に当たらないように、牛の頭を狙いますから」

二人の警官は、口々に叫んだ。ホルスターから重いリヴォルヴァーを抜き出し、親指でカチッと撃鉄を起こした。シリンダーは回った。青年たちは、地面に平べったく伏せ、目の隅から、こわごわ様子をうかがっていた。

「撃ちかた用意……狙え……撃てっ！」

右側の警官が、自分も拳銃を操作しながら叫んだ。

怒りをこめた瞳を燃えたたせ、肩に力をこめて突撃の構えに入っていた牛は、パッと躍り出た。

閃光とともにほとばしりでた二丁の四十五口径S＆Wリヴォルヴァーの一斉射撃の轟音は、耳がおかしくなりそうだった。

凄まじい衝撃波が顔面にかぶさってきた。青年たちはくらんだ瞼を押さえた。

着弾の衝撃をくらった牛は、ポカンとした両眼を見開いて後ろにフッ飛ばされ、地ひびきたてて尻餅をついた。ついでゆっくりと前膝が折れて、巨大な砂袋のように横に転がった。

青年たちが喚声をあげた。

背後の敵

1

物置きとなった農家の母屋の中二階に身を隠した衣川は、窓の後ろに蹲(うずくま)って、前庭の様子を見下ろしていた。

右の掌を蹄で潰(つぶ)された中年の農婦は、硬い地面に蹲り、ホイッスルを吹きつづけていた。銃声が二発、反響しながら伝わってきた。青年たちの喚声も、かすかに聞こえてきた。農婦はよろよろと立ちあがった。足を引きずりながら、銃声のした方に走り去っていった。

衣川は薄い笑いをうかべ、タバコをさぐって唇にくわえた。ライターの火を移し、タバコの火口を掌でおおってひっそりと吸っていた。

騒々しい人声が農家に向けて近よってきた。衣川は靴の裏でタバコを揉み消し、吸い殻をポケットに突っ込んだ。

人声は牛小屋の前で止まった。警官をまじえた十数人の青年たちだった。農家の主人と農婦の姿もあった。遠くから、銃声を聞きつけた白バイのサイレンの音が高まってきた。

「どうしてあの牛が暴れだしたんだね」

警官は、射殺の興奮から醒めやらぬ顔で尋ねた。

すり傷だらけになった農家の主人は、いまいましげにベッと唾を吐いた。

「分からん」

「牛小屋の横木が外れているが……」

警官は、地面に転がった横木を指さした。

「儂が見回ったときには、ちゃんとなっていたんだ」

主人は言った。

「牛が自分で外すということは？」

「考えられん！」

「じゃあ、誰かがいたずらしたんだな。もっともいたずらにしては度が過ぎるが」

警官は言った。

「もしかしたら……」

主人は血走った瞳を光らせた。

「そうだ。あの犯人だ！」

「指名手配の衣川だ！」

「あの人殺しの仕業だ！」

青年たちは、口々に叫んだ。

青年たちは顔を見合わせた。慌てて棍棒を握りかえる者もあった。

沈黙がきた。皆、地面に当たった懐中電灯の光線の反射のなかで、異様に光る瞳を見開いていた。

「もし衣川の仕業だとすると、奴、まだこのへんに潜んでいるはずだ」

制服に痩せた体を包んだ警官が、無意識に腰の拳銃の銃把をさぐり、圧し殺した声で言った。

青年たちの一人、色のあせた革ジャンパーの襟を立てた男が、かすかに身震いして言った。

「そうだ。すぐに捜しだそう」

「しかし――」

スキー帽をかぶった青年が言った。

「奴は拳銃を持っているぜ。近寄って一発やられたら最後だ」

「そんな弱気なことでは、いつまでたっても犯人はつかまらんぜ」

色褪せた革ジャンパーの青年が肩を怒らせた。

「じゃあ、君が先頭に立ったらいいんだ。衣川を見つけて、いちばん先に逃げだしても俺は知らんぜ」

スキー帽の青年が唇を歪めた。

「何いっ。俺に勇気がないと言うのか？　俺が臆病者かどうか見せてやる」

革ジャンパーの青年は顎を突き出し、吐き捨てるように言った。

「まあ、まあ。二人とも言い争いはやめにして――」

警官が口をはさんだ。

「まず、その納屋から調べていこう」

「それがいい」

「射たれないように気をつけてな」

青年たちは言った。

警官は腰の拳銃を抜き出した。羨望（せんぼう）をこめた青年たちの視線が、抜き出されたスミス・アンド・ウエッスン四十五口径リヴォルヴァーに集中した。

サイレンを鳴らしっぱなしで、三台の白バイが前庭に殺到してきた。白バイは、群がった青年たちの手前にスリップしながら急停車した。ヘルメットをかぶった白バイの警官が三人、地面に跳びおりた。

スミス・アンド・ウエッスン拳銃を抜き出していた痩せた警官が、口早に事情を説明した。白バイの警官たちも、防風眼鏡を外し、S＆Wの制式拳銃を抜き出した。

若い白バイの警官たちは、興奮して額に汗を浮かべていた。ヘルメットの下で、額が光った。

痩せた制服警官と、顎の丸い白バイの警官が、納屋の戸の両脇にへばりついた。残り二人の白バイの警官は、戸の前に膝をつき、握りしめた拳銃の銃口を水平にした。左手に持った懐中電灯の光の矢は、粗(あら)い削りの納屋の戸に集中していた。

壁にへばりついた制服警官が納屋の戸をそろそろと引きあけていった。

「出てこい、衣川！」

「囲まれている。銃を捨てておとなしく出てくるんだ！」

膝射ちの構えをとった白バイの警官二人は、懐中電灯の光を納屋の奥にさしつけた。

母屋の中二階の窓からその光景を見下ろしていた衣川は、声を殺して失笑した。

2

こわごわ納屋の中に足を踏み入れた警官たちは、失望と身の安全を保った安堵の表情を浮かべて外に戻った。

「いなかったですか？」

青年たちは尋ねた。

「だめだ」

制服警官は首を振った。

「もしかしたら、母屋の中に逃げこんだんじゃないかな？」

農家の主人が呟いた。

「そんな恐ろしいことを言わないで」

農婦が眉をつりあげた。

「いや、ご主人のおっしゃるように、母屋の中に衣川が逃げこんだということも、ありえないことではないでしょう」

制服警官はゆっくりと言った。拳銃は、銃口を地面に向けて提げていた。

「もし、そうだとすると、そんなところには儂一人で戻ることはできん」

主人は恐怖の表情を浮かべた。農婦は傷ついてない左手で、主人の腕にすがりついた。

「家の中に入って捜してみてもいいでしょうかね？」

制服警官が尋ねた。

「いいですとも。そうしてくれないと安心できん」

主人は強い口調で言った。

「僕らは？」

青年たちの一人が言った。コーデュロイのコートを着け、野球のバットを持った青年だった。

「君たちは、母屋のまわりを取りまいて、衣川の逃げだすのを防いでくれないか？　衣川が姿を見せたら、警笛を吹き鳴らして威嚇するんだ」

丸い顎をした白バイの警官が言った。

「わかった」

「わかりましたよ」

青年たちは答えた。

ロイド眼鏡をかけたリーダーらしい青年が、皆にサークルを組ませた。母屋の前と後ろを見張る人数を分けていった。

母屋の後ろを見張ることになった青年たちは、圧し殺した声で囁きかわしながら駆けていった。残りの青年たちは、母屋の入口と縁側の前に立った。主人と農婦は、手をとりあって彼らの後ろに蹲った。

警官たちは、親指でS&Wリヴォルヴァーの撃鉄を起こした。上半身をかがめ、左手に持った懐中電灯の光線を流して四方に走らせながら母屋の土間に足を踏み入れた。

衣川は、中二階の窓ぎわを離れた。苦い笑いを浮かべていた。右手に愛銃ワルサーP38、左手に刑事から奪った口径〇・三八コルト・ディテクチヴ・スペッシャル輪胴式拳銃を握っていた。

銃身のひどく短いスナップ・ノーズのディテクチヴ・スペッシャルのシリンダー弾倉には、六つの薬室がある。しかし、警官は暴発を防ぐために、撃針面の薬室だけは空にして、携帯するときは五発装塡している。ダブル・アクションなので、引金をひくと撃鉄があがり、輪胴が回って撃針面に装塡した次の薬室が来たとき、撃鉄が落ちて発射するようになっている。

衣川はそっとワルサーを床の上に置き、コルト・リヴォルヴァーのシリンダー弾倉の左後ろについた弾倉止めラッチを引き、蓮根状の弾倉を左横に開いた。

これも刑事から奪った弾薬サックを内ポケットから引っぱりだし、〇・三八スペッシャル弾を、空いている薬室に手さぐりで補弾した。カチッと鋭い音をたてぬように気をくばって、リヴォルヴァーの弾倉を閉じた。

床に置いたワルサー自動拳銃を、再び右手に握った。手慣れた凶銃のバランスは絶好だった。

左手には、全弾装塡したコルト・リヴォルヴァーを握り、衣川は、埃っぽい屋根裏の物置きのような中二階を、そっと隅の方に進んでいた。

だだっぴろい中二階には、ガラクタや麦藁が積まれ、あるいは散乱していた。衣川は、この部屋にもぐりこんだときライターの光で確かめたそれらの位置の記憶を脳裡に甦らせ、手さぐりしながら這っていた。

下では、土間に跳びこんだ警官たちが、天井からぶらさがった電灯のスイッチを入れ、パッと身を伏せた。

奥に長い土間は、真ん中あたりから格子で二つに仕切られていた。格子にはくぐり戸がつけられ、その奥が大きな竈のある台所になっていた。

今、警官たちが身を伏せたこちら側の土間の左は、十二畳ほどの広間になっていた。床の間には何も飾ってなく、ただ、ポツンとテレビが置いてあった。

「…………」

顎の丸い白バイの警官が半身を起こし、聞きとれぬほどの小声で囁いた。

「了解」

残り二人の白バイ警官は、腰のあたりに大型リヴォルヴァーを構え、格子のくぐり戸を抜けて台所に入った。

丸い顎の白バイ警官は、土足のまま広間に跳びあがった。そのあとを追おうとした制服警官は、一瞬躊躇し、靴を脱いで広間にあがりこんだ。

台所に入った二人の白バイ警官は、素早くあたりに目をくばった。流しのそばに大きな水瓶があるのを目にとめ、重い蓋をとって素早く拳銃の銃口を瓶の中に突っ込んだ。

衣川は隠れていず、瓶の中に八分目ほど水が溜まっていた。警官は、水に突っ込んだ銃口をあわてて引きあげた。

3

台所に入っていた警官たちと、広間にあがりこんだ警官たちは、広間の襖を倒し、次の茶の間で合流した。

「手がかりはあったか?」

「ない」

「こっちもだ」

彼らは囁きあった。

茶の間の中央には炉が切ってあった。天井は煤で黒光りした太い梁がむき出しになっていた。

警官たちは、梁に向けて懐中電灯の光を走らせた。

「畜生、どこに行きやがったかな?」

「どっかに隠れてるはずだ」

警官たちは次の寝間に殺到した。

蒲団が二つ並べられていた。右側の掛け蒲団はくしゃくしゃになって、真ん中が盛りあがっていた。その蒲団には、枕が二つ重なっていた。

白バイ警官の一人が、靴先でその掛け蒲団を蹴りあげた。

緊張した目つきで見守っていた残りの警官たちは、思わず頬をゆるめた。蒲団の腰があたる部分には、濡れた桜紙が散乱し、溶けきらぬゼリーが平べったく潰れていた。

「ここじゃない」

「もっと奥だ」

警官たちは再び二手に分かれ、一組は奥の仏壇の間、一組は縁側に面した左の座敷に踏み込んだ。

仏壇の部屋に踏み込んだ警官たちは、中二階に通じる急角度の階段を発見した。

「あれだ」

二人はうなずきあった。

「あっちには見つからなかったぜ」

座敷に踏み込んだ警官たちが戻ってきた。

仏壇の部屋の警官たちは、無言で階段を示した。

乾いた唇を舐めた丸い顎の白バイ警官が先頭になり、急角度の階段をそろそろと這いのぼっていった。

階段は狭かった。一人ずつしか昇れなかった。二人は並べない。

顎の丸い白バイ警官は、ヘルメットの庇をグッとさげた。撃鉄を起こした拳銃の引金に手をかけ、一段ごとに耳を澄ましながら昇っていった。

そのあとに、三段ほどの間隔をおいて、眉のさがった白バイ警官が従った。制服警官だけが下に残って見張りを受け持ち、あと一人の白バイ警官も階段に足をかけた。

顎の丸い白バイ警官は、階段の上端に昇りついた。

階段の上には、板で造った覆いがついていた。

その白バイ警官は拳銃の引金から人差し指を外し用心鉄に掛けた。銃口を覆いに押しあて、力をこめてずらしていった。

埃が舞い落ちてきた。ポカンと口をあけ、階段の途中で上を見上げていた二番目の白バイ警官が、さがった眉をしかめ、拳銃を持った右手で口を押さえて、必死に咳をおしとどめようとした。

埃はさらに降り落ちてきた。耐えきれずに、眉のさがった警官は大きな嚔をした。

覆いを押しずらしていた先頭の白バイ警官が、怒りをこめて振り返った。眉のさがった警官は、まだ嚔をつづけていた。

先頭の白バイ警官は、ヤケ糞のように、乱暴に板の覆いを押しのけた。

中二階の床に懐中電灯を投げ出しておき、はずみをつけて跳びあがった。

床の上に跳び移るとともに、横に転がって懐中電灯の光におぼろに浮かびあがるガラクタの山に向けて、銃口の狙いをつけた。

やっと嚔の止まった二人目の白バイ警官が中二階にあがってきた。続いてしんがりの白バイ警官。

「衣川、武器を捨てて出てこい」

「囲まれてるんだ。おとなしく出てこないと射殺もやむをえんぞ」

警官たちは、床に片膝をついて叫んだ。

返事はなかった。

警官たちの懐中電灯の光が、だだっぴろい中にガラクタの山や薬の積まれた部屋じゅうを舐めまわった。

「衣川、どこに隠れているかは見当がついている。悪いことは言わないから、おとなしく武器を捨てて出てくるんだ」

顎の丸い白バイ警官は、大声でハッタリをかけた。

その声が天井に反響して消えると、再び、重苦しくよどんだ空気に沈黙がやってきた。

「出てこないと射つぞ!」

嚔をした白バイ警官が、喉につまったような声で叫んだ。拳銃を持った手がかすかに震えていた。

「ちょっと、匂いを嗅いでみてください」

しんがりの白バイの警官が囁き、鼻をクンクンいわせた。まだ高校を出たてのように若かった。

「ほんとだ、タバコの煙の匂いがする」

顎の丸い白バイ警官が囁き返した。

「そうです。衣川は確かにこの部屋にいた。いや、まだタバコの匂いの残っているところをみると、ここに残っているに違いない」

若い白バイ警官は囁いた。

顎の丸い白バイ警官は、残忍な笑いを分厚い唇に浮かべた。声をはりあげて叫んだ。

「これが最後通告だ。手をあげて出てこい、出てこぬと射つぞ！」

今度も返事はなかった。

顎の丸い白バイ警官の唇に浮かんだ残忍な笑いは大きくひろがっていった。撃鉄を起こしたS&Wリヴォルヴァーを握った手を伸ばし、部屋の奥に積まれた生石灰の袋をめがけて引金を絞った。

発射音は凄まじかった。石灰袋から、白い粉末がパッと吹きだしたが、衝撃波を受けた空気も凄まじく震動し、天井から埃が雪のように降り落ちてきた。

三人の白バイ警官は、鼻と口を押さえ、咳こみながら背を震わせた。目にも埃がとびこんできた。

S&W四十五口径の馬鹿でっかい発射音と違った、鋭く突きぬけるような銃声が、苦しがる白バイ警官たちの背後で炸裂した。

顎の丸い指揮者が、背から入り、鎖骨の下から抜けた九ミリ・ルーガー弾をくらって床に平べったくなった。

残り二人の白バイ警官が、パニックに襲われ、咳こみながら慌てて振り向こうとした。

鋭い銃声は続いて二発、重なりあってほとばしった。

眉のさがった警官は顔の半面を吹っ飛ばされ、若い警官は口を押さえた掌と歯と頸骨を砕かれて昏倒した。一瞬のことであった。

まだ降り落ちる埃の雪をかぶり、ハンカチで口と鼻を押さえた衣川が、積まれた藁の後ろから静かに静かに立ちあがった。手にした凶銃ワルサーの銃口は、薄い煙を吐いていた。

十字火

1

積まれた藁の後ろから立ちあがった衣川は、ワルサーに安全装置を掛け、静かに歩みでた。鼻と口をおおったハンカチをしまった。

発射の衝撃波で震動する天井から降りかかる埃は、衣川のソフト、背広の肩を白っぽく染めていた。

射殺された三人の白バイ警官は、まったく動かなかった。中二階の床に降りおちた埃の雪を、血で赤黒く汚していた。

ワルサーの銃口から薄く漏れていたスモークレス・パウダーの煙は消えた。

衣川の右手に握られた凶銃は静かに眠っているようだった。

衣川は銃把の弾倉室からマガジンを引き抜き、素早く三発補弾した。

眉のさがった白バイ警官に歩み寄り、腰をかがめてワルサーを手近な床に置いた。

その警官は、顔の半面を吹っとばされていた。白骨が洗ったように白く、肉片は背後に飛びさがっていた。ヘルメットが斜めにかしいでいた。

衣川は、その白バイ警官の右手からS&W拳銃をもぎとった。

起きていた撃鉄の前に左の親指をはさんで引金をひき、そっと親指を抜いて撃鉄を倒した。

弾倉止めのラッチを前に押し、シリンダー弾倉を銃床(フレーム)の左横に開いた。

暴発を避けるために、六つの薬室には五発しか詰まっていず、撃針面の左の薬室はあいていた。あいた薬室は撃針面に合わせていたのだが、撃鉄を起こしたとき輪胴が回転して左に寄ったのだ。

衣川は、輪胴の前に突き出した排莢子桿を後ろに押し、輪胴の薬室から、三個のハーフ・ムーン保弾子(クリップ)ごと、五発の四十五口径リムレス弾を抜いた。

リヴォルヴァーは捨てた。

その実包を左の掌に受け、死体を転がして、ベルトにつけた弾薬サックから、半月形のハーフ・ムーン保弾子(クリップ)に三発ずつ差した実包を二十一発奪った。弾倉の実包とバラの実包を自分のポケットにおさめた。

口の中にワルサーから発射された九ミリ・ルーガー弾を射ちこまれた若い白バイ警官からも、同様にして弾薬を奪った。

顎の丸い指揮者の白バイ警官の握っている一九一七年モデルのS&Wリヴォルヴァーが、三人のうちでいちばんコンディションがよさそうだった。

衣川は、その拳銃の銃把につながっている白い吊り紐を強引にひきちぎった。腰の拳銃ケースも奪って、自分のベルトにつけた。そのホルスターに、S&Wリヴォルヴァーを突っ込んだ。重かった。

階段の下で見張っていた制服警官は、歯を鳴らして震えながらも、芋虫が這うようにして階段をよじのぼってきた。

衣川は素早く振り向いた。振り向きざま、目にもとまらぬ早さでワルサーを抜き射ちした。震える手で、S&Wリヴォルヴァーの狙いをさだめようとしていた制服警官は、眉間に命中した着弾の衝撃を受け、真っ逆さまに階段を転げ落ちていった。勢いよく階下の畳に頭を打ち、無気味な音を発して首の骨が折れた。

衣川は、身をひるがえして、前庭を見下ろす格子窓のところに走り寄った。

前庭には、鎌や鍬（くわ）を振りあげた青年たちが、中二階を見上げながら、口々に罵り騒いでいた。

顔を出した衣川を認め、威嚇の声をあげて軒下につめよってきた。

衣川は暗い笑顔を見せた。懐中電灯の光線がその顔に集中し、歯が皓（しろ）く光った。

衣川はワルサーを左手に持ちかえ、顎の丸い警官から奪ったS&W拳銃を抜き出した。

窓の格子の間から銃身を突き出し、続けざまに四発発射した。

口径四十五の連続発射音は凄まじかった。

青年たちは雷に打たれたように身を伏せ、悲鳴をあげて頭をかかえた。

衣川はリヴォルヴァーの弾倉を開き、排莢子桿を後ろに押して空薬莢を抽き出した。左側の窓に駆け寄りながら、三発ずつ差しこまれた半月形のハーフ・ムーンの弾倉を二個、蓮根状の薬室に装塡した。弾倉を閉じた。

駆け寄った窓の格子は、衣川がここに忍び入ったときに一度外したものだった。衣川は力まかせに、再びその格子をひっぱがした。

S＆W拳銃を乱射しながら、衣川は屋根に身を移した。

青年たちの恐怖の悲鳴は、啜り泣きにかわっていた。地面にくいこむように顔を伏せ、背を痙攣させた。

衣川は、両手に拳銃を持ったまま、屋根から身軽に跳びおりた。腰を抜かし、地面に仰向けになってもがいている肥満体の青年の腹の上に勢いよく落下した。

「…………」

その肥った青年は、肺中の息を吐き出した。衣川の体重を受けた太鼓腹はくぼみ、肛門から直腸がはみ出た。

衣川は、その腹の復元力を利用し、足を痛めもせずに地面に身を移した。

近くで鎌を握って身を伏せていた青年が、意味をなさぬ叫びをあげ、肘と膝を駆使して逃げだした。衣川は、S&W拳銃で皆を威嚇しながら走りだした。

2

広い前庭のはずれに、乗りつけてきた白バイが三台停車していた。

衣川はそのそばに走り寄り、くるっと振り向いた。逃げまどう青年たちの足もとに向け、S&W制式拳銃を威嚇射撃した。

続けざまに咆哮した発射の轟音とともに、夜目にも白い火煙が噴出(ふんしゅつ)した。青年たちの間には、恐怖のあまり気絶する者がでた。

白バイにはセル・モーターがついていた。衣川は左端の白バイにまたがり、差しこまれたままのイグニッション・キーをひねると、エンジンは活動しはじめた。クラッチをつないでスタートさせた。

ハンドルに手を添えた左手に握っているS&W制式拳銃の弾倉は尽きていた。

衣川は、オートバイをターンさせながら、それを腰の革ケース(ホルスター)に突っ込み、刑事から奪ったコルト・ディテクチヴ・スペッシャルをポケットから抜き出した。銃身のひどく短いスナップ・ノーズのダブル・アクション・リヴォルヴァーだ。

ターンした白バイは、畑の間の道に出た。石ころだらけの悪路だ。

射殺された牛のまわりに群がっていた制服警官たちは、農家で起こった銃声を聞きつけ、腰の拳銃と警棒に手を添えて走り寄ってきていた。

衣川は白バイのチェンジ・ペダルをトップに踏みかえ、彼らと反対方向に向けてスピードをあげていった。

道路に跳び出した警官たちは、地面に片膝をついて一列に並んだ。

「射て、射てっ！」

指揮者の合図で、警官隊はいっせいに火ぶたを切った。

背を丸めてハンドルにしがみつく衣川のまわりを、ピシッピシッ……と、鋭く夜気を嚙んで拳銃弾が通過した。

初めは一斉射撃だったが、興奮した警官たちは、一瞬あとから追っかけてきた。凄まじい発射の轟音は、無我夢中で続けざまに発砲してきた。轟音で耳がおかしくなっているため、

「落ち着け。よく狙うんだ！」

と、絶叫する指揮者の声も耳に入らなかった。激しく跳ねあがる大型拳銃を腕いっぱいに伸ばし、射ちまくった。

衣川の乗った白バイはヘッド・ライトを消していた。無謀ともいえる運転ぶりで、狭い道路いっぱいにジグザグを描いて逃げまくった。

追ってくる警官隊の拳銃は、チューン……と、長い尾をひいてはるか衣川の頭上を流れ、あるいは車輪の後ろに土煙を跳ねあげはじめた。

烈風が衣川の頬を打った。白バイは悪路を猛烈にバウンドした。目深にかむったソフトが吹きとびそうになり、裏地の中に隠した超小型ヴェルナルディリ自動拳銃の重量に救われてかすかに頭にまつわりついていた。

「…………」

衣川はくいしばった歯の間から罵声を漏らした。跳ねあがる白バイのハンドルから器用に左手をはずし、ソフトを掴んで背広の下に押しこんだ。

衣川の乗った白バイは有効射程をはずれた。チューン……とさえずる弾の音は、身近をかすめていない証拠だ。

衣川は、張りつめていた緊張をホッとゆるめた。

しかし、次の瞬間、衣川の唇は歪み、罵声がほとばしった。

闇に光る豹の目のようなヘッド・ライトを燃えたたせ、遠くから、サイレンを殺した白バイの群れが突っ込んできた。

両方ともスピードをあげているので、間隔は急速に縮められた。衣川は歯をくいしばり、急激に右にハンドルを切った。

スピードを乗せたまま、白バイは麦畑に突っ込んだ。畦（あぜ）を越え、横転しながら土煙をまきあげた。

衣川は勢いよく白バイから投げ出された。空中で一回転し、左肩から先に畦の上に叩きつけられた。

肋骨（ろっこつ）が折れたのではないかと思ったが、錯覚だろう。衣川は呻きながら跳ね起き、畦の後ろに蹲った。

麦の葉に宿った露が、ダイヤのように輝いてこぼれ落ちた。千切られた葉は新鮮な匂いをはなった。

衣川は、コルト・ディテクチヴ・スペッシャル輪胴式に持ちかえ、右手は手慣れた愛銃ワルサーP38を抜き出した。

そのコルト輪胴式拳銃（リヴォルヴァー）は、ダブル・アクションの複動式なので、引金を絞れば撃鉄を起こす作用と輪胴を右に一薬室回転さす作用の二つに働く。

S&Wリヴォルヴァーでは輪胴は左まわりに回転する。

したがって——ダブル・アクションのリヴォルヴァーは、シングル・アクションのように撃鉄を指か掌で起こしてやらないかぎり、引金は重くかたい。

衣川は、右手に握ったワルサー九連発自動拳銃の安全弁を上に押し外した。あまたの血に穢（けが）れた凶銃は、完全なバランスを保って、衣川の肉体の一部と化したように見えた。引金を軽くして正確な射撃を行なうために衣川は親指で撃鉄を起こす。

3

独眼のヘッド・ライトを怒らせて突っ込んできた白バイの群れは、五台をくだらなかった。麦畑に乗りいれて横転した衣川の白バイを認め、慌てて彼らは急ブレーキをかけた。いずれも、九十キロを越すスピードを出していた。

急ブレーキをかけると、キーッ……と鋭いブレーキの軋みを発し、横転しそうになりながら大きくスリップした。

「死ね！」

口の中で呟いた衣川は、スリップする白バイの群れのしんがりの警官を狙ってワルサーを発砲した。

動標なので、クレーのスキート射撃の要領を利用し、手首のスナップをきかして、白バイ警官の脇腹を銃口で追いながら引金をひいた瞬間も銃の動きをとめなかった。

オートバイのハンドルにしがみついているため、犠牲者の脇腹はあいていた。

弾頭は右の肋骨を突き破り、肺を斜めに貫いて、左の腋の下から抜けた。

「……！」

名状しがたい悲鳴を漏らし、犠牲者はもんどり打って、向こうの麦畑に叩きつけられた。

主人を失った愛車だけが勝手に走り、前を行く白バイに激突した。二台の白バイは、重なりあって横転した。振り落とした乗り手の上に倒れた後ろから二番目の白バイは、唸りをあげて後輪を回転させた。スポークがきらめいた。

衣川のワルサーが、再び閃光をひらめかせて銃口を跳ねあげた。

先頭の白バイ警官は頬骨を横から砕き、延髄をメチャメチャに潰したワルサーの九ミリ・ルーガー弾をくらって昏倒した。

カーヴを描きながら倒れたそのオートバイに、後ろから単車が追突した。大音響を発した。乗り手は前に投げ出され、首の骨を外して呻いた。

残った二台の白バイが、追突して重なった白バイに、さらに追突した。乗り手の二人の白バイ警官は、起きあがりながら、夢中で拳銃を抜き出した。

「馬鹿……」

衣川は薄ら笑い、たて続けに二度、ワルサーの引金を絞った。

発射音が木霊となってはねかえってきたとき、拳銃を抜き出した二人の警官は、定規ではかったように正確に眉間を射ちぬかれて即死していた。

衣川はニヤリと笑ってワルサーの銃身に頬ずりした。続けざまの速射で、銃身は温もっていた。

首の骨が外れた白バイ警官に、冷静に狙いを定め、一発でとどめをさした。ワルサーの弾倉室から抜いた弾倉に補弾し、もとに戻した。

左手のコルト・リヴォルヴァーをポケットに突っ込み、ワルサーには安全装置を掛けて麦畑から跳び出した。

白バイの警官たちのうちで生き残っているのは、しんがりから二人目の若い男だった。都会育ちらしい、線の細い顔だちをしていた。

その警官は仰向けに倒れていた。胸の上にのしかかった重いオートバイの重量におしつぶされそうになりながら、必死に腰の拳銃を抜こうとしている。

「よしな」

衣川は凄味のきいた声で命じた。ワルサーの安全弁を外した。

若い警官の白い額には、汗の粒が吹き出ていた。その汗は、ひしゃげたヘルメットで叩かれた傷口の血とまじってルビーの色をしていた。

衣川は、その警官に歩み寄った。警官は死にものぐるいの力で、オートバイにはさまれていた右手を抜き取り、腰の拳銃に走らせた。

泣きだしそうな顔付きだった。

「よせ、と言ったら……」

衣川は再び警告を発し、ワルサーの銃口を彼の腹のあたりに向けた。引金に掛けた人差し指の第二関節が、かすかに白っぽくなっていた。

「嚇かしになんかのるものか！」

若い白バイ警官は、痙攣するように重いS&W制式拳銃の銃把をつかんだ。

「よせ、と言ったのに……」

衣川は引金を絞った。

若い警官は、ロカビリー歌手のような口の開きかたをして、絶叫に近い悲鳴を漏らした。銃把から手をひっこめた。

弾着は、若い警官が腰に吊った拳銃に当たった。

一瞬、その拳銃がどうなったか見当がつかなくなった。ワルサーから放たれた銃弾は、S&Wリヴォルヴァーの輪胴に当たり、輪胴中の薬室の実包がショックで二発同時に暴発したのだ。

青みを帯びて吹き出る煙がおさまったとき、そのリヴォルヴァーの薬室はひん曲がって役にたたぬようになっていた。若い警官は、茫然と目を見開いていた。

衣川は不敵に笑い、ワルサーに安全弁を掛けて、腋の下のホルスターに無造作に突っ込んだ。

若い警官の胸の上にのしかかっている白バイを軽々と持ちあげ、横にのけた。白バイのハンドルは不自然に曲がり、スポークの数本は折れていた。

「立て！」

衣川は命じた。

「…………」

若い警官はまだ煙の漏れる拳銃を腰にさげたまま、両手を使って立ちあがろうとした。地面に叩きつけられたとき脳を打ったのか、拳銃の暴発に驚いて腰を抜かしたためか、若い警官は立ちあがることができなかった。

「よし、それじゃあ、じっとしてろ」

衣川は言った。

地面に片膝をつき、若い警官の頭からひしゃげたヘルメットを外して自分がかぶった。

「た、助けてくれ！」

若い警官は啜り泣いた。

「いいから、ベルトを外せ」

かがみこんで、警官の編上げ靴の紐を解きながら衣川は命じた。

若い警官は、蹴っとばすだけの気力も失っているようだった。涙をこぼしながら、ひきつるような愛想笑いをうかべて制服の上着のベルトのバックルを外した。

「ボタンもとれ。それから、ズボンのベルトも外すんだ」

「ズボン？」

「俺を変態野郎と間違えたのか？　馬鹿な。ただ、服を替えっこするだけだぜ」

衣川は鼻で笑った。若い警官の上着、ズボン、編上げ靴をすっかり脱がした。自分の上着のポケットの中味を手早く制服のポケットに移した。

衣川はその制服を着こんだ。白バイ用の編上げ靴も履いた。窮屈だったが、無理すれば衣川の体に合わぬこともなかった。

ヴェルナルディイリ超小型銃をひそめたソフトだけは、制服の腹の下にしまい、拳銃吊りのベルトを締めた。警察用のホルスターには、農家で顎の丸い白バイ警官から奪った拳銃を突っ込んだ。

若い警官には、ポケットを空にした自分の服を着せた。オートバイの燃料タンクを開き、ガソリンをその上に振りまいた。

若い警官は、手足をバタつかせて暴れた。衣川は、銃身の短いコルト・リヴォルヴァーの銃口を圧しつけるようにして、もがきまわる若い警官の心臓を一発で射ち抜いた。

銃口から発射の火箭が走り、高熱の火はガソリンを振りまいた服に燃え移った。燃えあがる炎に浮かびあがる衣川の顔は、木彫りの面のように無表情だった。

闇と水

1

警官の死体を包んだ服を舐めた炎は、風を受けて勢いを増した。ガソリンの燃える匂いとともに、皮膚が焦げる悪臭がたちのぼった。

無表情にそれを見下ろしていた衣川の唇に、ねじくれたような微笑が浮かび、フッと消えた。

衣川は、警官から奪った制服を着こんでいた。肩のあたりがハチ切れそうだった。重なりあった白バイのなかから、破損程度のいちばん少ない一台を選んで引き起こした。エンジンはかかった。衣川は乱暴に発車させた。ライトも割れていなかった。

頭にかぶった歪(いびつ)なヘルメットの感触が不快だった。まるで、箍(たが)をはめられているようだった。

背後から、警官たちのホイッスルが鋭く吹き鳴らされながら追ってくるようだった。衣川は白バイのスピードをぐんぐんあげていった。

左右を麦畑に囲まれ、曲がりくねった一本道。行く手には警官たちが銃列を敷いて待ちかまえていることはわかっていた。

しかし、衣川はあきらめなかった。腋の下に忍ばせたワルサーにかけても、あきらめきれるものではなかった。

排気装置がこわれているのか、衣川の乗った白バイは黒煙を吐きちらし、異様な音をたてて進んだ。

衣川は、荒川(あらかわ)に向けて白バイを飛ばしていた。一キロも行くと、予想どおり、道いっぱいをバリケードと警官隊がふさいでいた。

衣川は白バイのサイレンのスイッチを入れた。サイレンを咆哮(ほうこう)させ、バリケードに向けて突っ込んでいった。

跳び出した警官たちが、慌ててバリケードをよけようとするのが、ヘッド・ライトの光芒(こうぼう)の先に見えた。衣川は白バイのスピードをゆるめた。

赤いランターンが激しく振られた。衣川はブレーキをかけた。

「報告します」

機先を制した衣川は、挙手の礼を行なった。指揮者とおぼしい警部補の肩章に向かって叫んだ。

「……？」

警部補は挙手の礼を返した。

「犯人は、この道の後方一キロ半のあたりで、頑強に抵抗中であります。犯人は拳銃を所持し、わが方もすでに三人の負傷者を出しました。ただちに救援をお願いしたい。以上、報告終わり――」

衣川は一息にしゃべった。

「了解、ご苦労であった」

警部補は礼を言った。部下たちに顔を向け、

「一班の者、ただちに出発せよ！」

と叫んだ。

バリケードの後ろの警官たちのうち約半数が、一台のジープに乗りこんだ。人数は五、六人だった。ジープは発車した。

「あとをお願いします」

衣川は声をかけ、またがったままの白バイに再びエンジンをかけた。爆音をたてた白バイのギアを踏みかえ、ブレーキをゆるめていった。

「ちょっと、君！」

バリケードのそばに残った警部補が叫んだ。

衣川は聞こえぬふりをして、白バイをバリケードの向こうに進めた。

「君、階級と氏名を明らかにしたまえ」

警部補は、今になって衣川に不審を抱いたようだった。

衣川の白バイはグウンと跳び出した。

「待てっ！」

警部補は、緊急使用を予想し、安全止め革を撃鉄からはずして第二ボタンにかけたホルスターから、S&W制式拳銃を抜き出そうとした。

衣川は振り向かなかった。ハンドルの上に上半身を伏せるようにして、白バイのスピードをあげた。

「あれを停めろ！」

警部補は、茫然としている部下に命じ、拳銃を抜いた。

「待て！」

「待たんか！」

残った四、五人の警官は、われにかえったように叫び、拳銃を抜きながら、転がるような勢いで走った。

しかし、人間の足でオートバイに追いつけるわけはなかった。たちまち、間隔がひらいていった。

「待たんと射つぞ!」

息をきらした警官の一人が、走りながら拳銃の撃鉄をあげた。

警部補は、バリケードの後ろに停めてあったもう一台のジープに跳びのった。無線装置のついた白塗りの警察ジープだった。

前輪と後輪を駆動させたジープは、狭い道でUターンを試みた。麦畑に突っ込み、猛烈に畦土(あぜつち)をはねとばしながらも、強引にジープは向きをかえた。

ハンドルにしがみつく警部補は歯をむきだしていた。抜き出した拳銃は右膝のそばのシートに置かれていたが、ジープの動揺につれて跳ねまわった。

駆けながら衣川の白バイを追った警官たちは、たちまち二百メーターほど引き離された。

その一人が、道の窪みに足をとられて前のめりに倒れた。手にした四十五口径の拳銃が暴発し、銃弾は十メーターほど先の地面を削り、跳弾となって闇の中に消えていった。反響音がはねかえってきた。

2

その暴発を契機とし、残る警官たちは地面に片膝をつき、空に向けて次々に威嚇射撃を行なった。

　夜なので、凄まじく反響し、木霊(こだま)となり、かぶさるようにして戻ってきた。

　タイヤを軋ませて、彼らの背後にジープが急停車した。

「みんな、これに乗るんだ!」

　ハンドルを握る警部補は叫んだ。銃声に打ち消されまいとして、大声で叫んだ。

　警官たちに、その声は聞こえた。立ちあがり、暴発を避けるために撃鉄の前に親指をはさんで、ジープに乗りこんだ。鈴なりだった。

　警部補は、不機嫌に唇を噛んで後輪駆動に切り替えたジープを発車させた。衣川の乗った白バイは、はるか前方を疾走していた。

「至急、本部と連絡をとりたまえ」

　警部補は右側に坐った若い警官に向かって命令した。

「はいっ!」

　ソバカスの残る若い警官は、まだ息をはずませながら、無線ラジオのマイクを掛け金から外した。

　若い警官は本庁五階の一斉指令室に向けて、犯人を取り逃がしたことを報告した。

　報告を受けた一斉指令室は、ただちに現場付近のパトカーやラジオ・カーに指令を発した。

「糞っ、うまくやられたもんだ」

衣川を追跡するジープの運転台で怒りに蒼(あお)ざめた警部補が、くいしばった歯の間から、吐き出した。

「あれが犯人とは気がつきませんでしたよ」

蛙のように肥った中年の警官が、とりなし顔で言った。

「追いつきしだい、射殺してくれる。われわれだって人間だ。こうまで馬鹿にされて黙っておれるか」

警部補は猛烈にバウンドするジープのハンドルを操りながら、嚙みつくように言った。

「あっ、奴の姿が見えなくなりました」

若い警官が叫んだ。

ジープの前を逃げまくっていた衣川の白バイは消えていた。

「脇道にそれたに違いない。なあに、いまに袋の鼠になるさ。応援のパトカーもあたりをとりまいているだろうし」

警部補は顎を突き出した。

右の間道に白バイのハンドルを切った衣川は、道の左脇を幅七メーターほどの堀が走っているのを目にとめた。

衣川の唇が歪んだ。白バイのスピードをあげると、堀に向けて、まっすぐに突っ込ませた。

突っ込ませながら、ライトを消した。

堀の水面は、まわりの地表より三十センチほど低かった。一瞬、空中に浮かんだ白バイは、衣川の体重と自重で落下し、車輪で水を跳ねあげかけた。

衣川は、ハンドルを軸とし、大きく逆立ちして、胸を弓のように反らせた。腰のバネをきかせ、堀のむこう側に身を投げ出した。

乗り手を失ったオートバイは、濁った堀の水の中に沈んでいった。

ガソリンが水面めざして争うように浮いてきたが、暗くて見えはしなかった。

衣川は空中でさらに一回横に転がり、左肩から先に畑に着陸した。着陸した拍子に左腋の下のホルスターに入れたワルサーが胸部を激しく圧迫し、衣川は呻き声を漏らした。頭にかぶったヘルメットも畑の畦に激突し、一瞬、意識が遠のいた。

しかし、衣川は素早く意識をとりもどした。右腰に手をやり、革ベルトに吊った警察拳銃を落としていないことを確かめた。

堀にはまだ大きな波紋がひろがっていた。衣川は中腰になり、さきほど曲がった十字路の方に目をやった。筋肉が痛んでいた。

警察ジープのヘッド・ライトが、十字路に向けて突き進んできていた。

衣川は白バイ警官から奪って着こんだ制服のボタンを外し、腋の下のホルスターからワルサー自動拳銃を抜き出した。

いつ握ってもバランスがよかった。ワルサーを握っていると、恐怖におびえた心が鎮まり、冷たい殺意だけが息づいてきた。腰に吊ったS&W警察拳銃や、ポケットに突っ込んだコルト・ディテクチヴ・スペッシャルの使用はワルサーの全弾を射ち尽くしてからでも遅くない。

ワルサーの遊底の後ろに小さく細いピンが突き出し、薬室にも実包が送りこまれていることを示していた。

衣川は闇の中でその表示(インディケーター)ピンを指でさぐり、無気味な笑いを浮かべた。親指で露出した撃鉄をカチッと起こした。

警察ジープは、十字路で急停車した。ホロの下から警官たちが跳び出し、懐中電灯の光で左右の間道を照らした。

「どっちに行ったのかな?」

「車輪がスリップした跡でも残ってないか?」

警官たちは囁きかわした。

雨で濡れてもいない道路から、オートバイの車輪の跡を発見するのは困難だった。それに、オートバイといっても、衣川の乗った白バイだけが通ったわけではない。

ジープのダッシュ・ボードの下に据えつけられた無線ラジオが、さかんに呼び出しをはじめた。

警部補は、反射的にマイクを握って応答した。応答しながら、罵声を発したくなるのを必死にこらえていた。

本庁からの声は、さきほどバリケードの後ろから飛び出したもう一台のジープが、衝突して折り重なった白バイと死者の山を発見したことを伝えた。ガソリンをブッかけられ、火を放たれた死者は、熱のために腹が裂けて、湯気をたてる臓腑がはみ出ているようだった。

3

やがて、その報告を本庁に送ったジープが引き返してきた。道の向こうからは、車輪を接して、数台のパトカーが駆けつけてきた。

引き返してきたジープには、二人だけ乗っていた。残りの警官は、現場に残してきたらしい。

停車し、車体を震わすジープから、警部補の部下が跳びおり、震える唇で惨状の説明を行なった。

駆けつけてきたパトカーも停車した。パトカーには、正規の二人の搭乗員のほか、後部座席に一課の刑事がスシづめになっていた。

警部補の命令で、ジープ、パトカーは二手に分かれ、左右の間道に車を乗りいれて犯人の捜索に移ることになった。

「出発、どんなことがあっても逮捕するのだ。抵抗すれば、ただちに射殺せよ。あんな狂犬を野ばなしにしておくことは、断じて許されない。奴は制服姿だから気をつけろ」

ジープに乗りこんだ警部補は、無理に感情をおさえたような声で命令した。

その頃、衣川は——白バイ警官の制服に身を包み、堀の右側の麦畑の畦を縫って、上半身を折るようにして歩を進めていた。

パトカーのサイレンや、エンジンの唸りが、対岸の通りをかすめていった。不吉な響きだった。

ワルサーを右手に握り、暗く光る瞳を用心深く左右に走らせる衣川は、スポット・ライトの光線が麦畑を薙ぐごとに、畦間にぴたりと身を伏せてそれを避けた。

堀はしばらく行くと行きどまりになっていた。右手に変電所や火葬場の煙突が、黒く闇の中にそびえていた。堀と思ったのは、新河岸川の水がプールされていた個所だったのだ。

衣川は、堀のはずれの灌木の茂みに蹲り、荒い呼吸をととのえた。上半身を折り続けていたために痛みを覚えはじめた腰の筋肉を揉んだ。

遠く変電所の長いコンクリート塀のあたりも、薄暗い常夜灯を頭上から浴びて、制服警官や自警団の青年たちの姿が影絵のように動いていた。

それを突破すれば、荒川に抜けられる。荒川の向こうは埼玉県だ。

衣川の口の中は、熱っぽく、ねばねばしていた。無性にタバコが吸いたかった。しかし、火を点けて彼らの注意をひくのは危険であった。

衣川はヘルメットでおおって、タバコに火をつけようか、と思った。

そのとき、一つの考えが脳裡に閃いた。

衣川の左手四十メーターのあたりに、古い造りの農家が見えていた。

材木が今にも朽ちはてそうな建物のまわりには、藁がうずたかく積まれていた。

灌木の茂みを縫って、衣川はその農家に忍び寄った。足音をたてぬように全神経を集中していた。

生垣の破れから侵入し、建物の壁に沿って積まれた藁に身をへばりつけた。藁は乾燥していた。

衣川はかぶっていたヘルメットを脱いだ。ヘルメットを風よけとブラインドにし、その蔭でライターの火をつけた。

ライターの火を、積まれた藁の方々につけていった。衣川の動きは素早かった。

乾燥した藁はすぐに火を呼んだ。衣川は建物の裏側に回りこみ、生垣の間から逃れでた。

さきほどの、堀ばたの灌木の茂みに身をひそめた。期待に輝く瞳を、燃えはじめた藁の方に向けていた。

火の回りは早かった。風を受け、轟々と音をたてて炎が長い舌なめずりをした。

悲鳴に近い叫び声をあげ、炎に包まれた農家から、下半身に何もまとっていない若い男女が跳び出した。

彼らは、大声で救けを求めながら、建物のまわりを走りまわった。二人の体は浅黒かった。男の下腹部は萎縮していた。女の尻は、滑稽なほど大きかった。

凄まじい勢いで舌なめずりする炎に照らされ、わめきながら走りまわる二人の姿は、火祭りの土民をおもわせた。

火は建物に燃え移った。材木の節がはじける無気味な音も聞こえてきた。若い男女は、裏の井戸についたポンプに跳びつこうとし、女が植木の根につまずいて転がった。

若い女の両脚が、グロテスクな格好に開いた。離れた灌木の茂みでそれを眺めていた衣川は、笑い声を圧し殺した。ワルサーを腋の下のホルスターにおさめ、制服のボタンをかけた。

けたたましいサイレンの音が響きはじめた。変電所の方から、腰のホルスターを押さえた警官や自警団の青年たちが駆けつけてきた。

農家の屋根にまで火は燃え移っていた。舞い狂う火の粉が夜空を焦がした。その家から跳び出した若い男女は、大熱に耐えかね、這うようにして逃げだした。

パトカーのサイレンと、消防車の半鐘が、重なりあって近づいてきた。燃えあがる農家のまわりに群がった警官や青年たちは、納屋に積んであった竹竿を取りあげ、必死で火を叩き消そうとしたが、その納屋にさえ火は移っていた。

衣川は灌木の茂みから跳び出した。右往左往する青年の手から竹竿を奪い、群れに加わって消火につとめた。

竹竿ぐらいでは、火勢をくいとめることができるわけはなかった。五メーターほど建物から離れていても、皮膚が焦げそうな熱さだった。

消防車が三台続けざまに到着した。消防夫は、堀に向けてホースを伸ばしはじめた。パトカーも二台到着した。

火事騒ぎにひきつけられて、変電所の塀のあたりには警官の姿はなくなっていた。変電所の宿直員まで、泳ぐようにして駆けてきた。

「頼む、向こうの警備をしなければならないんだ」

衣川は、すぐ横の青年に竹竿を渡した。

農家から跳び出した若い男女は、前を押さえて蹲り、悲痛な声をはりあげていた。

衣川は、規則正しい駆け足で、変電所の方に走っていった。

消火に夢中になっている警官たちは、駆けだしていく衣川に目もくれなかった。途中駆け寄ってくる何人かの男たちとすれちがったが、彼らも衣川をあやしみはしなかった。

変電所の横を抜け、しばらく行くと荒川だった。土手に立って後ろを振り返ると、消防車のホースの水流を浴びた農家は、黒煙と赤みがかった炎を噴出させていた。

衣川は、枯草の深い堤を駆けおりた。石ころとススキの河原を横切り、流れの縁に立った。流れは黒く、静かにさえずりながら動いていた。衣川は意を決し、左足をそろそろと水におろしていった。

水面（みなも）の花

1

流れは深そうだった。深いので、瀬音をたてずに、黒い水は静かに流れているのだ。

衣川は、おろしかけた左足を水面から引きあげ、背後のススキの茎を折った。茎は一メーターを越えていた。

広い川幅の流れの縁に蹲り、衣川は左手に持ったススキの茎を水面に刺しこんでいった。右手は握ったワルサー拳銃を離さなかった。

ススキの茎はずんずん沈んでいき、やっと川底に先端が当たる手ごたえがあったときには、完全に水中に没していた。

水深は一メーターを越えている、と衣川は思った。下唇を嚙んで、しばらくのあいだ水面を睨みつけていたが、茎を捨ててヘルメットを脱いだ。

水面に勢いよく浮かびあがったススキの茎は、下流に向けてゆっくりと漂いはじめた。

衣川は、膝の上でヘルメットをひっくりかえして逆さまにした。

腰に吊った警官のS&W拳銃、制服の下に突っ込んだヴェルナルディリ超小型拳銃入りのソフト、ポケットから出したコルト・ディテクチヴ・スペッシャル拳銃などを、ヘルメットの中に落とした。

弾薬も入れると、ヘルメットの重さは八キロを軽く越えた。衣川は制服の上着を脱ぎ、鞣し革の拳銃ケースを左肩から外した。

ホルスターにワルサーP38を突っこみ、立ちあがって後ろを振り返ってみた。

石ころとススキの河原の向こうに、枯草の深い堤が黒々と横たわっていた。その堤の上を、赤いスポット・ライトをつけたパトカーや白バイが疾走してきた。

衣川は口の中で罵った。堤の上には、手に手に鍬や鎌を握った自警団の男たちの姿が、シルエットとなって浮かびあがった。

衣川は、水音をたてぬように気をつけ、数丁の拳銃を入れたヘルメットをかかげて流れの中に足を沈めていった。ヘルメットは脱いだ制服で包んでいた。

冷たかった。肉が千切れそうな水の冷たさだった。

衣川の体は、腹の上まで水に浸かった。衣服を透して、骨も凍るような冷たさがしみこんできた。

堤の上では、人影が目まぐるしく走りまわっていた。パトカーや白バイが停車し、武装警官を吐き出した。

衣川は靴先で、水底の深さと砂の具合をさぐりながら、対岸をめざして流れを横切りはじめた。拳銃を入れたヘルメットは、胸の高さにかかげていた。

対岸まで百五十メーターほどあった。衣川はわざと腰をかがめ、水面から上には、顔と、ささげ持つヘルメットだけを突き出していた。

水深は、一歩ごとに深くなったり浅くなったりした。拳銃だけは濡らしたくないので、衣川はそれをおさめたヘルメットが水に浸からないように気を配った。

堤に集まった男たちは、衣川が火を放った農家の火事の煤や灰を浴びて薄汚れた顔に、目だけがギラギラ光っていた。

火事は消えたが、そうでなくても朽ち倒れそうだった農家は、完全に崩れ落ちてしまっていた。堤の上からも、薄闇の中に濃灰色の煙を吹きあげる木材の山と、群がった消防車のホースから噴出する水流がおぼろに見下ろせた。

「犯人は、どこに逃げやがったんだ?」

「まず、河原を捜すんだ」

自警団の男たちは叫びあった。

数台のパトカーが、土手道でカーヴを切って、ライトで水面を照らそうとした。しかし、道が狭すぎて、どうにもならなかった。

パトカーの一台には、スピーカーが据えつけられていた。警部補の記章をつけたロイド眼鏡の男が、マイクに向けて怒鳴るようにしゃべった。

「みなさん、ご協力ありがとう。犯人はこの河原に潜伏しているものと思われます。犯人は警官の服装をしていますので、ごまかされないように気をつけてください。念のため、われわれの顔をよく覚えておいていただきたいと思います」

スピーカーの声に応じて、パトカーや白バイから降りていた完全武装の警官が十数人、警部補の車のそばに駆け寄った。

警部補の横の座席に坐っていた私服刑事が、大型の懐中電灯を持って降り立った。

「みなさん、一応、河原に降りてください」

スピーカーは、自警団の男たちに呼びかけた。

男たちは、鎌や鍬の刃を鈍く閃かせながら堤防の斜面を駆けおり、武装警官の並んだパトカーの横を見上げた。

「みなさん、よくわれわれの顔を覚えておいてください」

スピーカーは叫んだ。

私服刑事が、堤の斜面の途中まで降りた。整列した武装警官の顔を大型懐中電灯で照らしていった。自警団の男たちは、黄白色の光線に浮かびあがる幾多の顔の品さだめをはじめた。

「では、みなさん、五人ずつ一組になってください。一組にわれわれ警察の者が一人ずつ付きますから」

警部補はマイクを通して、自警団の男たちに呼びかけた。

「きっちり五人ずつですか？」

河原から、ひょろ長い青年が叫んだ。

「だいたいでいいですよ」

警部補は答えた。

自警団の男たちは、やかましく騒ぎながら、親しい者同士が集まって五、六人ずつグループをつくった。

私服の刑事は、警部補の乗ったパトカーに戻り、後部座席から、大きく不格好な短銃を束にして抱えだした。信号銃に似ていた。刑事はそれらを、武装警官にくばった。

「照明ピストルだ。川面が暗すぎて見えないから、必要とあれば、これを仰角に向けて射ちあげるのだ」

「弾薬は？」

2

若い警官が尋ねた。

「いま持ってくる」

私服刑事は、パトカーから、大きな弾箱を提げて戻ってきた。

手榴放射弾に似たロケット型の弾を、刑事は十発ずつ武装警官にくばった。

「操作は簡単だ。旧式の中折れ式拳銃のように、銃身を折って薬室に詰めればいい。単発式だから、弾倉はない。こうしてから引金をひけばいいんだ」

私服刑事は、身近な警官の手から照明銃を取りあげた。薬室の後ろの弁を押しあげ、銃身を折って照明弾を詰めた。銃身をカチーンともとに戻した。

「射ったら、また銃身を折ればいいわけですね」

若い武装警官が質問した。

「そのとおり!」

刑事は再び照明ピストルの銃身を下に折った。照明弾は、エジェクターではねとばされた。

刑事は、はねとばされた照明弾を器用に空中で受けとめた。弾も一緒に、照明ピストルを身近な警官に戻した。

「では、弾を込め!」

刑事は命令した。

武装警官たちは、さしてまごつきもせずに、照明ピストルに装置した。

「捜索にかかってくれ。出発だ」

マイクはほえた。

武装警官の群れは堤防の斜面を駆けおり、グループになって待ちうけていた自警団の面々と合流した。

各グループは、照明銃を左手に構えた武装警官をそれぞれの先頭に立て、ススキの間をわけて衣川の姿を捜し求めた。

衣川はちょうど両岸の中央の辺で立往生していた。水が深くなって、爪先立ちをしても水面が顎のあたりまでとどくのだ。

ここまで来ると、流れはかなり速かった。しかも、靴先は柔らかい砂底にズルズルとめりこんだ。

衣川は拳銃や弾薬を入れたヘルメットを、両手で顔の前に差しあげていた。逆さになったヘルメットの端は水面に触れていた。

衣川は、流れの抵抗に耐えながら、再び靴先で足場をさぐつた。水底は、ますます深くなっていくようだった。あやうく水を呑みそうになった。

「糞っ……」

衣川は、口の中にとびこんだ汚水を吐き出した。

場所を変えれば、この深みを横切れるかもしれない……衣川は今度は蟹(かに)のようにそろそろと横向きに足場をさぐっていった。

何かどろどろしたものが、顎まで水に浸かった衣川の首に触れた。

衣川は、さっとあとじさりした。首筋から離れた物体は、ご用済みのコンドームだった。

「畜生！」

衣川は口の中で罵った。

河原では、ススキの茂みをかきわけた自警団に驚いて、草の褥で抱きあっていたアベックの一組が跳び起きた。二人ともパンツとスカートを穿いてなかった。

女は人妻らしく、三十を越していた。男は十八、九の美少年だった。

「野郎、ひとが苦労してるのに」

自警団の一人が歯をむきだした。

少年はその場に坐りこみ、シャツの裾で前を押さえた。濡れたペニスは、容易に硬直を解かなかった。

女のほうは、スカートとパンティを摑み、自警団の男たちに背を向けて必死に逃げだした。スカートで顔を隠し、ススキの茂みを踏みしだいて転げるように走った。

「あっ、あの阿魔っ！」

グループのしんがりに従っていた、痩せた小柄な男が、悲痛な声を発した。黄色い反っ歯が唇からはみ出ていた。

「そういえば、確かにあの女は常さんの女房……」

横の男が、気の毒げに言った。

「あの浮気阿魔！　いつのまに色男をつくりやがってたんだ！」

常さんと呼ばれた小柄な男は、坐りこんだまま茫然としている少年を蹴倒し、女房のあとを追って走りだした。とぎすまされた鎌を振りあげていた。

3

「待て！」

常は息をきらして女のあとを追った。鎌の刃がギラギラ光った。

待て、と言われても立ち止まれるわけはなかった。常の女房は髪を振り乱して逃げまくった。尻の黒子が波打ちながら左右に揺れた。

小柄な体に似合わず、常の足は速かった。短いコンパスを駆使し、強引にススキの茂みをかきわけて走った。

二人の距離は縮まった。

「待ってくれ、常さん。早まるんじゃない！」

男たちは、照明ピストルを握った警官を先に立てて常のあとを追った。

常に蹴倒され、俯けになって転がっていた少年は、おずおずと起きあがり、あわててズボンを穿いた。四つん這いになってススキの茂みに体を突っ込ませていった。

常の女房は、流れのふちに追いつめられていた。

「あ、あんた、許して！　許してください！」

「いいや、許せねえ。みんなの前で、よくも俺に恥をかかせやがったな！」

「お願い、お願いします。二度とふしだらなことはしませんから！」

髪を振り乱し、丸めたスカートを持った手で、はだけた胸を押さえる女房の両脚は、音をたてて震えていた。

「死ねっ！」

常は鎌を振りおろそうとした。

女房は腰を抜かし、水音をたてて流れに落下した。

「よせっ！」

照明銃を背後の男に渡した警官が、常の右手に跳びついた。

「は、放してくれ！」

「いかん。落ち着くんだ」

二人は激しく揉みあった。

常の女房は、流れに胸まで浸かったまま、両目をおおって震えていた。

「放せ！　見逃してくれ！」

常は、鎌を握った右手を警官に摑まれたまま、膝で股間を蹴りあげようとした。

自警団の連中が常の背中に跳びついて引きずり倒した。鎌は警官の手に移っていた。

常は仰向けに倒れたまま、荒い息をついていた。涙の筋が目尻から頬を伝って滑り落ちた。

「こんな辱しめを受けるくらいなら、いっそ俺のほうをバッサリやってくれ。そのほうがなんぼか気が楽だ」

常は喉につまった声で言った。

「あんた、堪忍して。もう、二度と悪いことはしませんから」

女房は哀願した。

いっぽう、ススキの茂みをかきわけ、這いながら流れのふちに出た少年は、その場に蹲って唇を震わせていた。

常をとめようと追っかけていった男たちのうちの数人が、少年を捜しに戻ってきた。

少年は意を決するように目をつむり、頭から流れの中に跳びこんだ。

大きな水しぶきと音があがった。少年は水の中を潜りながら泳ぎだした。心臓が止まるほどの寒さだった。

「あっ、逃げやがった」

「確かに水音がしたぞ！」

男たちは叫びかわした。

「この人を頼む」

常から鎌を奪った警官は、預けてあった照明ピストルを取り戻した。鎌はその男の手に押しつけた。

川面を指さして騒いでいる男たちのところに、照明ピストルを構えた警官が駆けつけた。

「どうした？」

「野郎、逃げやがったんだ」

「あのままだと、心臓麻痺を起こすかもしれませんぜ」

自警団の男たちは、口々に叫んだ。

「よし、引っ返させよう」

警官は水辺に近寄った。

川面は暗く、どこを少年が泳いでいるのかまったくわからなかった。

警官は照明ピストルの銃口を仰角にあげた。

「戻ってこい！　そうでないと、死んでしまうぞ！」

警官は叫び、強く照明ピストルの引金をひいた。

轟音とともに、太い銃口から、光の矢が鮮やかに闇にカーヴを描いた。

照明弾の弾速は遅かった。シュルシュルと無気味な音をたて、光の筋をひいた弾は、百メーターほど上空で星影の閃光を発して炸裂した。

炸裂はしたが微塵に砕けず、火の玉となってゆっくりと落下してきた。

照明弾の明かりが、川面をおぼろに照らしだした。

炸裂した火の玉が落下してくるにしたがって、川面は明度を増した。

水しぶきをはねあげながら対岸めざして泳いでいく少年の姿が、光の中にさらけだされた。

こちら側の岸から三十メーターほど先を泳いでいた。

「いた！」

「あそこだ！」

「戻ってこい！　溺れ死んでしまうぞ！」

警官は照明ピストルを折り、空薬莢をはじき飛ばして、新しい弾を詰めた。

落下した火の玉は、水面に当たって水蒸気を吹きあげた。警官は再び照明銃を発射した。

少年を衣川とカン違いしたのか、他のグループからも、次々に照明弾が射ちあげられた。

川面に銃声が重なりあって響き渡り、ゆるやかな弾道が上空で交錯した。華麗な花火を想わせる炸裂の閃光が、川面を真昼のように照らした。

衣川は、川の中流を渡り、対岸から三十メーターのあたりまでたどりついていた。

水深は、再び一メーターほどになっていた。

衣川は、最初の照明弾が射ちあげられたときから、水中に全身を沈め、拳銃を入れて黒い制服の上着をかけたヘルメットと、鼻づらだけを水面に現わしていた。

　警官や自警団の群がった側の岸から、衣川は百二、三十メーターは離れていた。

　照明弾で照らしだされても、じっとして波をたてなければ見破られることはなさそうだった。

　照明弾の光におびえた少年は、無我夢中で水を蹴り、川の中流にさしかかっていた。

　少年を衣川とカン違いした警官の一人が、照明ピストルを左手に持ちかえ、腰のホルスターの拳銃を抜いて、威嚇射撃した。その警官は顎の先にくぼみがあった。

　水しぶきをあげる少年の左手十メーターのあたりに、叩きつけられたような弾着の水柱があがった。

「よせっ！　あれは犯人と違う！」

　常を押さえつけた先ほどの警官が、銃声の方に向けて叫んだ。

　叫びは、轟音と化してゴーッとはねかえってきた銃声の木霊によってかきけされた。

　顎の先のくぼんだ警官は、歯をむきだして続けざまにＳ＆Ｗ拳銃を発射した。初めは威嚇射撃のつもりだったらしかったが、夜空を煌々と照らす照明弾に殺戮本能を刺激され、両手で握った拳銃の狙いをつけて、弾着の水柱を必死に泳ぎ逃げる少年に近づけていった。あるいは南方戦線での夜襲の思い出に自分の身をおいて、身のひきしまるようなスリルに酔っているのかもしれない。

その警官は、たちまち弾倉を射ちつくした。それにかわって、もう一人の警官が射ちはじめた。

射撃競技では優秀な成績をおさめている短軀ビア樽のような体つきの警官だった。

「よせっ！　射つんじゃない、人違いだ！」

同僚の叫びも耳に入らず、その警官は慎重に狙いをつけて撃ちはじめた。酔ったような顔つきだった。

弾着の水柱は少年に近より、ついにその一発はその脚を貫いた。

拉(ら)致(ち)

1

川の中流で、少年は絶叫を発し、射たれた左脚を跳(は)ねあげた。頭が水の中に沈んだ。黒い水を吸いこんだ。

警官の放った〇・四五口径弾は、少年の左脚の骨を完全に貫いていた。照明弾に照らしだされる水面に、きのこ雲のように血煙があがり、パアッとひろがっていった。

ビア樽のような腹をした警官は、再び拳銃の撃鉄を起こしながら、狂喜のような叫び声をあげた。

「やった、やったぞ！」

少年の体は一度水の中に完全に沈んだ。渦がまきおこった。

ビア樽のような腹の警官は、発砲をひかえた。他の警官たちの射ちあげる照明弾が、光の尾をひきながら上空で交錯し、幻想的な光景を呈していた。

「待てっ、あれは犯人とは違う。待ってくれっ！」

常から鎌を取りあげた鼻の平らな警官は、再び絶叫した。

今度は、その叫びが皆に聞こえたようだった。

「何！」

「何だと！」

照明ピストルの銃口を上げた警官たちは愕然とした。

「あれは犯人とは違うんだ。さっきの色男なんだ！」

鼻ペチャの警官は、のびあがるようにして叫んだ。

空中で交錯した照明弾は、銀光色の炎を炸裂させ、ゆるやかな速度で水面に落ちて湯気を吹きあげた。

照明弾が消えると、川面は闇に包まれた。鼻の平べったい警官の言葉を次々にリレーしていく叫びが、無気味な闇の中に響いていった。

水中に潜んで、拳銃を入れたヘルメットと鼻づらだけを水面に出していた衣川は、その闇を利用して立ちあがった。対岸まで三十メーターほどの距離しかなく、水の深さは腰までもとどかなかった。

立ちあがった衣川の肩から、ザーッと水がしたたり落ちた。衣川は大きく身震いし、頭を振って、耳に溜まった水を振りのけた。

リューマチでもおこりそうに体は冷えきっていた。内臓も痛んだ。衣川は歯をカタカタ鳴らして震えながら、長い脚で水をわけながら進んだ。

対岸に這いのぼると、ここにもススキが密生していた。全身から水を撒きちらしながら衣川はススキの茂みに転げこんだ。手足は萎えたように感じられた。

途端に、向こう側の岸から、再び照明弾が射ちあげられ、川面は昼をあざむくまでに輝いた。

一度水中に沈んだ少年は、腹を上にして浮いた。すでに泳ぐ気力を失ったのか、流れのままに漂っていた。

「しまった、とんでもないことをしてしまったものだ……」

ビア樽のような腹の警官は、力なく拳銃を垂らして呻いた。放心から覚めた顔には脂汗が滲んでいた。

「船はないのか？」

そばにいたニキビの痕の残る警官が、絶望的な声を出した。

堤のパトカーから、大きな箱を携えた私服刑事が駆けおり、警官たちは、照明弾を補給しはじめた。

「頼む、照明弾を射ち続けてくれ」

ビア樽のような腹の警官は、拳銃の銃尾からつながった白い紐を肩章から外した。弾薬サックや革ケース(ホルスター)のついたベルトも外し、拳銃も投げ捨てた。

堤に停車していた警察ジープがエンジンを唸らせた。ジープは猛然と堤を斜めに降りてきた。今にも転覆しそうになりながら、あやうく河原に突っ込んだ。

ススキの茂みに立った警官たちや自警団の連中は、突っ込んでくるジープを見て逃げ腰になった。

青灰色の警察ジープは、河原の砂や石を凄まじく跳ねあげた。車輪はやわらかい砂地にめりこみ、砂塵をけたてながら、右にカーヴをきって、まっすぐ、川に向かった。

「危ない!」

皆は上ずった声をたてた。

ジープはススキを薙ぎ倒し、流れのふちで停車した。強烈なライトが川面を浮かびあがらせた。

照明弾は消えていたが、警察ジープから放たれるライトによって、重傷を負った少年の姿ははっきりと識別できた。

少年は、完全に血の気を失っていた。蠟細工(ろうざいく)のような顔に、秀でた鼻梁(びりょう)が痛々しかった。

ビア樽のような警官の名前は三野(さんの)といった。三野は、水しぶきをあげて川に跳びこみ、必死に少年に向けて泳ぎだした。制服は脱ぎ捨てていた。

三野に続いて、これも下着姿になった私服刑事が川に跳びこんだ。岸に残った警官や自警団の連中は、大声で声援を送った。

対岸のススキの茂みに転がりこんだ衣川の体を、疲労と寒さからくる痙攣が襲っていた。

投げだしたヘルメットに入っているワルサー拳銃に手を伸ばそうとしたが、萎えた腕は、震えるだけで意思の命令を拒否した。

2

一杯のブランデーか、ウオッカさえあれば……衣川は歯を鳴らしながら考えた。意識はまだはっきりしていた。

遠くからサイレンの音が聞こえてきた。警官や自警団の連中が群がる向こう岸の方からでなく、こちら側の埼玉県寄りからだ。

サイレンの音は刻々と近寄ってきた。県警川口署のジープらしい。

衣川の体に電流が走った。体がカッと熱くなってきた。焦りと恐怖のためだった。震えはとまった。

衣川は夢中で体を動かしてみた。萎えていた手足に血がかよったためか、体は意思の命令に従った。

衣川は両手を水車のように振り回し、血液の循環をよくした。

ススキの茂みの隙間から川面を覗いてみると、三野と刑事が、すでに失神したらしい少年を浅瀬に運んでいるところだった。

背の低い三野の顎の近くまで水はとどいていた。三野は頭の上に少年の胸を乗せていた。びしょ濡れの刑事は、銃弾に骨を砕かれた少年の左脚の無残な傷の少し上を、全力で締めつけて止血しながら歩いていた。

衣川はそっと彼らから視線を外した。ヘルメットに手を伸ばし、数丁の拳銃の上端のワルサーを握った。まだ、指の感覚が正常でないので、一心に息を吐きつけて暖めた。

サイレンの唸りはますます接近してきた。サイレンは一つや二つではなかった。少なくとも五台の警察ジープが唸りだしていた。

「来たな！」

紫色に変わった唇の間からかすかな声で呟き、衣川は弾薬と拳銃をはらんで重いヘルメットを左手で抱えた。

ヘルメットの上にかぶせてあった警官の制服は、川の中に落としてきたのか見当たらなかった。衣川は、右手に握りしめたワルサーの安全装置を親指で外した。撃鉄を親指で起こす。

堤の右側から、ヘッド・ライトの列が近づいてきた。衣川は、這うようにして、ススキの茂みをかきわけて進み、茂みのいちばん探そうなところを選んで蹲った。

濡れたズボンは重たかった。靴の中にも水が入っているので、足の指先は冷たさを通りこして、完全に感覚を失っていた。

川口署の警察ジープはタイヤをブレーキで焦がして急停車した。六台だった。

まだブルブルとボディの震えるジープから、完全武装した警官たちが跳びおりた。蜘蛛の子を散らすように散開しながら、岸辺に向かって堤を駆けおりてきた。ススキの茎を蹴り折りながら、岸辺に向かって殺到した。

向こう岸では、川面に向けたジープのライトは消えてなかった。瀕死の少年を運ぶ三野と刑事の姿は、強烈なライトに浮かびあがって、水面に怪奇な影を投げた。

蹲った衣川の方に、いくつもの警官の足音が走ってきた。警官たちは、大型の懐中電灯を振り回していた。

完全武装した警官たちは、一人一人のあいだの間隔を充分にとっていた。

衣川の隠れたススキの茂みを懐中電灯の黄白色の光がかすめた。衣川は、さらに身を低くし、光源に向けてワルサー拳銃の狙いをつけた。興奮し、血のめぐりがよくなっているのか、引金に掛けた人差し指にも感覚が甦っていた。

懐中電灯の持ち主の警官は、水辺にばかり視線を向けていて、獣のように蹲った衣川を見落とした。左手で丈高いススキを薙ぎはらうようにして衣川のそばを駆けぬけようとした。

衣川の紫色の唇は、不敵な微笑にまくれあがった。ヘルメットを下に置き、暴発を避けるためにワルサー自動拳銃に安全装置を掛けた。

音もなく、衣川はその警官の足にタックルした。懐中電灯を放りだした警官は、勢いよく前のめりに倒れた。叫びをあげる間もなかった。

衣川も倒れた。目の前に、体の向きを変えて、悲鳴をあげる形に開かれた警官の顔があった。二十四、五歳の皮膚のなめらかな男だった。

衣川は必死に這い寄り、ワルサーの銃把を警官の口蓋に叩きこんだ。歯の砕ける音がした。銃把を口にくわえたまま、警官は右手を腰の拳銃に走らせて跳ね起きようとした。衣川はその上に馬乗りになった。拳銃を掴んだ警官の右手を、左手で押さえつけた。警官の口に叩きこんだワルサーの銃把を握る右手の力もゆるめなかった。

衣川の右の掌に、生暖かい警官の血と唾液がまつわりついた。普段なら無気味な感触だろうが、冷えきった衣川にとっては、まるで霜やけの手を湯につけたように快かった。

衣川の体の下で、警官は悲鳴をあげることもできずにもがいていた。ヘルメットの下でいっぱいに見開かれた瞳は、しだいに焦点を失っていった。

衣川は、荒い息をつきながらそろそろと左の足を移動させ、痙攣する手でS＆W拳銃を握りしめている警官の手を踏みにじっていった。

警官の右手は腰のS＆W拳銃から離れた。衣川は、左手でその拳銃ケースの安全革のボタンを外した。

衣川が警官の腰から抜きとったS&W四十五口径拳銃は重かった。衣川はそれを横に投げ出し、左手を警官の喉に巻きつけていった。

3

西新宿四丁目——真美子の住む三階建てのアパートは、夜のなかに寝静まっていた。窓々から、灯火は洩れていなかった。

その鉄筋コンクリートのアパートの裏に、かなり広い空地があった。

建築予定と見え、立札が風に吹かれていたが、今は雑草がまばらに生えたまま放置されていた。

その空地は、無料駐車場の観を呈していた。四、五台の自家用車が空地の隅にかたまって夜露を受けていた。

数台の自家用車にまじって、一台のルノーが停まっていた。緑色に塗ったそのルノーは、アンテナがひどく長かった。覆面パトカーだった。

そのルノーのハンドルの後ろで、新宿署の警部補奥田は、遊び人風の服装をまとい、だらしなくシートの背に腕を投げ出していた。

ダッシュ・ボードの蛍光が、奥田の顔を淡く照らしていた。漆黒の髪をポマードで固め、浅黒い顔には頽廃的な翳りがあった。

奥田は、二箱目のタバコに火をつけた。

舌が荒れてきたので、シートの下に置いたジュースの壜をとりあげ、口の中に含んで、長いあいだ舌で転がしていた。あまり、水分をとると、小便に立たなければならないからだ。

奥田は、そのヤクザっぽい顔のため、暴力団や麻薬関係の囮捜査官として、今までに多くの実績を残してきたベテランであった。静かにタバコの煙を吐き出しながら、灯の消えたアパートの方に、さりげない視線を走らせていた。

張り込みには慣れている。厳寒の冬、雪の中を一晩じゅう、植込みの蔭に蹲って過したこともある。それからくらべると、今夜の仕事などは楽なものだった。

午前二時頃——その空地に一台の中古クライスラーが滑りこみ、奥田の乗った覆面パトカーと数台の車をへだてたところに停車した。

クライスラーには、奥田の位置からは、運転台の男しか見えなかった。頬の殺げた長身の男だ。ソフトをあみだにかぶっていた。

しかし——実際には、クライスラーの助手台の下のフロアに、少年のように小柄な体つきの男が蹲っていた。

「着いたぜ、坊や」

長身の男、中島が唇をほとんど動かさずに呟いた。

「オーケイ」

坊や、と呼ばれた土井(どい)も、聞きとれぬほどの低さの声で答えた。

「用意はいいだろうな?」

ライトを消しながら中島は尋ねた。

「まかしとき」

土井はコートの上から、左胸を軽く叩いて薄笑いをうかべた。顔もベビー・フェイスだった。

「行くぜ」

長身の中島はクライスラーのドアを開いて空地に降り立った。その蔭に隠れるようにして、小柄な土井が降りた。

中島はクライスラーのドアを閉じた。土井は上半身を折り、奥田警部補の乗ったルノーとクライスラーをへだてるブルーバードのフードの蔭にへばりついた。右手はコートの内懐に突っ込んでいた。ソフトのサイズも大きすぎて、庇が顔にかぶさっていた。

中島は車の蔭から歩みでた。タバコに火をつけ、アパートの裏手に向けて歩を運んだ。

警部補は、クライスラーが空地に滑りこんできたとき、すでにタバコを踏み消していた。

そっと腕の下に手を差しこみ、拳銃ケースの安全止め革のボタンを外した。

警部補は目の隅から、アパートの裏手に歩み寄る中島の姿を盗み見ていた。唇がひきしまっていた。

中島はアパートの非常階段の下で立ちどまった。向きを変え非常階段の鉄の手摺にもたれかかった。意味ありげに、灯の消えた真美子の部屋の窓を仰ぎ見た。

ルノーの運転台で、奥田警部補の瞳に炎が走った。左手でドアを開き、そっと地面に降り立った。

中島は、ルノーから降りた警部補を見て慌ててタバコを捨てた。

「もし、もし」

警部補は中島に声をかけて足を早めた。

「………」

中島は顔をそむけて腰をあげた。逃げようとした。

「ちょっと……」

警部補の声が鋭くなった。

途端に――唸りを発して襲ってきた投げ縄の輪が、前のめりに走りだそうとしていた警部補の喉にからみついた。

警部補は、何のことだかわからぬ間に、喉笛の潰れそうな圧力に負けて尻餅をついた。両手は、喉を締めつける投げ縄の輪を外そうとして激しく動いた。

投げ縄は革紐でできていた。その後端は、車の蔭に隠れていた土井の手に握られていた。

土井の腕力は、小柄な体に似ず、怖いほどだった。ピーンと張りきった投げ縄は、仰向けに倒れた警部補の体をズルズル引きずりはじめた。

軽快な足どりで、非常階段のそばにいた中島は戻ってきた。

両足を跳ねあげながら、引きずられていく警部補に追いすがり、靴先でその額を蹴った。凶器と化した靴先は、もがいていた警部補を完全に失神させた。

「もういい、ご苦労だった」

中島は圧(お)し殺した声を出した。

投げ縄を引っぱっていた土井は、ニヤニヤ笑いながら力をゆるめた。投げ縄はダランとさがった。

中島は蹲った。警部補の首から投げ縄の輪を外してみた。肉にくいこむほど緊(し)まっているので外すのに苦労した。

土井は、投げ縄を巻きとりはじめた。楽しそうだった。中島は、気絶した警部補の腕の下に手を回し、ルノーの覆面パトカーの蔭まで引きずっていった。

「この調子じゃあ、一日や二日では目を覚まさんかもしれんぜ」

ニヤニヤ笑った土井は、巻きとった投げ縄を内ポケットにしまいこんだ。

中島は警部補から、ブローニング七・六五ミリ口径の七連発オートマチックと予備弾倉、それに警察手帳と手錠を奪った。

警部補をルノーの中に押しこんだ二人は、アパートの非常階段を登っていった。新宿の街のネオンは、まだ褪（さ）めきってなかった。

二階の踊り場は、真美子のスイーツの台所の後ろの露台（バルコニー）とつながっていた。台所のドアについたガラスの覗き窓の表面に、土井は小さなガラス切りを走らせ、小さな円を描いた。そこにソフトを置いて軽く叩いた。

円形の穴が、ポカッと窓にあいた。切り取られたガラスは小さかったのでドアの向こうの床に落ちても、さほどの音はたてなかった。

土井はガラスの穴をひろげていった。切り取った破片をバルコニーの上に置いていった。

中島は土井を抱きあげた。土井はガラスの破れから手をさしこみ、内側からシリンダー錠を外した。

土井は、懐中電灯も用意していた。二人並んで寝室に踏み込んでみると、憔悴（しょうすい）した真美子は、ベッドにうつぶせになってまどろんでいた。

音もなく近寄った中島が、両手で真美子の唇をふさいだ。髪に自分の鼻を寄せて、その匂いを楽しんだ。

「おとなしくするんだ。何も悪いことはしないからな。ちょっとだけ、俺たちについてきてくれればいいんだ」

中島は、身をよじる真美子の耳に囁いた。

「お姐(ねえ)ちゃん、おとなしくするんだぜ。これは、オモチャでないからな」

土井は、ネグリジェの真美子に自動装塡(そうてん)式拳銃をおしつけた。

二人の男は、真美子の左右の腕をとった。銃口でおびやかしながら、真美子を非常階段の方に引きずっていった。

なぶりもの

1

「悲鳴をあげるわよ!」

真美子のネグリジェの胸は大きく波打っていた。

中島はニヤリと笑い、ブローニング七・六五ミリ口径の自動装塡式拳銃の銃口を真美子の尻のくぼみに移した。

「悲鳴をあげられるもんなら、あげてみな、面白いことになるぜ。こいつの弾はお姐ちゃんの腸の間を走って、オッパイのあたりから抜けるだろうな」

「いやらしいことをしないでよ。わたしこそ言いたいわ、射てるものなら射ってごらんなさいって……」

真美子は、キッと長身の中島を睨みつけた。

「フン、気の強い姐ちゃんだな。俺たちが銃声をおそれてるとでも言うのかい？」

中島は唇を歪めた。

真美子の左側の小柄な土井は無言だった。

「そうだ……」

と呟き、真美子から離れて、台所のドアについた指紋をハンカチでぬぐった。

「さあ、歩け！」

中島は真美子の尻の刻み目を銃口で突きあげるようにした。土井が戻ってきて、行進に加わった。

非常階段の鉄の踏み段に、三人の足音が虚ろに響いた。真美子は裸足だった。ネグリジェの下から出た脚はほの白かった。

土井は真美子よりもずっと背が低く、しかも華奢にさえ見えた。さきほど警部補を引きずり倒した体力を秘めているものとも思えないぐらいだった。

真美子は、豊かな下唇を噛みしめ、一段ごとに立ちどまるようにしながら非常階段を降りていった。

土井は自分より背の高い真美子の背に腕を回していた。しがみついているようにも見えた。

「頼むぜ、坊や」

中島が非常階段の下段のところで声をかけた。

「オーケイ」

土井は真美子から腕をほどいた。右手のワルサーPPK○・二五口径自動拳銃をコートのポケットに突っ込み、身軽にアパートの空地を走りだした。ラバー・ソールの靴はほとんど音をたてなかった。

「ここまでついてきたんだ。もう騒ぐんじゃないぜ」

中島は真美子の耳に強く囁いた。

寝乱れた真美子の髪を夜風が搏った。下唇を嚙みしめていた歯をもとに戻した真美子は、彫像のように立っていた。

空地を横切った土井は、何台もの車の向こうに停めてあったクライスラーに乗りこんだ。運転台に坐ると、ハンドルが目の高さにあるような感じだった。

イグニッション・キーは差しこまれたままだった。土井はそれを回し、エンジンをふかしてクライスラーを発車させた。

巧みにハンドルをきって、土井はクライスラーを非常階段の近くに停めた。ドアを開いた。

中島は、ブローニングの銃口で、真美子の背をつついた。

「乗れ！」

「嫌です」

真美子は言った。

「乗れといったら乗るんだ。せっかく人が夜のドライブに誘っているのに、断わるってのは薄情すぎるぜ」

中島は唇を歪めた。

真美子は悲鳴をあげようとした。

気配でそれを察した中島は、空いている左手を真美子の口に回した。真美子の悲鳴は声にならなかった。

真美子の口を押さえたまま、中島は彼女の体をクライスラーの後部座席に突き倒した。自分も、その上にのしかかるようにして倒れこんだ。

「いいかい？」

土井は振り返った。

「ああ、いいとも」

中島はブローニングを握った右手で、後部座席のドアを閉めた。

土井はクライスラーを発車させた。中島は真美子の唇から手を離した。

「さあ、もう一度悲鳴をたててみな。俺がこの唇でお姐ちゃんの唇をふさいでやるから、いい気持ちになるぜ」

中島は唇を尖らせた。

「そんなことをしたら、あなたの舌を嚙み切ってやるから」

真美子は目尻を吊りあげた。

「そうかい。俺は姐ちゃんのような威勢のいい女が大好きなのさ」

中島は真美子の顎に手をやった。真美子はそれを払いのけた。

「やるじゃないか、ええ?」

中島の唇がまくれあがった。真美子の頬を張りとばした。

シートの背に後頭部を叩きつけられた真美子の頬に、赤く手形が浮かんだ。瞳から、涙がこぼれ落ちた。

「兄貴、連れていかねえ前に傷物にするとドヤされますぜ」

ハンドルを操りながら、小柄な土井が言った。

「そうだったな。だけど、この女もやっぱり女は女さ。涙なんか出しやがって可愛いとこあるぜ」

中島は歪んだ笑いを浮かべた。ポケットから大きなハンカチを引っぱりだした。

「何すんのよ!」

真美子の涙は乾いていた。

「いいからさ、黙って俺の言うことを聞いてればいいんだ。痛い目にあいたくないならな」

中島はそのハンカチで真美子に目隠ししようとした。

真美子は中島の左手に噛みついた。中島は大袈裟に唸り、真美子の頭をブローニングで一撃した。真美子の目の先がクルクル回りだした。

2

意識を取り戻したとき、真美子は失明したのではないかと思った。意識がさらにはっきりしてくるにつれ、自分は目隠しをされているのだと気づいた。車の動揺が尻から伝ってきた。

「あの刑事（デカ）の野郎、うまく生き返るだろうかな？」

中島の声が聞こえてきた。

「大丈夫だろうぜ。だけど、兄貴は奴さんが生き返らねえほうがいいんじゃないのかい？」

土井の声には皮肉な響きはなかった。

「なぜだ？」

「だって兄貴は奴に顔を見られてるんだぜ」

「そう言えばそうだが、どうせ闇の夜のことだ。それほどはっきりと見えたわけでない。それよりも、刑事（デカ）を殺（や）っちまうと、あとがうるさいからな」

中島は言った。

しばらく沈黙が続いた。エンジンが静かに唸り、タイヤがアスファルトにこすれる音が真美子の耳に入っていた。

真美子は、ネグリジェの胸から差しこまれた中島の手を感じて身をこわばらせた。その手は遠慮なく真美子の乳房を愛撫した。

意思や感情に関係なく、真美子の乳首は硬くふくれあがった。真美子は身をよじった。

「やめて！」

「なんだお目覚めだったのか？」

中島は真美子の乳房全体を掌でつかんだ。軽く息をはずませて、陶磁のような耳に唾液でねばる唇をおしあてた。

車は新宿のそばを抜けて、代々木初台を通っていた。途中、まだ一回も不審尋問にひっかからなかった。

「よしてよ」

真美子は冷たい声をだした。

「笑わせるな。自分も楽しんでやがるくせにさ……」

中島は低い声で笑い、ブローニング自動拳銃を真美子と反対側のシートに置き、右手を彼女の膝の間に割りこまそうとした。

真美子はピッタリと膝を閉じた。中島は無理にそれをこじあけようとしたがすぐに戦術を変え、真美子の耳に熱い息を吐きながら、その内股を柔らかく愛撫しはじめた。

真美子は、自然にゆるみそうになる両膝を、歯をくいしばってこらえようとした。

初めは演技だったのかもしらぬが、中島は本当に興奮してきた。真美子の胸に顔をうずめ、むきだしにした乳首に吸いつきながら、ゆるみはじめた真美子の股の間の深部に指を近づけていった。

中島の指先が真美子のパンティのふちのレースに触れた。中島はすでにまわりのものが目に入らなくなり、瞼を閉じて鼻腔をふくらませていた。

土井は薄笑いを浮かべ、バック・ミラーをチラッチラッと覗きながら運転を続けていた。

突然、真美子の手が動き、大きなハンカチの目隠しをかなぐり捨てた。土井が小さな声を漏らした。

真美子の瞳は、闇に慣れていた。車内の薄暗がりでも、中島の膝の向こうのシートに置かれたブローニング自動七連銃を見いだすことができた。

真美子は、中島を抱くふりをした。スッと体を倒し、左手でそのブローニング自動拳銃を摑んだ。

土井はクライスラーに急ブレーキをかけた。タイヤを軋ませた車は、スリップしながら停まった。真美子と中島は、重なりあって運転台の背に叩きつけられた。肩が砕けるのではないかと思うほどの衝撃を受けながらも、真美子はブローニングの安全弁を親指で外した。

中島はわれにかえった。ブローニングを握った真美子の右手を両手で押さえた。素早く銃把の下の弾倉止めを圧し、実包の詰まった弾倉を引き抜いた。

中島は真美子の握ったブローニングから手を離した。残忍な笑いに頰をひきつらせた。

「さあ、射ってみな。射てたらおなぐさみだぜ」

とせせら笑い、〇・三二コルト・オート弾の詰まった弾倉を弄んだ。七・六五ミリ・ブローニング弾は、〇・三二ACP、つまり〇・三二インチ口径自動コルト拳銃弾と同じなのだ。

「どうだ？」

中島はからかった。弾倉上端の実包を抜いて左の掌に転がした。実包はレミントンの子会社ピータースの製品だった。

真美子は車の床に向け、目をつむって引金を絞ろうとした。引金は動かなかった。

中島ははじけるような笑い声をたてた。土井も笑った。真美子は夢中でブローニングの遊底を引いた。雷管に撃針孔の跡をとどめぬ弾が排莢子孔から跳び出した。

「ハッハッハッ――」

中島は笑った。

「やっぱり女だな。ブローニングには弾倉安全装置がついているのをご存知ないと見えるわい。弾倉室から弾倉を抜くと、薬室に弾が詰まっていても発射できなくなるってことをな……」

「そうだったの……」

真美子は虚ろな声で呟いた。

中島はその手からブローニングを奪った。銃把の弾倉室に弾倉を装塡して遊底を操作し、薬室にも実包を送りこんだ。土井は車を再びスタートさせた。

3

「目隠しをつけろ」

中島は、真美子の腰にブローニングの銃口を圧しあてた。冷酷な声になっていた。

真美子は、のろのろとハンカチで目隠しをつけ、後頭部でその端を結んだ。

「兄貴はどうも女に甘くて困るね。さっきはちょっとばかりヒヤリとしましたぜ」

土井は、ヘッド・ライトの光芒の先を見つめながら、ポツンと言った。

中島は目隠しにさわってみながら、鼻を鳴らした。

「俺は、お前のような男色野郎とは、ちょっとばかり違うからな」

「男色だと！」

土井の声が高くなった。

「こいつは悪かった、言いすぎたよ。ただ、お前はゲイ趣味があるってことだけさ」

中島はニヤニヤした。

「兄貴まであんなことを言う。俺は体がチッちゃいんで、よく間違われて迷惑してるんだぜ」

「冗談だったのさ。悪く思うなよ。お前は男も嫌い、女も嫌い。ともかく変わった野郎さ」

「こんどは変態あつかいですかい？　やりきれねえな」

土井は唇の端を吊りあげた。子供っぽい顔なので、その表情は板につかなかった。

車は下北沢に向かっていた。このあたりに来ると、大きな邸や雑木林が目立ってきた。

「どこに連れていく気？」

真美子は尋ねた。

「うるさい、黙ってなよ。帰りはちゃんと送りとどけてやるから。もっとも、強情を張ると葬儀車でご帰館ということになりかねないがね」

中島は言った。

嚙みしめた真美子の唇から血が滲んできたが、顔からは血の気が失せていた。肩が小刻みに震えはじめた。

三人の乗ったクライスラーは、代田二丁目の、駅から五百メーターばかり離れた邸宅の裏門をくぐり、ガレージの中に吸いこまれた。ガレージの中にはビュイックが置いてあった。

ガレージのそばに、迷彩をほどこした陰気な土蔵が建っていた。裏庭は広く、暗い水をたたえた池の向こうに、二階建て日本風の屋敷が見えていた。

「降りろ！」

中島は真美子の体を銃口で押した。

「嫌、嫌です！……」

真美子は動かなかった。

中島は反対側のドアから先に降りた。車の後ろを通って回りこみ、ブローニングに安全装置を掛けて、ズボンのベルトに差しこんだ。

「往生ぎわが悪いぜ」

中島は真美子の腕をとって、車の外に引きずりだした。

真美子はガレージの床に蹲り、動こうとしなかった。激しく肩を震わせた。

「手間がかかる女だな」

中島は、蹲った真美子を背後から抱えあげ、無理やりに立たせた。

真美子が蹴っとばそうとするのをあしらいながら、その胸に回した腕に力をこめた。

「歩け！」

中島は鋭く命じた。真美子が動かぬので、後足になって引きずった。真美子の裸の踵が粗いコンクリートにすれて痛そうだった。イグニッション・キーを抜きとった土井が、そのあとに続いた。

しだれ柳がかぶさった池で、大きな音をたてて鯉が次々に跳びあがった。土蔵の高い覗き穴から洩れてきた金色の光が、池にもとどかずに植込みを幻想的な色に染めていた。

「痛い、離してよ、自分で歩けるわよ」

真美子は叫んだ。しかし、中島はその体を離さなかった。

小柄な土井は、身軽に土蔵の前に走り寄って、鉄のドアをノックした。

「入れ！」

ダミ声が中からはねかえってきた。土井は軋む鉄扉を開いた。後ろの中島たちに顎をしゃくった。

土蔵の中は広かった。奥の方に頑丈な木箱や櫃（ひつ）が積まれていた。そして——高い天井の真ん中から一本のロープがぶらさがっていた。

積まれた櫃の前に置かれた揺り椅子に、リンチにあったとき受けた傷痕も生々しい田辺が笑っていた。肩幅は広く、右手に鞭（むち）を握っていた。そばの卓子（テーブル）に、スコッチの壜とローソクが立っていた。

「連れてきましたぜ」

中島は田辺に向かって報告した。真美子の目隠しを外した。

「ご苦労」

田辺はうなずいた。

「あ、あなたは田辺さん……」

真美子は呟いた。

「そうとも。よく覚えていたな」

田辺は笑った。傷痕が歪み、無気味な形相になった。真美子は田辺の足もとに崩れ折れた。

中島は、田辺の前に真美子を突きとばした。

「ご婦人のあつかいは、もっと丁重に<ruby>な<rt></rt></ruby>──」

田辺は中島にウインクし、真美子の顎をとらえて顔を上向かせた。

「私がここにあなたをお呼びしたわけはわかってるだろうね？」

「わかりません。人が眠っているところをいきなり引きたてていったい何の真似なんです？」

真美子の瞳は怒りに燃えていた。

「よろしい。では、単刀直入に言おう。衣川恭介、君の恋人の弟さんの居所を聞きたい。いやとは言わないだろうね？」

田辺は真美子の瞳を覗きこんだ。アルコール臭い息が真美子の鼻をうった。

「知りません。知らないものを教えるわけにはいきませんわ」

真美子は冷たく言った。

「では仕方がない。私はこんなことをするのは嫌だが、その二人はちょっとばかりサディスト的傾向があるんでね――」

田辺は頬を歪め、中島たちにウインクした。

「さあ、そろそろはじめてくれるかい？」

「姐ちゃん、おとなしくしてなよ。口を割れば帰してやるからさ……」

土井は内ポケットから革の投げ縄を出した。それで真美子の両手首を縛りあげた。

中島は、暴れまわる真美子を背後から抱きあげ、土蔵の中央にさがったロープの下に運んだ。土井は踏台を持ってきた。

真美子は、悲鳴をあげて中島を蹴ろうとした。

「好きなだけ叫びなよ。誰にも聞こえねえんだから」

中島は笑った。

抱えた真美子を高く差しあげた。踏台に登った土井が、真美子の手首を天井からさがったロープにくくりつけた。真美子は宙吊りになった。

蠟燭と女

1

土蔵の天井からロープで宙吊りになった真美子は、悲鳴をあげながら足で空を蹴った。薄いネグリジェの裾がはためいた。

小柄な土井は、真美子から手を離し、踏台から跳びおりた。その踏台を蹴倒した。長身の中島が甲高い声で笑った。

揺り椅子に腰を降ろした田辺は、醜い傷痕を歪め、暗い微笑を浮かべた。スコッチの壜を目の高さにさしあげ、乾杯の真似を行なった。

真美子は悲鳴をあげるのをやめた。裸の足がブラブラと垂れさがっていた。

「どうだ、衣川恭介の居所はどこだか教えてくれないかね？」

田辺は言って、デュワーズのスコッチをガブ飲みした。琥珀色の液体が唇からこぼれ、顎を伝ってしたたり落ちた。

「知りませんわ」

真美子は叩きつけるように答えた。

「知らない？　知らないわけはないだろう。どうせ口を割るなら、今のうちに割っといたほうがあんたの体のためですぜ」

田辺は鼻で笑った。胸ポケットから太い葉巻を取り出し、割れた唇にさしこんで、蠟燭の火を移した。

「知らないものは知りません」

真美子は言った。手首にくいこんだロープが痛かった。両脚をそろえ、裾を乱さぬように必死だった。

「そうかね。私は無理に知りたいとは思わないが、そこの二人の若いのは、気が立っているから何をやっても、私は責任を負えないよ」

田辺は、パッ、パッと葉巻の煙を吐き出した。デュワーズの壜の底で、揺り椅子のそばの卓子を叩いた。

「衣川はどこだ？」

長身の中島は殺げた頰を嗜虐的な笑いに歪め、圧し殺したような声で尋ねた。真美子のネグリジェに手をかけた。

「よしてよ！」

真美子は金切り声で叫んだ。

「それぐらいの大きさしか声が出せねえのかい？」

中島は力まかせに真美子のネグリジェを引っぱった。真美子は中島を蹴ろうとしたが、中島はその下腹部にぴったりと頰を密着させていたため、うまく蹴ることはできなかった。

「暴れろ、暴れろ」

中島はニヤニヤ笑いながら、真美子のネグリジェを引き裂いた。蒼みがかった翳りを持つ真美子の胸の谷間が露出した。

中島は器用に両手を動かし、ネグリジェをビリビリに引き裂いて、真美子をパンティだけの姿にした。素早く後ろに跳びのいて、蹴りつけてくる真美子の足を避けた。真美子はネグリジェの下にブラジャーを着けてなかった。

上向きに尖った乳房の先が震えていた。

両手首を縛られて吊られているため、真美子の体のなだらかな曲線が強調されていた。乱れた髪が胸にまでとどいていた。

真美子のパンティの色は淡い紫色だった。裾に白いフリルがついていた。その下にのびた両腿は、まばゆいくらいに白く脂がのりきっていた。

後ろにさがった中島は、感に堪えないようにピーッと口笛を吹いた。残忍な瞳で真美子の裸身を舐めまわした。

真美子の顔色は、怒りと苦痛に蒼ざめていた。それが、悽愴な美しさを与えていた。

真美子の足先は、コンクリートの床から五十センチほど離れていた。さきほど床に引きずられた踵の皮がすりむけていた。

小柄な土井は、ズボンのポケットに両手を突っ込み、冷たくよそよそしい目で真美子の乳首のあたりを眺めていた。右のポケットから飛びだしナイフを出し、ボタンを押した。

パチッ……と乾いた音をたてて留め金が外れ、銀色の刃がシューッと閃いた。刃の長さは十五センチほどあった。

真美子の瞳に怯えの表情が走った。土井は小さな女性的とも見える手に、飛びだしナイフの螺鈿の柄を握りしめ、刃を斜め上向きにしてジリジリと真美子に迫った。

真美子の唇は悲鳴をあげる形に開かれた。肌に毛穴の粒が立ち、パンティが漏らした小水で湿ってきた。

「さあ、衣川の居所を言うんだ」

土井の背後で、中島が叫んだ。

真美子の瞳はつりあがっていた。恐怖のあまり漏らしはじめた小水は、ついに堰を切ったように勢いよく放出しはじめた。そうなると、もう止めようがなかった。

またたく間に、パンティをズブ濡れにした小水は、湯気をたて、奔流となって真美子の内腿を伝った。濡れたパンティは、内側の黒い叢を透かし見せた。

「汚ねえな……」

床に垂れた小水の飛沫を浴びそうになった土井は、栗鼠のようなスピードでとびさった。

真美子の蒼ざめた顔は紅潮してきた。視線を落とし、コンクリートの床に溜まる小水のプールを茫然と見下ろしていた。

田辺が笑った。頭をのけぞらして笑いころげた。中島も、はじかれたように笑いはじめた。

土井だけが、異様に輝きだした瞳で、真美子の内腿を伝わる小水の流れを見つめていた。

2

土井は猫のような足どりで小柄な体を運んだ。吊りさげられた真美子の背後に回りこんだ。

真美子の小水は止まっていたが、彼女は失神したような目つきで水溜まりを眺めていた。乳首は縮まり、乳房の中に陥没したかのように見えた。

土井は足音を殺して真美子の背後に忍び寄った。手にした飛びだしナイフがピカッと閃いて斜め上に走った。

剃刀のように鋭い切っ先は、真美子のパンティを切断していた。濡れたパンティは、自分の重みでパラリと垂れ落ちた。

真美子と向かいあっていた中島は、雫の光る彼女の叢を眺めて舌なめずりをした。全裸となった真美子は両足を組みあわせて、それを隠そうとした。

土井はハンカチを出して、丁寧にナイフの切っ先をぬぐった。刃をとじて、ポケットにおさめた。

「酒の肴がわりには、もってこいの眺めだな」

田辺は葉巻を口から離し、スコッチをラッパ飲みした。ゆっくりと手の甲で唇をぬぐった。

吊りさげられた真美子は、体の重みで、腕が肩から脱けそうだった。頭をのけぞらせて苦痛に耐えていた。首筋が浮き出て、まるで肉の快楽の甘美さに酔っているときのような表情に見えぬこともなかった。

「衣川はどこだ？」

中島は真美子に近づいた。靴底は小水の池に濡れた。

真美子は組んでいた足首をほどき、反動をつけて中島を蹴った。体の曲線の動きが美しかった。

それに見とれていた中島は、顎を真美子の足先で一蹴され、勢いよく仰向けに倒れた。顎を撫でながら、苦笑して立ちあがりかけ、振り子のように揺れる真美子を低い位置から仰ぎ見た。

真美子はそれに気づいて、再びキッチリと足首を組んだ。湿気の残ったなめらかな両脚は合わされた。

「やりやがったな!」

中島は立ちあがった。ズボンのベルトのバックルに手をかけた。ベルトを抜き出した。蛇のように躍った黒革のベルトは、鋭い音をたてて真美子の脇腹にくいこんだ。パンティのゴムの跡の筋が残っているちょっと上だった。

脇腹にくいこんだベルトは、真美子に悲鳴をあげさせ、激しく身をよじらせた。手首の皮膚がロープに擦りむけて、血がにじんできた。

「知りません! あの人の隠れ場所は、あの人しか知らないの……」

真美子の頬を涙が伝った。

「とぼけるなよ、お姐(ねえ)ちゃん」

中島は殺(そ)げた頰を嗜虐的な笑いでいっぱいにし、再びベルトを振りかぶった。真美子は瞼を閉じて身を固くした。

中島は、宙吊りになった真美子の左側に、体を持っていった。真美子は身をねじって、中島に背を向けた。左側の尻に鮮やかに浮かびあがった豆粒大の黒子(ほくろ)が、真っ白な肌と対照を見せていた。その黒子を狙って、中島がベルトを横に払った。全身の力をこめていた。

真美子は吊られたロープを軸にして、独楽(こま)のように回転した。尻が浅く切れ血滴が中島の顔にとびちった。

中島は舌を伸ばして、自分の顔にかかった血を舐め、甘酸っぱい味を楽しんだ。回転の止まった真美子は、白目を剝いて気絶していた。両腿はゆるんでいた。

「なかなか強情な女ですね」

中島は、揺り椅子の田辺を振り返った。

「責め方が足りんのだ。それに下手くそだ。もっと頭を使えよ。たとえば、こいつで何かできそうにないかね?」

田辺は卓子の上のローソクを取りあげた。黄色くゆらめく炎が、無気味に潰された田辺の顔を浮きあがらせた。

「まかしといてくださいよ」

少年のような体つきの土井が、田辺の方に歩み寄った。田辺からローソクを受け取り、宙吊りにされたまま気絶した真美子のそばに戻った。

真美子の膝を左手に摑むと、右手に持ったローソクの炎を彼女の足の裏に近づけていった。土井の右手に、熔けたローソクが垂れた。炎は真美子の土踏まずをチョロチョロと舐めた。皮膚の焦げる嫌な臭いがした。中島が鼻を押さえて後じさりした。

真美子は気絶から覚めた。夢中で足を炎からのけようとしたが、土井の左手は異様な力でそれを握りしめていた。

空いている真美子の左足は、痙攣するように激しく空を蹴った。そのためにまきおこった空気の渦で、ローソクの炎は、いまにも消えそうにはためいた。

真美子の唇から、呻き声に似た悲鳴が漏れ続けていた。激しく身をよじるため、形のいい豊満な乳房が大きく揺れた。

土井は真美子の足の裏からローソクの炎を離した。真美子の体は脂汗でぬるぬると光っていた。ベルトで殴られた痕は赤くふくれていた。

「どうだね、姐ちゃん。もう一度、熱い目にあいたいかい」

土井は冷たく言った。

「堪忍して！」

真美子の右足の裏は火ぶくれになっていた。足の甲にまで煤が回っていた。

「勘弁してやるさ。ただし、衣川の隠れ場所さえしゃべってくれたらな」

「何度訊かれても、知らないものは知らないわ。あの人は他人に自分のことをしゃべるような人でないんですもの！」

真美子は悲痛な声で叫んだ。

「本当かい？お姐ちゃんにもしゃべらなかったと言うのかい。どうも本当とは思えないな。嘘をついてるかどうか、ゆっくりとしらべてやるから、楽しみにしてろよ」

土井は、ローソクの炎を、まだ縞のついている真美子の下腹部にそろそろと寄せていった。

3

荒寥たる荒川のススキの茂み。

衣川は、武装警官の上に馬乗りになり、両手でその喉を絞めあげていた。ワルサーは右側の地面に置いてあった。

下になった警官は、ふくれあがった舌を砕けた歯の間から突き出し、両足を痙攣させていた。口からこぼれた血の塊が頬を汚した。

衣川の両手は、警官の喉に深くくいいった。喉笛の軟骨が潰れる音がした。警官は脱糞の悪臭を放って絶命した。

「これでよし」

聞こえないほどの小声で呟いた衣川は、死体の喉から手を離そうとした。

衣川の指は、あまり力をこめたために痺れていた。喉から離そうとしてもうまくいかなかった。

衣川は、死体の喉にまきついた自分の指に、音のせぬように気づかって息を吐きつけた。息で指を暖めた。

初めに右の親指が動いた。左指はまだ痺れていたが、徐々に右の指は喉から離された。衣川はその右手を使って、やっと左指を死体の喉からもぎはずした。

右側に転がった懐中電灯が、ススキの根と死体の左肩に白紐でつながったS&W拳銃を照らしていた。衣川は溜め息を漏らして顔をあげ、手を伸ばして懐中電灯のスイッチを切った。

堤では、川口署の数台のジープが、ヘッド・ライトを煌々(こうこう)と光らせていた。赤いスポット・ライトが血の色をした光を旋回させた。

シャツとズボンがズブ濡れのため、衣川は歯を鳴らして胴震いした。

思い出したように、川面に照明弾が射ちあげられた。弧を描き、水母(くらげ)のように漂いながら落下していった。

死体から降りた衣川は、素早くシャツを脱ごうとした。濡れた生地が肌にへばりついてだめだった。

衣川は、死体の警官の制服のポケットをさぐってみた。ポケット・ナイフが見つかった。それを使って、自分の濡れたシャツを切断した。

ズボンを脱いで、素っ裸になった。気が遠くなるほどの寒気がした。

ススキの茂みに救われて、ヘッド・ライトの直射は衣川のところまでとどかなかった。風も、穂を鳴らすだけで、衣川の肌を噛むこともなかった。

衣川は、死体の制服を脱がした。死体の脱糞は、パンツと股引(ももひき)を汚しただけで、ズボンまでは濡らしてはいなかった。

中腰になったまま、衣川は死体から脱がした制服を、自分の肌に直接に着けた。袖やズボンの丈(たけ)が少々短かすぎた。

拳銃のベルトを腰にまきつけた。拳銃もホルスターにおさめた。靴も替えようと思ったが、死体のそれは、衣川の足には小さすぎた。

下着姿にした死体を離れた衣川は、ワルサーを拾いあげ、ヘルメットを置いてあった場所に這い戻った。そのヘルメットには——S&W四十五口径、ヴェルナルディリ超小型〇・二二口径、コルト・ディテクチヴ・スペッシャルの三つの拳銃と、弾薬などが入っていた。ヴェルナルディリをのぞく拳銃は革ケースにおさめられていた。

ほうぼうで、ホイッスルが鋭く吹きかわされた。再び照明弾が射ちあげられた。川面はそれを美しく反映した。

衣川は、ヘルメットから、ホルスターに入った〇・四五口径拳銃を捨てた。まだズシリと重いヘルメットを左胸に抱え、右手に安全装置を外したワルサーを握り、堤に向けてススキの茂みを這っていった。肘と膝を使って這っていた。ススキの穂が乾いた音をたてて揺れた。

ススキの茂みのはずれは乾上がった川床(かわどこ)になり、その先に堤があった。乾上がった川床には、石ころがゴロゴロしていた。

ススキの茂みの外れまで来て、衣川は不意に立ちあがった。右手のワルサーP38は制服の上着の裾に隠すようにしていた。

堤防には、三、四十メーターずつの間隙を置いて、六台の警察ジープが停車し、車首を川面の方に向けていた。ヘッド・ライトがよろめくようにして堤に近づく衣川の姿を強烈に浮かびあがらせた。あまり光線が強烈なので無気味な隈ができて衣川の人相はかえってわからなかった。

衣川は、左腕に抱えたヘルメットの内容が、堤の上のジープから見えないように角度を変えた。

衣川の目前のジープには、分厚いレンズの眼鏡をかけた中年の警部が残っていた。私服姿だった。座席から身を乗り出し、

「どうしたんだっ」

と、制服姿の衣川に呼びかけた。

「猛烈な頭痛で立っていられません」

衣川は叫び返し、大袈裟によろめきながら、そのジープに近づいた。事実、乾上がった川床の石に足をとられて、自由に体が動かせなかった。

「気合が入っとらんぞ。しっかりしろ。我慢できない馬鹿があるか！」

警部は叱咤(しった)した。

「すみません」

衣川の声は弱々しかった。実際には、体を動かしたので血液の循環はよくなり、力が甦っ

ていた。

「仕方がない。このジープに入れ」

警部は言った。

「はい」

衣川は答え、堤を這うようにして登っていった。

ジープのライトは、遠く川面に向けられているので、堤を這いのぼっていくとちょうど光線の蔭になり、ヘルメットの中に入ったさまざまな拳銃を発見される心配はなかった。

喘ぎながら、衣川は堤を登りつめ、そのジープの横に立った。警部は威厳を保とうと衣川を睨みつけたがその背筋は凍りついた。部下に、衣川のような顔だちの警官はいない。

「お前は！」

警部は悲痛な声で叫び、私服の腋の下に吊ったブローニング拳銃に手を走らせた。咄嗟(とっさ)に制服の裾からワルサーの銃口を覗かせた衣川は慎重に引き絞った。ワルサーの銃口は、蹴とばされたように跳ねあがった。

サディスト

1

　衣川の放ったワルサーの銃声は、荒川の川面を渡り、パカーンと小気味よく反響した。堤の警察ジープの中で、腋の下のホルスターにひそめたブローニングに手を走らせていた私服刑事の額に、ポツンと小さな孔(あな)があいた。そのまわりは、火薬の滓で黒く汚れていた。刑事の首が、弾着の衝撃に不自然に曲がった。脳天に開いた射出口から、血と脳髄が数メーターも吹きあげられ、ジープのホロに飛沫を付着させた。銃弾は脳の中で進行方向を変えたのだ。

　被甲弾は、しばしば自分の進路を予知し、柔らかいところ、抵抗の少ないところを選んで抜けようとする。鉄カブトを貫いた弾が頭蓋の外側を一周して、射入したと同じ鉄カブトの孔から射出したりすることがある。ワルサーに使用する九ミリ・ルーガー弾は被甲してあった。

衣川は、警官の制服の裾から、発射したワルサーP38を引き出した。

制服の裾が邪魔になり、空薬莢を抽莢子(エクストラクター)でひっかけながら後退した遊底(スライド)が充分に開ききってなかった。したがって空薬莢の尻は排莢子(エジェクター)ではじきとばされてなく、再び薬室にもぐりこもうとして、潰れていた。

「大変なことになるんだった……」

口の中で呟いた衣川は、左手に力をこめて遊底を引いた。なかなか力がいった。やっと遊底は後退し、潰れた空薬莢がはじきだされた。遊底は弾倉上端の実包を引っかけ、パシッと音をたてて閉じた。

即死した私服刑事は、ジープの反対側から頭を立てるようにして仰向けにひっくりかえっていた。吐き気をもよおすような血の匂いが風に吹かれた。

左腕に、数丁の拳銃をおさめたヘルメットを抱えた衣川は、一気に堤の反対側を駆けおりた。足が野バラの根にひっかかり、あやうく転げそうになった。

堤の反対側は、水の涸れた田圃(たんぼ)になっていた。稲の切り株が規則正しい間隙で広がり、ところどころに藁を積んだニオが点在していた。

堤に残った数台の警察ジープから、けたたましいサイレンが断続的に咆哮した。非常招集の合図だった。河原に散っていた武装警官たちは、慌てて堤を這いあがってきた。

堤のジープは、それぞれ車の向きを変え、反対側に駆けおりた衣川に、スポット・ライトの光線を浴びせかけようとした。

衣川は、小川に沿った田圃の畦道を走っていた。渋柿や柳の枝が小川にかぶさるように張っていた。

小川の水は音をたてて流れていたが、暗くてその流れは見えなかった。大川から、闇にまぎれてタニシや小魚を捕食に遠征してきた雷魚(らいぎょ)やナマズが、驚くほどの大きな音をたてて跳ねた。

闇にせばめられた視界に人家は入ってこなかった。衣川の吐く白い息は、田圃を吹きすさぶ冷風の中に、とけこんでいった。

走ったので、体温が甦ってきた。畦道は枯れた雑草がはびこり、足もとに注意をおこたると、たちまちつまずきそうだった。

堤で方向転換した五、六台の警察ジープは、衣川の逃げ去った田圃に向けて、スポット・ライトの光を薙いだ。

衣川は、堤から二百メーターほど離れた畦道を走っていた。スポット・ライトの光線がその姿をおぼろに照らしたが、衣川は低く身を伏せて夜景の一つに溶けこもうとした。

堤の上に十数人の警官のシルエットが浮かんでいた。標的に向かう射手のように体を開き、左手をズボンのポケットに突っ込んで、重心をとりながら、いっぱいに伸ばした右手にS&

Wリヴォルヴァーを構えていた。

「あそこの柳のそばだ。見つけたぞ！」

一人の口髭の警官が大声で叫んだ。

「どの柳だ！」

質問の声がはねかえってきた。

「小川をはさんで向かい合っている藁ニオの横だ」

口髭の警官は叫んだ。

「衣川、聞こえるだろう――」

ジープから、マイクが吠えはじめた。

「その場を動くんじゃない。逃げだせばたちどころに射殺する！」

その声は衣川の耳に達した。

衣川はうんざりしたように唇を歪めて立ちあがった。全速力で逃げだした。

「全員、射ちかたはじめ！」

マイクは命令した。

二百メーターは、完全に拳銃の有効射程をはずれていた。それにもかかわらず、警官たちはいっせいに発砲してきた。

一斉射撃された四十五口径の轟音は、落雷よりもひどかった。頭の芯が痺れるほどであった。

普通の警官の使用している引金の重いS&Wリヴォルヴァーでは、五十メーターも離れると、畳一枚の広さのなかにも命中しないことがしばしばある。拳銃は照星と照門の距離が短いので、遠距離射撃の照準をつけるのは無理なのだ。

弾着は、それぞれ思いおもいの方向に散った。いちばん近いので、走り去る衣川の背後十五メーターのあたりに当たった。

あとは、田圃の泥をはねあげたり、小川に水煙をまきあげた。遠く川口市に向けて飛び去った弾もあった。

四十五口径拳銃弾は、射角二十五度の仰角に銃口をあげてもっとも理想的な弾道のカーヴを描かせてやれば、最大射程は千六百メーターを越す。

しかし、それはあくまでもその距離まで弾頭が飛んでいくだけのことであって、拳銃の狙いをつけられるというわけではない。

それに火薬量の大きい小銃弾とくらべるとはるかに弾速が劣るので、弾道の落差が激しい。

したがって、拳銃と有効射程の長い小銃とで百メーターも離れて決闘すれば、拳銃を選んだ者は自殺の意思があったと見なされても仕方がない。ボルト・アクションの優秀な小銃では百メーターは至近距離だ。

衣川は銃弾をよけようとジグザグを描いて走る必要はなかった。乱射してくる拳銃弾は、弾頭のほうから衣川をよけてくれていた。ピシッ、ピシッと間近の夜気を切り裂く鋭い音をたてずに、チューン、チューンと長い尾をひいて飛弾はさえずっていた。

2

代田二丁目近くの大邸宅の土蔵では、素っ裸にされて宙吊りにされた真美子の下腹部に、土井がローソクの炎を近づけていった。

揺り椅子に坐ってウイスキーをラッパ飲みしていた田辺と、右手に鞭がわりのベルトを提げて突っ立った中島が、湿った瞳を異様に輝かせ、舌なめずりでもしそうな顔つきで真美子の下腹部と、ローソクを見つめていた。

「さあ、言うんだ。どこに衣川は隠れてるんだ？」

土井は真美子を責めた。本当に衣川の隠れ場を知りたいというよりも、美しい真美子をさいなむことのほうに酔っていた。

真美子はいまにも、再び気絶しそうに瞳を吊りあげていた。体中の筋肉が小刻みに痙攣していた。

「よし、あくまで強情を張る気だな。そんならそれでもいい」

小柄な土井は、ローソクの炎を真美子の下腹部の叢（くさむら）に接近させた。

まだ湿り気の乾いてなかった柔らかな真美子の巻毛が、ボッと炎を発し、チリチリに縮れた。嫌な臭いだった。

真美子は頭のてっぺんから絞り出すような凄まじい悲鳴をほとばしらせ、山猫のように荒れ狂った。

ロープですりきれた手首から落ちた血滴が、裸の真美子の肩を汚した。真美子は背骨が折れるのではないかと思うほど体をよじり、悲鳴をあげつづけた。

「もっと色気のある声を出せよ」

長身の中島が、ニタリとしながら、注文をつけた。

「こういうのを見ながら一杯やってると、男冥利(みょうり)に尽きるな。どうだ、中島、お前も一杯やらないか?」

満足げに椅子を揺らせながら、顔にリンチで受けた傷痕の生々しい田辺はスコッチの壜を差し出した。血走った瞳は真美子から離れなかった。

「ありがとうござんす」

近づいた中島は、うわのそらでスコッチの壜を受け取った。苦悶(くもん)する真美子を見つめている間に勃起したと見えて、ズボンの前がふくらんでいた。

中島もそのスコッチをラッパ飲みした。壜の三分の一ほど残っていたのを、喉を鳴らして飲み干した。空き壜を床に叩きつけた。甲高い音をたてて壜は割れた。

「落ち着け、落ち着け、酒ならまだある。もっといいのがな」

田辺は大儀そうに立ちあがり、背後の鎧櫃(よろいびつ)を開けて、二本のジョニー・ウォーカーを取り出した。黒ラベルだった。

一本を自分のためにとり、一本を中島に渡した。

「こりゃどうも……」

中島は唇だけで笑って、ジョニ黒の封を切った。

「いい酒だから、ゆっくり味わうんだぞ」

揺り椅子に戻った田辺が、注釈をつけた。

「わかってますよ」

中島は答えたが、ダブル・グラスの二杯分ぐらいをガブッと一口に飲んだ。胃の中でそのジョニーの黒と、さきほどのデュワーズがミックスされ、カーッと一時に体中が火照(ほて)ってきた。

中島は自制心のブレーキがきかなくなり、壜の半分あたりのところまでたて続けに飲んだ。

「兄貴、俺にもまわしてくれよ」

小柄な土井が言った。

「子どもはだめ、だめ――」

中島は呂律(ろれつ)のあやしくなった声で言ったが、

「そらよ」

とジョニー・ウォーカーの壜を渡した。

「面白いことを思いついたんだ」

土井は、壜を持って、苦悶する真美子のそばに戻っていった。

豊かな香りのそのスコッチを口にふくみ、土井は上体をかがめて真美子の下腹部にプーッと吹きつけた。

アルコールが、火傷(やけど)にしみた。真美子は縛られた手首を軸にしてキリキリ舞いしたが、ついに耐えきれずに再び失神した。

土井はジョニ黒の壜を中島に戻した。

「気絶しやがったか。あのままでは体の重みで腕が抜けてしまうぜ」

中島は言った。

「降ろしてやれ。少し体力を回復させてから、もう一度責めつけるんだ。いや一度ではない、何度でも何度でもあの女が口を割るまではな……」

田辺が暗く笑った。

土井が素直にうなずいて、床に転がった踏台を移動させようとした。

「待った――」

田辺が言った。

「ただ降ろしたんでは面白くない。こいつで腕だめしをやってみな」

と、ポケットから、イタリー製ベレッタ・ミンクスと、ウインチェスターの子会社であるウエスターン製弾会社の〇・二二ショートの五十発入り弾箱を出し、卓子の上にドスンと置いた。

普通、二十二口径弾といっているのは〇・二二ロング・ライフル弾だ。拳銃にも共通して使える。田辺が出した〇・二二ショート弾は、ライフルにも使えるが、主に室内射撃とか自動拳銃の射撃競技用――それもピストル・シルエット――に使われる。薬莢がロング・ライフルよりもだいぶ短く、火薬量も少ないうえに弾頭の重量も軽いので、速射してもほとんど銃口がはねあがらず、次射の狙いをつけやすい。むろん、銃声は小さく風の強い室外で射てば、安物のスプリング式空気銃とあまり変わらない。

3

田辺は、ベレッタ・ミンクス自動拳銃の銃把の弾倉止めを圧し、弾倉室から弾倉を引き抜いた。

その弾倉のバネをサイド・レヴァーで圧縮しておき、ニッケルの薬莢に包まれた可愛らしいほど小さな実包を、次々に八発落としていった。

銃把の弾倉室に、装弾した弾倉を叩きこんだ。遊底を引き、手を離して遊底を閉じさせ、弾倉上端の実包を一発、薬室におくりこんだ。

中島と土井が、揺り椅子に坐った田辺の左右に立った。中島は卓子に置いた田辺のウイスキーのそばに、自分のそれを並べた。

「どっちが先にはじめる？」

田辺は暴発を避けるため、銃に安全止めを掛けながら尋ねた。

「まず兄貴から……」

土井が言った。

「俺からか？」

中島の声は酔っていた。

ひったくるように田辺から小型自動拳銃を受け取り、安全止めボタンを右に押すと、ろくろく狙いもせずに続けざまに速射した。

乾いた発射音とともに、小さな空薬莢が遊底からはじきとばされて空中で乱舞した。銃身は小刻みに躍り続けた。

数発は真美子を吊ったロープをかすったが、残りの銃弾は真美子の髪をフッとばしたり、向こうのドアから木片をはねあげたりした。

中島は、たちまち八発の実包を射ち尽くした。遊底は開いたまま止まった。

「畜生、サイトが合ってないんだ」

と、当たらぬのを銃のせいにした。

「じゃ、俺がやりますぜ」

土井が手を伸ばした。

「お前がうまいのは、見ないでもわかるよ」

中島は、小さな土井の掌に、ベレッタを叩きつけるようにした。揺り椅子に坐った田辺は、耳を押さえて、大袈裟に顔をしかめていた。

土井は弾倉室から弾倉を抜いて装弾した。普通、〇・二二ショート弾を弾倉に詰めていくとき、実包が小さすぎてなかなかスムーズにいかないものだが、土井は素早く詰め終わった。

「うまくやれたらおなぐさみ……」

土井は遊底を操作し弾倉室に弾倉を叩きこんだ。遊底は自動的に閉じた。

慎重に狙いを定めて静かに引金を放った。一度発射すると、あとは軽機関銃のような早さで、速射した。八発の銃声が一つになってかぶさるほどだった。

真美子を吊ったロープから、パパパッとマニラ麻の切れ端が飛び散った。真美子の体重が千切れかけたロープを引っぱっていたが、ロープはついに重みに耐えかね、音をたてて切れた。

素裸の真美子は、手首を縛られたまま自分の漏らした小水で濡れたコンクリートの床に落下した。

床に落ちて尻餅をついた真美子は衝撃で昏睡から醒めた。両足を投げ出し、朦朧とした瞳を見開いていた。

「田辺さん、お願いだ。俺にあの女を抱かせてくれ」

中島は田辺の腕にとりすがった。

「慌てるなよ。まず衣川の隠れ場を訊きださないとな」

田辺は中島の腕を押しかえした。

「女を痛めつけるには、ベッドでだってできますぜ」

中島はアルコール臭い、熱い息を吐いた。

「そいつもいいがな、あの女の体をいただくのだけは、俺のほうに先にまわしてもらおうと思ってる」

田辺の声が厳しくなった。

真美子は、四つん這いになって、土蔵の隅の方ににじりよっていた。

「ど、どうして？　田辺さん、まさかあの女に、惚れてるってこともないでしょう」

中島は、酔いで大胆になったのか、田辺に楯ついた。

「惚れてたんだよ――」

田辺はピシャリと言った。

「昔のことさ。まだ衣川の兄貴が生きてたころのことだ。あの女は、衣川の兄貴に首ったけだったのさ。俺はあの女に惚れていたが、鼻もひっかけられなかった。俺にはツンと澄ましてやがったさ」

「……………」

「可愛さあまって憎さ百倍とか、よく言うじゃないか。俺はあの女を何とかして辱しめてやりたかった。それには、あの女の体を物にするのがいちばんと思ったよ。それに、俺はあのほうのテクニックはまんざらでないからな。一度俺の味を覚えたら、あの男では満足しなくなると思ってな」

「やっちまったんですかい？」

ベレッタの弾倉に装弾した土井はそれを銃把の弾倉室に叩きこみながら、口をはさんだ。

「お恥ずかしい話だが、失敗の巻さ。あの女をねじふせたとき、衣川の兄貴が戻ってきやがったのさ。俺は腸がねじれるほど蹴りまわされた」

田辺は苦しい声で言った。

「そういう事情があるんじゃあ、俺は一番乗りをあきらめますよ。どうせ辱しめてやるんだったら、ここでやったらどうです？」

中島は頬をゆるめた。

「何いっ！」

田辺は目を剝いた。

「いや、何ですよ……俺たちの見ている前で可愛がられたら、あの女はいっそう骨身にこたえるんじゃないかと思ってね」

「なんなら、見物料を払ってもいいですけど」

土井が半畳を入れた。

「ふざけるな！」

田辺は一喝したが、内心はそれほど怒ってもいないようだった。むしろ悲しげでさえあった。

真美子は、土蔵の隅に蹲り、血のこびりついた手で胸と下腹部をおおっていた。背が波打っていた。

「それをよこせ」

田辺は土井の手からベレッタを取りあげると、土蔵に蹲った真美子の方に歩み寄った。憑かれたような眼光だった。

真美子は全身を硬直させていた。手首やベルトで殴られた傷も痛んだが、ローソクに焼かれた足の裏の痛みは熾烈だった。

田辺はその真美子の肩に左手をかけて後ろに引きずり倒した。

脂汗で光る真美子の腹の上に馬乗りになった。

「もう、これ以上は尋ねん。衣川の隠れ場所をしゃべってくれ」

田辺は銃口で真美子の左の乳首を圧した。無気味な、静けさをたたえた声だった。

「あの人は、山谷(さんや)のドヤ街にもぐりこんだわ」

真美子は、苦しまぎれに嘘をついた。真美子も衣川の居所を知らないのだ。

「旅館の名前は?」

田辺は、即座に尋ねた。

ドブ鼠

1

もう、荒川の堤に停車した警察ジープのスポット・ライトの光線はとどかなかった。盲射してくる警官隊の四十五口径弾は衣川の背をはるかにはずれていた。

左腕に、数丁の拳銃と弾薬を入れたヘルメットを抱えた衣川は、奪った警官の制服を着ていた。無理のないペースで走った。

黒々と水の涸(か)れた田圃(たんぼ)に、稲の切り株が並んでいた。脱穀した藁束(わらたば)を小山のように積んだニオの蔭から、捨て犬が悲鳴をあげて逃げだした。

畦道を走る衣川の、ズボンの膝から下は夜露で濡れていた。

銃声に驚いたのか、遠くにまたたく農家の灯は消えた。ただ、小川のそばに立った電柱の裸電灯が、わびしく霞(かす)んでいた。

衣川は、田圃の真ん中にある藁の山に瞳を向けた。その藁山は、小川のそばの畦からだいぶ離れ、かなり大きかった。

衣川は、稲の切り株を踏み、足跡を残さぬように気をつかって、その藁山に近づいた。堤では、警官隊が衣川の消えた闇に向けて駆けおりてきていた。懐中電灯の火が、蛍火のように流れていた。

衣川は、藁山にたどりついた。ワルサーも制服の中に入れ、藁束をかきわけ、身をもぐりこませた。

細かな藁埃が立ちのぼり、衣川の鼻や喉を刺激した。衣川ははげしく咳こんだ。苦しかった。

咳がおさまると、衣川は自分の頭上を藁束でおおった。

暖かかった。冷えきっていた衣川の手足は痒みさえも覚えだした。藁埃で、刑事や警官から奪ってヘルメットの中におさめた数丁の拳銃の機関部が故障するのではないかと心配した。

荒川の対岸、東京都側についた警官たちも、横に回り、鉄橋を渡って、こちらの埼玉側に殺到してきた。衣川のあとを追う川口署の警官たちに合流した。

藁山の中にもぐりこんだ衣川の耳にも、吹きかわされるホイッスルの音や、警官たちの声がとどきはじめた。

衣川は暗闇の中に瞳を見開いていた。警官の制服の上着に入れたワルサーを握りしめ、親指を安全装置にかけていた。

汗で掌がぬるぬるしていた。

警官隊の足音が衣川の隠れた藁山に近づいてきた。幾組にも分かれて捜索しているとみえ、藁山に向かって近づいてきたのは二人の足音だった。

「こいつが、あやしいぞ」

「上の方の藁束が乱れている」

警官たちの囁きが衣川の耳に達した。衣川は下唇を嚙みしめた。

「この中に射ちこんでみようか」

警官の一人が言った。衣川の心臓は縮みあがった。

「そいつはまずい。そうやたらに発砲したら、コッテリと始末書を書かされるぞ」

もう一人の警官の声が制した。

「それもそうだな。俺が調べてみるから、君は短銃を構えて護衛してくれ」

「わかった。懐中電灯をさしつけておこう」

カチッと、リヴォルヴァーの撃鉄を起こす音がした。

衣川は喘いだ。喉に埃が入り、咳がこみあげてきた。

衣川は左手を口と鼻にあて、必死に咳をおし殺そうとした。

目から涙があふれた。クウーッというような呻きが喉から漏れ、心臓ははりさけそうになった。

「犬かな！」

「捨て犬がもぐりこんでいるかもしらんな」

警官たちは言いかわした。

「じゃあ、はじめる」

眼鏡をかけた制服警官が、藁山に手をかけた。ヘルメットをかぶり、完全武装していた。鼻柱のつぶれた警官が、腰のあたりに撃鉄を起こした拳銃を構えて援護するなかを、眼鏡の警官が、藁束を投げとばしていった。

無造作に突っ込まれたその警官の右手が、藁山の中に身を潜めた衣川の顔の前を泳いだ。衣川は、咳こみながら跳ねあがった。左手で、その警官の右手を摑み、右手でワルサーP38を抜き放っていた。

仰天したのは、警官たちのほうだった。衣川に右手を摑まれた警官は、悲鳴とも唸りともつかぬ声を絞り出して跳びのこうとした。

拳銃を構えて援護していた警官は、左手の懐中電灯を落とし、咄嗟に引金をひこうとしたが、衣川と眼鏡の警官のシルエットがもつれたため、発砲することができなかった。藁山から跳び出した衣川は、右手に握ったワルサーP38の銃身を、愕然とした警官の頰に叩きつけた。

鋭い音をたてて、硬度を誇るワルサーの銃身は頬骨を砕いた。ツルの折れた眼鏡がふっとんだ。

悶絶(もんぜつ)した警官は、横向きに倒れかけた。衣川は、その警官の右手を掴んだ左腕に力をこめ、倒れるのを防いだ。

拳銃を構えた警官は、発砲をためらっていた。同僚を射ってしまう可能性が充分にある。

衣川は、頬の砕けた警官の後ろに、素早く回りこんだ。

左手を、警官の腰のベルトに回し、全力を振りしぼって体ごと持ちあげた。気絶した警官の体を持ったまま拳銃を構えた警官に体当たりしていった。

気絶した警官の体が、楯となっていた。発砲すれば、受け身となった警官の四十五口径は、必ず同僚の体を貫く。

鼻柱の潰れた警官は、なすことなく立ちすくんだままだった。衣川は、その胸に、左手で持ちあげた警官の気絶した体を激突させた。

2

土蔵の中では、仰向けに引きずり倒された真美子の上に、田辺が馬乗りになっていた。ベレッタ・ミンクスの銃口を脂汗で光る真美子の乳房に圧(お)しつけていた。

「さあ、思い出すんだ。衣川は山谷のどの旅館に隠れた」

苦しまぎれについた真美子の嘘に乗って、田辺は、血に飢えたような声で真美子の返事を求めた。

「知りません……」

真美子は、苦しげな声を絞り出した。

「知らないはずはない」

田辺は、続けざまの発射で生暖かくなったベレッタの銃口を、真美子の乳首にグリグリくいこませた。

「本当です！」

「知らないってことはない。君は忘れたんだ。思い出すんだな」

田辺は猫撫で声をだした。

その二人を、小柄な土井と、長身の中島が見下ろしていた。

土井は、少年のような顔に薄笑いをうかべていた。頰の殺げた中島は、ズボンのボケットに左手を深く突っ込み、勃起した男根を弄んでいた。ズボンの前ボタンが、いまにも千切れそうだった。

脂汗にまみれた真美子の顔は、苦痛と疲労で、妖しく光っていた。手首の傷から垂れた血が、ふっくらした肩や腹を染めていた。

「思い出した。思い出しましたわ。山谷の旭館というとこに潜むとか言ってました」

真美子は、再び嘘をついた。

「旭館だな。でたらめを言うと、どんな目にあうかわかってるだろうな？」

田辺は凄惨な笑いに頰を歪めた。

「…………」

真美子は、かろうじて首を動かしてうなずいた。

「山谷のどのあたりだ」

土井が口をはさんだ。

「それまでは知りません。もし、あの人が言ってくれたとしても、私にはどこがどこなのか全然見当がつきません」

真美子は、聞きとれぬほどの声で呟いた。

「フン、あんたもバカな女だな。へんに衣川に忠義だてして、つまらん強情を張ったから、こんな目にあったんだ。はじめっから、口を割ってたら、もっと優しく可愛がってやったのによ」

少年のように背の低い土井は、毒々しい笑い声をたてた。

「よし、お前たち二人して、山谷のドヤ街を洗ってこい」

真美子の上に馬乗りになった田辺は、土井と中島を見上げて、命令した。

「でも、ちょっと遅すぎるんじゃありませんか？　もう、夜中の二時半ですぜ」

ズボンのポケットの中で動かす手を止め、中島が不服顔をした。

田辺は中島のズボンのふくらみを見てニタッと笑った。

「特別手当ては出す。手当てを張りこむから……」

「さっきはこの女を連れてくるために、刑事を殺っちまったんですぜ。なあ、土井ちゃんよ？」

「そうでさあ。だから、いま動くとヤバイと思いますがね」

土井は、中島に同意した。

「顔を誰かに覚えられたのか？」

田辺の瞳は鋭くなった。舌打ちせんばかりだった。

「顔は見られてねえと思いますがね。車は覚えられたかもしれませんぜ」

土井が答えた。

「じゃあ、車を替えていけ。今夜は一応、衣川がその旭館とかいうところに泊まってるかどうか確かめるだけでいい。殺るときには、大勢連れていくんだ。奴は、お前たち二人で手に負えるような相手じゃねえよ」

田辺は叩きつけるように言った。分厚い財布から一万円札を二十枚抜いて、十万円ずつ土井と中島に渡した。

「あと二十万ずつはあとで渡してやる。衣川の居所を確かめてきたらな……」

「これはどうも……」

中島は頭をさげた。

真美子は、これでしばらくの間ごまかすことができる、と思うと、再びフッと闇の世界に沈んでいった。

田辺は昏睡した真美子の腹から腰をあげ、ベレッタ〇・二二自動拳銃に安全装置を掛けて、ズボンのポケットに突っ込んだ。

「じゃあ、行ってきますぜ。車はどれを使ったらいいでしょうかね？」

ドアに向かいかけた土井が振り向いた。

「肝腎のものを忘れていた。これを使え。ブルーバードだ。山谷に行くのに大型車じゃ目立っていけない」

田辺は、内ポケットから出したキー・ホルダーから、ブルーバードのイグニッション・キーを外した。

土井はその鍵を受け取った。

「さっきのクライスラーの鍵は、車のイグニッションに差しこんだままにしときましたから……」

「そうか。では、吉報を待ってるからな。途中でポリ公につかまったら、増村先生の名前を出しなさい。先生の許可をいただいてあるんだから」

「そいつはありがたいや」

土井と中島は、肩を怒らせて土蔵から出て行った。

3

広い庭は眠っていた。

池に引いた竹の筧(かけい)の流れる音だけが目を覚ましているようだった。

池の向こうに建った二階造りの日本風の屋敷は、すべての灯火を消していた。闇よりもなお黒く横たわっていた。

土井と中島は、迷彩をほどこした土蔵の近くにあるガレージに入り、スイッチを入れた。裸電灯の光に、真美子を運んできたクライスラーと、豪華なビュイック・エレクトラが並び、二つの外車の蔭に隠れるように、ブルーバードが置いてあった。

そのブルーバードは灰色に塗ってあった。小柄な土井は、中島にイグニッション・キーを渡した。

中島がハンドルを握り、土井は助手席に坐った。中島は乱暴にブルーバードを発車させた。車は、門灯を消した裏門をくぐり、眠りをむさぼる代田二丁目の住宅街を抜けていった。

中島は酔醒めの喉の渇きに、しきりに空つばを呑んだ。

二人の乗ったブルーバードが門外に去っていく音を聞きながら、田辺は気絶した真美子を暗く、しかもギラギラ光る瞳で見下ろしていた。

真美子の手首の傷口は、血が乾きかけていた。炎症を起こしかけた下腹部は赤く腫れていた。

田辺は、フーッと長い溜め息をついた。土蔵の奥に積まれた櫃や茶箱の方によろめくように歩み寄り、大きな茶箱を開いて、エヴァー・ソフトのマットレスを取り出した。

マットレスを土蔵の奥に敷いた。入口のドアに近づき、掛け金をおろした。真美子を抱きあげてマットレスの上に運んだ。

真美子は、まだ気絶から覚めなかった。田辺は、素早くズボンを脱いで、下半身を露わにした。

巨大な田辺のセックスは黒紫に光り、硬直していた。

その田辺に貫かれたとき、意識が不鮮明なまま、真美子は苦痛に呻いた。

田辺の顔に、勝ち誇ったような笑いがひろがっていった。

右手を真美子の肩から離した田辺は、その顔を続けざまに平手打ちした。

鋭く頰の鳴る音が土蔵に反響した。真美子は朦朧とした瞳を開いた。田辺は声をあげて無気味に笑った。

真美子は身をよじって田辺の下から逃れようとした。

「どうした、私が嫌いじゃなかったのか？」

田辺は、アルコールの匂いを真美子の鼻にふっかけた。真美子は顔をそむけようとしたが、田辺はその顎をつかんで正面を振り向かせた。

「私の顔をよく見るんだ」

真美子は、憎悪と嫌悪を瞳に集中させて田辺を睨みかえそうとしたが、突きあげてくる激痛に耐えかねて涙がこぼれ落ちた。腸が千切れそうだった。

「泣け、涙が涸れるまで泣くんだ」

田辺のリンチを受けて変形した顔は、もう人間のそれではなかった。

「いくら泣いても、私が昔味わわされた屈辱から見れば、泣きたりるということはない。お前たちは、私をまるで獣を見るような眼でさげすんだ。そこで、こうしてお前を自由にしているところを、衣川の兄貴の奴に見せてやりたい」

「死んだ人を冒瀆しないでください」

真美子は歯を軋ませた。

「あのロクでなしに、お前は惚れていた。なぶり殺しになったときのあいつのザマを見たとしたら、熱は冷めただろうな」

田辺は真美子の肩を押さえつけた両手で上半身の体重を支え、真美子の表情の変化を楽しみながら行為を続けていた。真美子の骨は軋んだ。

真美子は、傷ついた手で田辺の顔を打った。

「もっとやってくれ。マッサージがわりにいい気持ちだ」

田辺は歯をむきだした。義歯が不自然に白かった。

真美子はあきらめた。目をつむり、歯をくいしばって苦痛を耐えていた。

「残念ながら、今に楽になるよ。一度私の体の洗礼を受けたものは、私でないと満足しなくなる。お前も、傷が治ったら、あの男の思い出などケシとび、夜な夜な私を求めて気が狂ったようになるのだ」

田辺は狂ったような声で笑った。唇から垂れた涎（よだれ）が真美子の首筋に向けて糸をひき、ローソクの光を受けて宝石のように輝いた。

真美子は顔をそむけた。田辺は真美子の胸に顔を埋め、エビのように曲げた背を波打たせはじめた。

涙に曇った真美子の瞳に、田辺が脱ぎ捨てたズボンが映った。ポケットから、ベレッタ自動拳銃の銃把が突き出していた。

真美子は、必死の力を振りしぼって右腕を田辺の重みの下から抜いていった。

真美子はいっぱいに右手を伸ばした。ズボンの拳銃と、右手の指先とは、三十センチほど離れていた。

真美子は悲痛な声をふりしぼりながら、突きあげてくる田辺の力を利用して、体を拳銃の方に移していった。

真美子の力に、さらに刺激されて、田辺はますますいきりたった。真美子の右手は、拳銃から五センチほどのところまでとどいた。

激しい音をたてて、土蔵の扉がノックされた。田辺は、罵声を漏らして上半身を起こした。

「誰だ！」

不機嫌な声で田辺は喘いだ。

「あっしです。五郎です。さっき、増村先生からお電話がありまして、今、衣川の奴は荒川の方で暴れとるそうです」

扉ごしに、五郎のダミ声がかすかに聞こえてきた。

「騙したな？」

田辺は血走った目で真美子を見下ろした。

夜のけものたち

1

真美子は瞼を閉じ、苦痛に歪んだ顔をそむけた。

「ちょっと待ってろ!」

憤怒にドス黒く顔を染めた田辺は、土蔵の扉の外に声をかけておき、そむけた真美子の顔を張りとばした。

コンクリートの粗い目に真美子の髪がこすれたが、真美子はかたくなに瞼を開こうとしなかった。

素裸の田辺は、ゆるゆると真美子から体を離した。

真美子は、体じゅうの関節がバラバラになったように、両腿を開いたまま動かなかった。

憎悪に燃える瞳を細めた田辺は、いきなり真美子の濡れた下腹部を蹴った。

悲鳴をあげた真美子は、うつぶせに身を転がしながらマットレスの横に脱ぎ捨てられた田辺のズボンに右手を走らせた。ロープでこすれた手首の傷には、乾いた血がこびりついていた。

「こいつっ！」

罵った田辺が、真美子に跳びついてきた。

真美子はズボンのポケットから突き出しているベレッタ・ミンクスの銃把をあわただしく摑んだ。

田辺は、真美子を殴りつけて昏倒させせようとした。左手で真美子の首筋を押さえながら右手の拳を振りあげた。

真美子は歯をくいしばって、脱ぎ捨てられた田辺のズボンからベレッタを抜き出した。

銃把についているボタンが安全装置だということを、真美子は知っていた。真美子はベレッタ〇・二二口径ショート弾の安全ボタンを圧しざま、腕を背後に向けて盲射した。

〇・二二口径ショート弾の発射音は小さかった。しかし、田辺をひるませるだけの効果は充分にあった。小さな弾頭は、振りあげた田辺の右腕の肉の一部を削りとばしたのだ。

「……！」

田辺は声にならない悲鳴を漏らし、バラ色の肉の露出した上膊部の傷に目をやった。本能的に、後ろに尻餅をついていた。

田辺のセックスが、見る見る萎縮していった。滑稽な眺めであった。

真美子は痛む体に力をこめ、左手をコンクリートの床について上半身を起こした。

疲労と屈辱に震える右手の小口径自動拳銃が、大きく揺れながらも田辺の胸を狙っていた。

「待て！」

田辺は左手で傷口を押さえ、喘ぐような声をだした。いかに〇・二二口径ショート弾に威力がないといっても、この至近距離で胸か腹に一発くらったら、痛いだけではすまされない。

真美子の血走った瞳は、憑かれたように輝きだした。体は、上半身を起こしているだけでも脂汗が滲みだしてくるほど痛んでいた。口を開けて呼吸していた。

銃声を聞きつけたためか、扉の外で五郎が再び激しくノックをはじめていた。

「拳銃を捨てろ」

田辺は、憑かれたように輝く真美子の瞳に射すくめられながらも、無理やりに強そうな声を絞り出した。

「殺してやるわ」

真美子の声はしゃがれていた。鼻がふくらみ、顎が張って、今までに見せたこともない表情を宿していた。

「ま、待ってくれ！」

田辺は両手で胸を押さえた。右腕の傷は出血をはじめていた。

「待つわよ。このまま殺すことなんてできないわ。私の味わった苦しみを、あなたにも味わわせてあげないと……」

真美子の自動拳銃を構えた右手の震えはとまっていた。真美子もまた、復讐の鬼と化していた。

田辺の瞳は、隠しきれぬ恐怖の色をたたえてつりあがった。唇は、泣きだしそうに歪み、痙攣をはじめた。

「ば、馬鹿なことはよせ！」

「あなたの言うことなんか聞いていられないわ」

真美子は銃口を斜め下に向けて引金を絞った。

乾いた発射音が土蔵に響いた。

銃弾はコンクリートのかけらを吹きあげ、粉々になって砕け散った。

「よ、よせったら！」

田辺は口から泡を吹き、尻餅をついたまま両手を使って後じさりした。

外では、五郎が土蔵の扉に体当たりをはじめていた。内側からかけた閂が無気味に軋みはじめた。

「外で暴れてる人に静かにするように言うのよ。そうでないと、本当に射ち殺すわよ」

真美子の瞳は据わっていた。

田辺は顎を鳴らしてうなずいた。

「五郎、ちょっと待ってくれ！　もう少ししたら開けてやるから……」

と命令し、薄煙の立つ銃口から必死に目をそらした。睾丸は縮みあがっていた。

真美子の額は、じっとりと濡れた脂汗で黄色っぽく光っていた。下腹部の傷は力の抜けた両腿を無理に閉じて隠した。

2

苦しまぎれについた真美子の嘘に乗った田辺の命令を受け、中島と土井は灰色のブルーバードを山谷に向けて飛ばしていた。

もう三時近かった。ブルーバードは、駅前の飲み屋だけが赤い提灯を出している神田（かんだ）を通り、廃墟のような上野のビルの間を抜けて吉原（よしわら）に近寄った。

この時刻だというのに、京町に入るとバーや飲食店の薄暗い灯は消えていなかった。女やエロ・ショウを求めて新宿や銀座の盛り場からタクシーを飛ばしてきたカモをくわえこもうと、町角には、ポン引きがたむろし、強引にタクシーにタックルしていた。

「遊んでいきたくなったぜ。さっきでだいぶ頭に来たからな」

ブルーバードのハンドルにかけた手を滑らせながら、長身の中島が殺（そ）げた頬に薄笑いを浮かべた。

「まあ、遊ぶのは、仕事が済んでからにしましょうや」

シートにすっぽり埋まってしまうほど小柄な土井がタバコに火をつけた。

「お前でも、女の子と遊ぶことがあるのかい？」

中島は皮肉な調子で言った。

「馬鹿にしなさんな。女と遊ぶにゃおねんねするだけが芸じゃないですからね」

「じゃあ、お前さんは……」

中島は尋ねかけたが、低く罵って車のブレーキを踏みこんだ。

明々（あかあか）と蛍光灯を照らした薬局とラーメン屋にはさまれた道の中央に、三人のポン引きが両手をひろげて通せんぼをしていた。

ブルーバードは、危うく男たちを轢（ひ）きそうになって停車した。

「旦那、いいところに案内しますぜ」

「特別安くしときますからさ」

「シロシロ、シロクロ……どっちでもお望みのものがお世話できますぜ」

ポン引きたちは、車窓にすがりついて車内を覗きこんだ。

「どけ！」

土井は冷たく言った。

「そう邪険にしないでくださいよ」

「ここまで来た甲斐があったとご満足できますぜ。本当なんすから……」

イギリス製の布地で仕立てた中島たちの服を見て、ポン引きたちは張り切った。

「どけといったら、どくんだ！」

土井は車窓のガラスを降ろし、冷たく言い捨てた。

「そうおっしゃらずとさ……そうおっかない顔をしてみせなくたって、旦那方はあれがお好きなんでしょう？」

ポン引きはニヤニヤ笑いながら、車の窓枠にしがみついた。

「しつこい奴だな」

土井は、タバコの火口を車の窓枠にしがみついたポン引きの手に押しつけた。

「熱ちっ！」

そのポン引きは悲鳴をあげて跳びのいた。残り二人のポン引きたちの顔に、サッと殺気が走った。

「やい、やい。下手に出りゃ、つけあがりやがって……車から降りろ！」

「逃げようったって逃がさねえぞ。このオトシマエはどうつけてくれる」

ポン引きたちはすごんだ。

「何だ、何だ？」

電柱の蔭でシキテンをきっていたヤクザや、ほかのポン引きたちが駆け寄ってきた。

「面倒だ。発車させてくれ」

土井は、中島の方にチラッと視線を走らせた。

「野郎、逃げる気か」

「太え野郎だ、袋叩きにしてしまえ！」

ポン引きたちはサッと二手に分かれた。三人ぐらいずつ、一組は車の前に回り、一組は車の後ろに回ってフェンダーの上に乗ろうとした。

中島は車を乱暴に発車させた。フェンダーに足をかけ、車の荷入れに身をもたれさせていたヤクザが、振り落とされて地面に叩きつけられた。

車の前に立ちふさがっていた一組は、強引に発車したブルーバードに跳ねとばされそうになり、あわてて身を転がして車輪に捲きこまれるのを逃れた。

「野郎！」

「待ちやがれ！」

急速にスピードをあげていくブルーバードを、ポン引きとヤクザたちは追いはじめた。後ろのフェンダーにつかまろうとして足をつまずかせ、顔から地面に突っ込む男もいた。

騒ぎを聞きつけ、露地や屋台から跳び出してブルーバードを止めようとしたヤクザたちも、スピードをゆるめずに突っ込んでくる車に怖気づき、慌てて道の両脇にスッ跳んだ。

ハンドルを握る中島は薄笑いを浮かべていた。土井も、腋の下のホルスターにおさめた拳銃の銃把を軽く叩きながら唇を歪めていた。

車は左に急カーヴをとり、揚場(あげば)町に入った。江戸町とへだてる揚場通りの大店(おおだな)は、みな旅館に転業していたが、薄暗い雰囲気は偽装の臭いがした。

ブルーバードを追ってきたポン引きやチンピラたちは、すぐに追跡をあきらめた。車と競走の駆けっこでは、体力が続かないだろう。

3

車は、大通りを横切って山谷に入っていった。スピードをぐっと落としてノロノロと走っていた。

ここの住民も、まだ皆が眠りについているわけではなかった。

バラックの建ち並ぶ軒先で、屋台のオデン屋のまわりに、あぶれたパン助が立っていた。酔っぱらいが、道路の上に坐りこんでクダをまいていた。地面にじかに寝転がっている者もいた。

ここでも、白い息をはいて佇(たたず)んでいた二人のヒモたちが、ポン引きとなって、中島と土井の乗ったブルーバードをとりかこんだ。

中島はイグニッションを切り、長い脚を使って、地面に降り立った。

「〝旭館〟というのを知らないか？」

中島は、くわえタバコに不必要なほど長い時間ライターの火をおしあて、赤黄色い炎に、残忍非情な自分の顔を長いあいだ浮かばせた。

「知らねえな。お前、知ってるか？」

「さあ、聞いたような覚えもあるし、違うような気もするし」

「新宿（ジュク）の旭館と違うのかい？」

わりに小ざっぱりとした身なりのヒモたちは呟きかわした。

「ぐずぐずしてねえで教えるんだ」

中島は高姿勢だった。

「おっ、この人、ヤケに威張りたがってるぜ」

「こいつは面白え。この山谷でよそ者が大きなツラをしやがるとはな」

一人のポン引きは、車のアンテナをへし折った。一人が、飛び出しナイフを、タイヤに突き刺そうとした。

車輪にかがみこんだそのヒモの顎の横に、鋭く蹴りあげた中島の靴先が命中した。崩れた美貌（びぼう）を持ったそのヒモは顎を砕かれ、コマのように回転して地面にブッ倒れた。

石で車の窓ガラスを叩き割ろうとした残りのヒモは、あわてて跳びのき、大声でわめきちらした。

地面に倒れたヒモは、口と鼻から血を吐きながら、わめき叫んでいた。中島はその脚に、地面から拾いあげた飛び出しナイフをなげつけた。

銀色の閃光となって夜気を裂いたナイフの刃は、泣きわめくそのヒモの脚を貫き、ふくらはぎから切っ先が突き出した。

「何だ、なんだ!」

「喧嘩(けんか)なら俺にまかしとけ!」

露地の蔭やドヤの帳場から、腹に巻いたサラシの上に、ジャンパーや薄汚れた背広を引っかけたヤクザたちが跳び出してきた。少なくとも四、五人はいた。誇らしげに胸や腕の入れ墨を見せびらかしている者もいた。皆が、腹に巻いたサラシの間から短刀(ヤッパ)の柄を突き出していた。

「この野郎がよう、イチャモンをつけやがるんだよう!」

道ばたまで跳びのいたほうのヒモが、のっそりと佇んだ中島を指してわめいた。

ヤクザたちは、中島と地面に倒れて血を吐く美貌のヒモと、その脚を貫いたナイフに目を移した。

彼らの視線が再び中島に戻ったとき、彼らの頬は殺伐(さつばつ)な笑いに歪んだ。

「おう、これをどうしてくれる?」

道ばたまで逃げていたヒモは、加勢が現われたことに気を強くし、中島に近づいてきた。

小柄な土井は、車の助手席の上で、そっとダブル・アクションのワルサーPPK〇・二五口径自動拳銃を抜き出し、さり気なく膝の上に寝かせた。親指は安全弁に掛けていた。

「〝旭館〟というドヤを知らねえか？」

中島は、凄みながら迫ってくるヤクザたちに平然と尋ねた。

「この野郎！」

「しゃあ、しゃあとしやがって！」

ヤクザたちは、腹に巻いたサラシから突き出したヤッパの柄を握りしめ、威嚇するように歯をむきだした。

「ここは動物園じゃねえぜ。歯を剥いたって餌をやらねえよ」

中島は言った。

ヤクザたちは、いっせいに短刀を鞘走らせた。

「てめえら、そんなに死にたいのか？」

中島はニヤリと笑って、ブローニング七・六五ミリの自動拳銃を抜き出した。素早く左手で遊底を引き、撃発装置にした。バネの力で戻りながら弾倉上端の実包をひっかけ、薬室にそれを送りこんでカチーンと閉じた遊底の音が、ヤクザたちにそのブローニングが玩具でないことを知らせた。ヤクザたちは短刀を握った手を凍りつかせた。息を呑む音も聞こえた。

中島は、奥田警部補から奪った警察手帳を左手でポケットから引き出し、パラパラッと片手で器用にめくった。

「デカだ！」

ヤクザの一人が呻いた。

「俺はデカさ。だけど、お前たちの押しかける交番のポリのようにおとなしくねえぜ。お前らの一人や二人、この場で射ち殺してみせてやる」

中島は、征服者の快感に酔ってきた。

血に飢えたようにギラギラ光りだした中島の瞳を見て、ヤクザたちは浮き足だった。

「逃げるな！」

中島は、ブローニングの銃口を左右に振った。

「み、見逃してくれ！」

「冗談だったんだ」

ヤクザたちは短刀を地面に投げ出した。勢いづいたヒモは、こうなっては、カタカタと歯を鳴らして震えるほかになすすべがなかった。

「旭館というのは、どこだ？」

中島は言った。

「そんなのは知らねえ。朝日荘というところなら知ってるが」

ヤクザの一人が喘ぐように言った。

「もしかしたら、そいつ、あの女が旭館と聞きちがえたのかもしれねえぜ」

車窓からブローニングの銃口を突き出した土井が口をはさんだ。

「そう言われてみれば、そんな気がするな。どこだ、その朝日荘というのは？」

中島はヤクザたちに向かって尋ねた。

「朝日荘なら、泪橋（なみだばし）のそばの、わりに小綺麗なベッド・ハウスで……」

「よし、分かった……失（う）せろ！」

「へ？……」

「消え失せろ、と言ってるんだ。パクリあげてやりてえんだが暇がねえ。さっさとドヤに戻ってマスでもかきやがれ！」

中島は言い捨てて、車に戻った。土井はまだ彼らに窓から突き出した銃口を向けていた。

中島はハンドルに戻った。乱暴に発車させた。闇の中に滲んでいく車のテール・ライトを見つめながら、ヤクザたちは大声で罵り声をあげた。

骨折り損

1

ベッド・ハウス〝朝日荘〟は、泪橋より玉姫（たまひめ）神社に寄ったところにあった。

番頭の西村（にしむら）は、過去を洗えばちょっとは名の知られたヤクザではなかろうかと思われる。渡世の垢（あか）のしみこんだ凄味のある顔をした五十男だった。

狭い帳場で、膝の上に毛布をかけた西村は、客の忘れていったポルノ雑誌を読みふけっていた。焼酎（しょうちゅう）をくらって騒いでいた男たちも眠りにつき、ドヤは静まりかえって無気味だった。

表に車の停まる音がした。西村は、雑誌を伏せて顔をあげた。不審げな目つきだった。ここに車を乗りつける上客などめったにあるものでない。

ブルーバードから降り立ったのは、長身の中島と、極端に小柄な土井だった。二人とも、右手は背広の下で左の腋の下に突っ込んでいた。

二人は、乱暴に桟のついた表戸を開けて入ってきた。

西村は手を揉みながら立ちあがり、玄関のスリッパを揃えた。

「いらっしゃい」

と、頭をさげた。

「ここに衣川という男が泊まってるだろう？」

中島が、おしかぶせるように尋ねた。

「へ？」

西村は二人の左胸のふくらみを見て、かすかに頬を緊張させた。

「よせ、よせ。どうせ奴は本名なんか使うわけはない。尋く（き）だけむだだよ」

土井が口をはさんだ。

「それもそうだな――」

下唇を噛んだ中島は、西村を見下ろして、フンと鼻を鳴らし、

「全部の部屋の合鍵を出しなよ」

と、命令した。

「なにを言うんだ！」

西村は腰をかがめたまま後じさりした。帳場の方に回りこんでいこうとした。帳場には非

常ベルのボタンがついている。

「待ちな」

二人の男は、土足で上がりこんだ。

「やい、やい、てめえら——」

西村は振り向いて険しい目を怒らせた。

「図に乗るのも、いいかげんにしやがれ。とっとと出ていかねえと、痛い目にあわせるぜ」

「こいつは面白いや。よう、じいさん……」

土井が白い歯をむきだした。

「じいさんだと？　何をぬかしやがる、寸足らずの小僧が……」

西村は一歩前に足を踏み出した。

「じいさんで物足りねえなら、糞じじいと言ってやろうか？」

土井は笑いをおさめ、唇の端をまくりあげた。

「てめえら、俺を見そこなってやがるな。こう見えても俺は浅草じゃあ鳴らしたエンコの竹（たけ）っていうんだ」

西村は肩を怒らせていた。

「うるせえ。合鍵を出すか出さねえのか？　はっきりしろ！」

中島は言った。土足のまま玄関ホールの床を踏んで、西村の前に立ちふさがった。

「てめえら青二才の言うことが聞けるかい」

西村は、自分より耳から上だけ背の高い中島の胸を突きとばそうとした。

中島は、右手を左腋の下のホルスターの銃把に触れたまま、左のバック・ハンドで、思いきり西村の頰を張りとばした。鋭い音がした。

西村は、不自然なほど首をのけぞらせ、帳場の横のガラス戸に向けてフッ飛んだ。ガラスに顔から先に突っ込んだ。

大音響を発してガラスは破れた。西村は、ガラスの破れに、首のあたりまで突っ込んでいた。血しぶきが凄まじかった。

中島は、右手を左腋の下から抜き出した。その手には、ブローニング七・六五ミリの自動拳銃が鈍く光っていた。

床に膝と片手をつき、ガラスの破れに顔を突っ込んだ西村は、人間のものとも思えぬ悲鳴をあげた。

中島は安全装置をかけたブローニングの銃口部で、ギザギザになったガラスの残りを叩き割った。

血まみれになった西村の髪を左手で摑み、その顔を仰向かせた。西村の顔には、ガラスの破片が無数に突きささっていた。しっかりと閉じた瞼にさえ突きささっていた。

「フン、運のいい奴だ。頸動脈は切れてねえや」

中島は、鼻で笑って、血まみれの西村を突きとばした。

床に転がった西村は、無理して薄目を開いてみた。体と衣服を汚したおびただしい血を見て、絞殺されるときの鶏のような声をあげた。

廊下の左右の部屋部屋の扉が開き、サラシを腹に巻いた素肌に、上着やジャンパーをひっかけた男たちが跳び出してきた。

男たちは無言だった。転がって悲鳴をあげる西村と、薄笑いをうかべてそれを見下ろす中島と土井を睨みつけ、じりじりと近よってきた。

中島は、ダランとぶらさげていたブローニングの銃口をあげた。男たちは、化石したように足を停めた。

2

代田二丁目の土蔵では、弾痕の生々しいコンクリートの床に尻餅をついた素っ裸の田辺が、口の端を泡で白っぽく汚し、死の威嚇をひそめた銃口から必死に目をそらそうとしていた。

ベレッタ・ミンクスの自動拳銃を構えた真美子も、身に一物もまとっていなかった。脂汗で黄色っぽく光る体は、拷問によってつけられた傷が新しかった。

土蔵の鉄扉に、田辺の声を聞いて一度中止した五郎が、再び体当たりをかけはじめた。屋敷の方からも、二、三人のチンピラが加勢に駆け寄り、五郎を手伝って、鉄扉に肩をぶっつけた。

「やめるように言うのよ！」

両腿を閉じて下腹部の傷を隠した真美子は、かすれた声で田辺に命じた。

「五郎、やめてくれ！　扉を開けると、私が殺される！」

泡立つ唾（つば）とともに田辺は、悲痛な声を喉から絞り出した。

五郎たちは、扉に体当たりするのをためらった。

真美子は、目の隅で田辺を監視しながら、土蔵の扉に顔をねじまげ、できるだけの大声をあげた。

「あんたたち、ボスを殺させる気？　扉を破った途端、射ち殺すわよ！」

「…………」

扉の外で、五郎たちは唸り声をあげて顔を見合わせた。

尻餅をついたまま、両手を使って後じさりしていた田辺の右腕の上膊部は、〇・二二ショート弾に削られた傷から出血が止まっていなかった。

田辺は、真美子の顔が自分をそれ、鉄扉の方に向けられているのを認め、恐怖につりあがった瞳に、かすかに生気の火花を宿らせた。ダイヴィングするときのように両手を伸ばして真美子に摑みかかろうとした。

振り向いた真美子は、躊躇（ちゅうちょ）なく発砲した。〇・二二ショートの発射音は、土蔵の中に反響したとはいえ、小さく乾いていた。

摑みかかろうとした田辺の、縮みあがった睾丸に、弾はくいこんだ。睾丸を破壊し、臀部（でんぶ）を貫いてコンクリートに当たって破片をまきあげた。

田辺は、グシャグシャになった睾丸を両手で抱え、中腰になったまま、発狂しそうな瞳を見開いていた。焦点は定まっていなかった。

田辺は、麻痺（まひ）したように、しばらくの間その姿勢を崩さなかった。睾丸を抱えた両の掌の隙間から、血とも液ともつかぬものがこぼれ落ちはじめた。

発砲したときの構えのまま、真美子も身じろぎもしなかった。憑かれたような瞳の光だった。

田辺の黒目がくるっと反転し、瞼の奥に隠れた。網のような毛細血管が浮きでた白目だけがむきだしになった。

田辺の上体が、ぐらっとかしげた。ついでその巨体は朽木（くちき）のように横転してコンクリートの床に頭をぶつけた。

両手は破壊された睾丸を抱えたままだった。

真美子は笑い声をたてた。瞳や唇は笑わずに、笑い声だけ、けたたましかった。

悶絶した田辺のグロテスクな格好を見下ろし、真美子はよろめきながら立ちあがった。まだ笑いつづけていた。

スコッチの壜が立った揺り椅子の前の小卓（テーブル）に近づき、真美子はその上に載せられた弾箱を左手に持って田辺のそばに戻ってきた。一歩ごとに、ローソクの火で炙（あぶ）られた足の裏と下腹部から、頭の芯に向けて激痛が走った。

真美子は、見真似でベレッタの銃把から弾倉を引き抜いた。ウエスターンの弾箱から出した〇・二二ショート弾を弾倉に数発補弾した。弾倉を銃把の弾倉室に戻した。

倒れた田辺は、白目を剝いたまま気絶から醒めなかった。真美子は歯をくいしばり、田辺の耳もとのコンクリート床に銃口を圧しあてるようにして発射した。火花を散らして砕けた弾とコンクリートの破片が、田辺の耳朶（じだ）を激しく打った。

田辺は唸り声をたてた。

真美子は銃口を田辺の耳朶におしあてて引金を絞った。田辺の耳朶に、ポツンと綺麗な穴があいた。小さな穴だった。まわりは火薬滓（かす）で真っ黒になっていた。

田辺は跳ね起きようとしたが、痛みで体の自由がきかなかった。白目を剝いていた瞼を強く閉じて、大声で泣き叫んだ。

土蔵の外では、五郎たちが額を集めて、ひそひそと相談していた。

「……わかったな？」

三十歳に手がとどきそうな五郎は、三人のチンピラたちに向けて念を押した。

「わかりやした」

チンピラたちはうなずいた。

「よし、道夫（みちお）。お前行って取ってこい。これがキャビネの鍵だ」

五郎は、道夫と呼ばれる手足のひょろ長い男に鍵を手渡した。

「へい……」

道夫は、屋敷に向けて駆けだした。

「さあ、お前たちも張り切ってくれよ」

五郎は、残りのチンピラ二人に顎をしゃくった。

まだ二十歳になっていないと思われる二人のチンピラは、土蔵の近くのガレージの外壁に沿って寝かしてあった梯子（はしご）の両端に手をかけた。長い梯子だった。

二人は掛け声を発して梯子を持ちあげ、土蔵の横に運んだ。悪戦苦闘しながら梯子を土蔵の壁に立てかけた。天井近くにあいた明かりとりのそばに、梯子の上端はとどいた。

3

屋敷に戻っていた道夫が、ひょろ長い足を運んで、土蔵の方に戻ってきた。右手にはライフル銃の革ケースを重そうに提げていた。

「ご苦労」

睫毛の濃い五郎は、兄貴分の貫禄を見せて鷹揚にうなずき、道夫に銃ケースの提げ革を持たせておいてジッパーを引きあけた。

黒いゴムの床尾板と、深いゼブラ模様に底光りする銃床が顔を覗かせた。

五郎は銃床を摑んで、ライフルを引き出した。銃はウインチェスターM52のボルト・アクション。○・二二の小口径リム・ファイアだった。スポーティング・タイプだ。

その優美なウインチェスターには、三×九倍の可変望遠照準鏡がついていた。米国ではブッシュネルの名で販売されている優秀な国産品だ。

五郎はM52の遊底部右側の銃床先台についた弾倉止めボタンを押して、収容能力五発の弾倉を抜いた。

道夫が、無言でそれを受け取り、ポケットから出したレミントンの緑と赤の弾箱に詰まったマッチ・ターゲット、つまり試合競技用弾を、弾倉に詰めはじめた。

競技用の○・二二ロング・ライフル弾は、弾速が遅い。ハイ・スピード弾とくらべると、はるかに威力は劣る。

しかし、○・二二口径のライフル旋条は、十六インチに一回転となっている。これは火薬が粗悪だった数十年前の○・二二口径弾を規準としているので、高速のハイ・スピード弾は、回転が早すぎて十六インチ一回転ではおっつかない。したがって着弾点は乱れ、針束でつついたような着弾の集中は望めない。

それに反し、競技用弾は、優秀な火薬と厳密に計られた弾頭を使用しながら、わざと火薬量を落として弾速を殺し、十六インチ回転に合致してあるので、五十メーターも先の標的でも重量のある競技銃を使えば十点センターへの着弾集中はざらに見られる。

おまけに発射音は小さいので、車の往来の激しい騒音の街で射ったのでは、二十メーターも離れれば発射音は気づかれないであろう。

道夫が弾倉に五発のマッチ弾を詰めている間に、五郎は、銃口についた可変（ヴァリアブル）スコープのリングを回し、倍率を三倍にさげた。

倍率が大きいと、近距離の目標物はかすんで見えにくい。焦点が合わないのだ。したがって、遠距離狙撃のときは倍率を大きくしなければ目標がはっきりしないが、近い距離のものを射つときには、倍率をさげておかないといけないのだ。

五郎は装弾した弾倉を道夫から受け取り、引金の用心鉄の前の弾倉室に叩きこんだ。槓杆（ボルト・ハンドル）を操作して弾倉上端の実包を薬室に送りこんだ五郎は、ボルトを閉じて安全装置を掛けた。

スコープのついた重い銃を、銃口を下に向けて負い革で肩に吊り、五郎は音をたてぬように気をつけて、梯子を登っていった。

土蔵の中では、耳を射抜かれた激痛で気絶から醒めた田辺が、両の掌で下腹部をおおったまま、尺取虫のように這いずって真美子から逃れようとしていた。

「お待ち！」

傷だらけの真美子は、全裸の体を汗で光らせ、両手でベレッタを握りしめて引金を絞った。弾は、田辺の眼前のコンクリートから、火花と破片を吹きあげた。

「よ、よしてくれ」

田辺は涙と血で濡れた顔をあげ、喘ぎ声を漏らした。ひどく弱々しかった。

「よさないわ。あなたたちが、あの人にした仕打ちを、ここでそのままやってみせてあげる……」

真美子は痛む足を引きずって田辺の前に立った。もう恥ずかしいと思う感情はどこかに飛んでしまったらしく、ローソクで焼かれた下腹部を、田辺の赤く濁った瞳にさらしていた。

「気でも狂ったのか！」

田辺は呻いた。

「気が狂ってるのは、おたがいさまよ。ああ、この銃口を見て！　あの人が、あなたたちに見せつけられたときの気持ちがちょっとはわかるでしょうよ」

真美子は、醜く歪み、血と涙と汗でベトベトになった田辺の眉間(みけん)にベレッタの狙いをつけた。

「お、俺はあの場にいなかったんだ！」

「言いわけは聞きたくないわ。確かにあなたはあの場にはいなかった……」

「そ、そうなんだ！」

田辺の瞳にかすかに生気が甦った。

「だけどだめ。あなたは、あの場にはいなかったけど、ただあの場にいなかったということだけで、実際には、あなたはあの人をなぶり殺しにしたけだものたちの一人よ」

「……………」

「あなたは島津や舟橋たちとグルなんですものね」

「それは誤解だ！」

田辺は叫んだ。

「なぜ？」

「私は舟橋たちから狙われている。奴らとは敵なんだ！」

「信じられないわ。覚悟はできて？」

「ま、待ってくれ。射たないでくれ！　本当なんだ。奴らは私が三国を射たせたと思いこんでるんだ」

「……………」

真美子の唇は歪んだ。

「見てくれ、私の顔を。これは、奴らにリンチを受けたときの名残りなんだ！」

田辺は、口から泡を飛ばしながらまくしたてた。

「でも、あなたは知っている。あの人が、なんのためになぶり殺しにあったかを……」

真美子の瞳はすわっていた。

「知らない、本当なんだ！」

「これでも？」

真美子は銃口を田辺の顔に近づけた。

「ま、待ってくれ！」

「待ったら、しゃべってくれるとでもいうの？」

「しゃべる。射たないでくれ！　あんたの彼氏は、暗い世界から足を洗おうとした」

「それで？」

「奴らは、衣川……恭介の兄貴に……足を洗わせたくなかった。自分たちのやってきた悪事が漏れるのを怖れたのだ……」

「あの人が悪いことをしてたのはわかったわ。でも、それがはっきりと、何のことだとはわからなかったの。今もわからないわ。言って、何をやっていたかを？　恭介さんも、それを知りたがっている」

「それは……」

田辺は口ごもった。

「言って！」

引金に掛けた真美子の人差し指が、かすかに白っぽくなった。

「それは……」

田辺は喉をゴクリと鳴らした。

土蔵の天井近くの明かりとりの窓から鋭く乾いた銃声がした。快音を発して、真美子の手からベレッタが吹っとび、暴発しながら壁に叩きつけられた。

酔いどれ名医

1

真美子は、握っていたベレッタ自動拳銃を射ちとばされた自分の右の掌を茫然と見つめていた。ベレッタの銃身を覆った遊底に当たった着弾の衝撃で、真美子の手首は痺れていた。

「動くんじゃないぜ！」

土蔵の天井近くについた明かりとりの窓から、五郎の錆声（さびごえ）が落ちてきた。

真美子は霞む瞳で声の方を見上げた。

明かりとりの窓から、ブッシュネルの望遠サイトをつけたウインチェスターM52のボルト・アクション小口径小銃（ライフル）が突き出されていた。その向こうで、五郎が歯をむきだして笑っていた。

真美子の手から吹っとび、壁に叩きつけられたベレッタ・ミンクス自動拳銃は、無心にコンクリートの床の上に転がっていた。遊底に命中した〇・二二口径弾が、くいこむように潰れてへばりついていた。

「ざまあ見ろ、この阿魔め！」

真美子によって片方の睾丸を射たれ、耳にも弾孔をあけられた田辺が、床に俯せになったまま喘ぎながら罵った。

「大丈夫ですか？」

明かりとりの窓から顔を突き出した五郎が、心配声で田辺に呼びかけた。

「大丈夫……と、言いたいところだが、ひどい目にあった。早く医者を頼む！」

田辺がガックリと頭を垂れた。

「しっかりしてください。まず、ここの扉をブチ破りますから！」

「医者、医者だ！」

「もうちょっとの辛抱です……」

五郎は叫んだ。

気をとりなおした真美子は、全裸のまま、三メーター離れた床に転がるベレッタににじりよった。

「よせ！」

五郎は、素早くウインチェスターを肩づけした。スコープを透してベレッタ拳銃に狙いをつけた。スコープは、五十メーターに照準を合わせているので、十字の横線より、少し下めに狙っていた。

真美子は警告を無視し、ベレッタに左手を伸ばした。肩で息をつき、犬のように舌を出していた。

五郎のウインチェスターM52が再び乾いた発射音をほとばしらせた。銃口から、青白色の薄煙が閃いた。

床の上のベレッタに、着弾の火花が散り、自動拳銃は、生きもののように跳ねあがった。今度の〇・二二マッチ弾は、ベレッタの排莢子孔と、その下を通っている銃身の薬室部に命中していた。

「……！」

真美子は、伸ばした左手を慌ててひっこめた。まるで、電流に触れたときのようであった。

「動くな、と言ったはずだ！　今度へたにさからったら、オッパイの先を吹っとばしてやるからな……」

五郎は言った。そのライフルにかけての腕前からして、まんざらの威嚇だけとは思えなかった。

真美子は両手で乳房を抱え、顔をうつむけて下唇を嚙みしめた。瞳は、活路を求めて絶えまなく動きまわった。

「早く医者を……あのモグリの浜村を呼んできてくれ」

両手で下腹部を抱えた田辺が、悲痛な声を振りしぼった。耳朶の孔から垂れた血が頬と首筋に無気味に垂れ、床には睾丸からこぼれ落ちた血と液が流れていた。

「鍵は？　扉の掛け金を外から外せる鍵があればすぐなんですが……」

五郎は叫んだ。

「か、鍵が、予備の鍵が、扉のいちばん近くの植込みの根元に埋めてある……」

田辺は、弱々しい声で言い終わると、気のゆるみで昏睡状態に陥った。

「しっかり、しっかりしてくださいよ！——」

五郎は声をからして叫んだが、明かりとりの窓から首を引っこめ、土蔵の扉の前に群らがっていた三人のチンピラの方に顔を向け、

「何をグズグズしてるんだ。その植込みの根元に鍵が埋めてある。早くそいつを掘り出すんだ！」

と、怒鳴りつけた。

土蔵の扉の前から、道夫の返事がはねかえってきた。五郎は、すぐに視線を土蔵の中の真美子に移した。ウインチェスターの遊底が閉じっ放しなのに気づき、槓杆を起こして引き、薬室に残った小さな空薬莢をはじきとばした。

真美子から視線を離さずに、五郎は銃のボルト・ハンドルを前に倒して遊底を閉じた。遊

底は弾倉上端の実包をひっかけて、銃身後端の薬室に送りこんだ。

「畜生、あの女め、よくもひでえことをやりやがった……」

五郎は低い声で罵った。

真美子は、両手で乳房を押さえ、荒い息をついていた。白い背中が波打ち、ベルトで殴られたあとのミミズ腫れが、赤い蛇のようにくねった。

道夫をまじえたチンピラたちは、力を合わせて榊(さかき)の植込みを引き抜いた。みな、馬鹿力の持ち主だった。根を張った榊も、多量の土をくっつけて引き抜かれ、邪険に横に倒された。

地面にあいた穴の断面から、ビニールに包んだ箱が顔を覗かせた。

「こいつに違いない！」

ひょろ長い道夫は、ビニールを引き裂き、木箱を地面に叩きつけた。木箱はバラバラに分解した。

木片の飛び散った中に、ポリエチレンの袋に入った大きな鍵が姿を見せた。道夫は、そのポリエチレンの袋に歯をあてくいちぎり、かすかに錆の浮いた鍵を取り出した。

2

道夫の手によって、土蔵の鉄扉の閂錠(さんじょう)は外された。道夫を先頭に、チンピラたちは土蔵になだれこんだ。五郎はウインチェスター小銃に安全装置を掛けて肩に吊り、足場とした梯子を降りはじめた。

乱入してきたチンピラたちを見て、素っ裸の真美子は、膝と両肘を使って土蔵の隅に這い逃げた。足の裏をローソクで炙られたため、立ちあがることは困難だった。

「やっちまえ!」

「強姦しちゃうぞ!」

チンピラたちは口々に叫びながら真美子に襲いかかった。尻を突き出した真美子の姿態に、劣情をいたく刺激させられていた。

道夫をはじめ、残りの若者たちも、瞳をギラギラ光らせていた。土蔵の隅に逃げた真美子に跳びかかると、争ってその乳房や下腹部に手を伸ばした。

「よしてよ!」

真美子は叫んだ。コンクリートの床にピッタリと腹這いになり、乳房と下腹部を守ろうとした。

ニキビの痕の多いチンピラの一人が、手をさしこみ、真美子の腿の間にこじいれようとした。もう一人のチンピラは、乳房を押さえた真美子の手をひっぱがそうとした。

「みんな、どけ!」

道夫が、かすれた声で命じた。

「ずるいや、兄貴……」

「一人じめにしようってのかい？」

チンピラたちは、動作をやめずに不平を鳴らした。

「どけ、と言ったらどくんだ。面白いものを見せてやる」

手足のひょろ長い道夫は怒鳴った。チンピラたちは不承不承、手をひっこめた。

道夫は真美子の髪を摑んだ。上ずった笑いに頰を歪めていた。

「何するのよ！」

真美子は悲鳴とともに、金切り声をあげた。

道夫はその髪を引っぱった。痛みに耐えかねて真美子は顔をあげ、弓なりに背を反らせて、
道夫の手をひっかこうとした。胸の曲線と、黄色っぽく汗で光った腹部が丸見えになった。

まだ十七、八歳のチンピラは、耐えきれずに真美子の左乳首に吸いついた。唾液(だえき)で、真美子の胸をベトベトにさせた。

「ちょっと離れてろ！」

道夫はそのチンピラに命令した。真美子の髪を摑んで引っぱっていた右腕をねじった。

真美子は悲鳴を漏らして仰向けに転がった。チンピラたちは、喚声をあげて真美子にのしかかり、その両腕と両足をコンクリートの床に押さえつけた。

道夫は乾いた唇を舐めながら、ローソクの火に毛を焼かれた真美子の下腹部に顔を近づけ

た。真美子は首を持ちあげ、必死に唾を吐きつけようとした。梯子から降りた五郎が、土蔵の中に足を踏み入れた。その頰に怒りの血がのぼり、ドス黒くなった。

「馬鹿もん！」

五郎は一喝し、肩に吊っていたウインチェスターを素早く外し、腰のあたりに構えて銃口を左右に回した。

チンピラたちは、照れくさそうに目を伏せた。五郎はその彼らを睨みつけ、壁に向けて一発、威嚇射撃した。

コンクリートの破片がパッと舞いあがった。

「すんません……」

道夫をのぞくほかのチンピラたちは、大袈裟な悲鳴をあげて尻餅をついた。

「すみません！」

道夫だけは、正座して床に額をこすりつけた。

「お前たちが女を痛めつけるのが悪いとは言ってない――」

五郎は、ウインチェスターを腰だめにしたまま、重い口調で続けた。

「ただ、俺の言いたいのは、親分が死にかけてるのにそれを放っといて女にうつつをぬかすお前たちが情けない、ということだけだ。そんな根性だから、いつまで経ってもお前たちは使走りしかできねえチンピラだって言うんだ」

「勘弁してください。以後、充分に気をつけます」

道夫は肩を震わせた。

「よし、わかったんならそれでいい。ほかの奴らも、道夫に免じて勘弁してやる」

五郎はウインチェスターを肩に戻した。

「ありがとうございんした」

尻餅をついていた連中は、やっと正気にかえり、床に両手をついた。

「よし、さっそく仕事だ。親分をそのマットレスの上に運ぶんだ。そっと運ばないといかんから、みんなで一緒にやってくれ。それから、道夫、お前はモグリの先生のところにひとっ走りしてここに連れてきてくれ」

五郎は口早に言った。

「浜村先生で……？」

「ああ、一刻も早くな」

「先生がまた酔っぱらってたら、水をブッかけてでも引きずってきます」

道夫は土蔵の外に走り出た。

土蔵の隅で手足を押しひろげられていた真美子は、壁に体を向け、ふてくされたように動かなかった。

五郎が、全裸の田辺の頭を持った。田辺は気絶していても、傷ついた睾丸から両手を離していなかった。

チンピラたちは、田辺をマットレスの上に運ぶ五郎を手伝った。運ばれる道筋に沿って、田辺の体からこぼれ落ちた血滴がコンクリートの床に星形に広がった。

3

大きな医療カバンを両手で持った道夫に案内され、土蔵に入ってきたモグリの医者浜村は、一メーター八十をはるかに越える長身痩軀(そうく)だった。白いもののまじった不精髭が頰から顎をおおっていた。背は丸まり、膝はガクガクしていた。眠たそうな瞳が不機嫌さを示していた。

「これは先生、夜分わざわざ……」

五郎は深く頭をさげた。

「寝入りばなを叩き起こしやがって……」

浜村は烏(からす)のようなしゃがれ声を出した。

「どうも……なにしろ、親分があの通りでして。さっそく治療をお願いしますよ」

「フン、田辺の旦那は、遊びが過ぎて、女に睾丸でも食いきられた、とでも言うのかい」

浜村は、無表情に田辺と真美子を見くらべた。

「ご冗談はほどほどにして、早くお願いしますよ」

五郎はムッとしたらしいが、つとめて感情を圧し殺した。

「まあ、まあ、慌てるんじゃないよ」

浜村は小刻みに震える自分の手をかざし見たが、指の隙間から奥の小テーブルに載ったスコッチの壜を認め、掌を返したように笑顔を作った。目尻のあたりが皺(しわ)だらけになった。

「こいつはありがたい。久しぶりに上等の酒にお目にかかったわい」

「先生にあっちゃあ、かないませんよ」

五郎はそのスコッチの壜を取ってきて浜村に手渡した。ウイスキーは半分ほど残っていた。浜村はその壜を引ったくり、唇の端からこぼしながら、夢中で飲み干した。見る見る手足の震えはとまり、背中はシャンとなった。

「もっと……」

浜村は空になったスコッチの壜を床に転がし、五郎に手を差し出した。五郎は肩をすくめ、卓子(テーブル)の向こうの櫃(ひつ)をさぐって、キング・ジョージの壜を浜村に渡した。浜村は、その中味をわずか五口ほどで飲み干した。ホーッと満足げな溜め息をついた。額には生気がみなぎってきた。

「これでやっと人心地がついた。手術中にアルコールが切れると、手もとが狂うから、もう一本用意してくれ」

浜村は言った。声にまで張りがでていた。五郎は、不思議な生物でも見るように浜村の顔を眺めていたが、いそいそと櫃に戻り、その中をさぐった。

浜村はマットレスに仰向けに寝かされた田辺のそばに片膝をつき、道夫に目くばせをした。

重い医療カバンを提げてきた道夫は、それを浜村の近くに置いた。

浜村はカバンを開き、麻酔薬のアンプルを器用にへし折ると、注射器にたっぷりと吸い込ませた。

「みんな、この人の体を押さえつけておいてくれ。俺のはちょっとばかり荒療治なんでな」

浜村は笑った。

五郎が田辺の頭を抱え、チンピラたちが田辺の手足を一本ずつ押さえて身動きならぬようにした。

「どんなことになっても、離すんじゃないぜ。わかったな」

浜村はそう言うと、いきなり消毒アルコールを田辺の睾丸の傷に浴びせかけた。

「……！」

人間のものとも思えぬ絶叫をあげ、あまりの激痛に田辺は気絶から醒めた。跳ね起きようと、無茶苦茶に体をよじった。

五人の男たちは、夢中で田辺の手足を押さえつけていた。田辺は体中を痙攣させた。

田辺の両足の間にかがみこんでいた浜村は、傷の中に直接、注射針を刺した。素早く麻酔液を注入し、体をひいた。

その薬は即効性だった。田辺の唇から悲鳴は途絶えた。

「あ、先生……」

充血した霞む目を開いた田辺は、救われた、といった溜め息を漏らした。

「だいぶ痛めつけられたようですな。まあ、生命には別状ないから、心配はないだろう。ただ、あんたは、これから先、今までどおり女を泣かすことができるかどうかは疑問だがね」

浜村は、指先で、萎縮したとはいえまだ巨大な部類に入る田辺の男根をはじいた。

「ひ、ひとのものだと思って、そう粗末にあつかわないでくださいよ」

田辺は泣き声をたてた。

「みんな、ご苦労。もう、この人は暴れないだろうから、手足を離していいよ」

浜村は唇を歪めて笑い、カバンからメスを取り出した。

さきほどから一心に吐き気をこらえていたチンピラの一人が、田辺の足から手を離し、扉の外によろめき出た。ゲー、ゲー……と、晩飯の消化物を吐く音が聞こえてきた。銀色に光るメスを見て、田辺は女のように瞼を閉じた。口のまわりから再び泡を吹いていた。

「あの女は？」

田辺は、喘ぎながら、やっと声をだした。

「隅っこに転がってます」

五郎が答えた。浜村はカバンから鉗子(かんし)の束を取り出し、これもカバンから出したガーゼの上に置いた。

「死んだか？」

田辺は瞼を閉じたまま尋ねた。

「いや、生きてます」

「よし。あの女を殺すんじゃないぞ」

「……？」

五郎はとまどったような目の色をした。

「あの女は大事な人質なんだ。囮と言ったらいいかな。あの女を利用して衣川の畜生をおびきよせるんだ」

「わかりました」

五郎はうなずいた。

「それから、山谷の親分衆に連絡をとって、衣川を追って山谷に出かけた土井と中島を呼び戻してくれ。あの女のデタラメに乗って、今ごろ、あの二人はさんざんに無駄骨を折ってるところだろう――」

田辺は五郎に言い終わり、浜村に向けて、

「俺の治療が済んだら、あの女にも手当てをしてやってください。どうしても、あの女を生かしとく必要があるんだ」

「それは、あんたの払ってくれるゼニしだいさ」

浜村はせせら笑い、田辺の睾丸にメスを走らせた。血しぶきが、少なくとも二メーターは飛びちった。

仲間割れ

1

山谷のベッド・ハウス〝朝日荘〟――。田辺の命を受けて乗りこんできた中島と土井がそれぞれ、右手に自動拳銃を抜き出して腰だめに構えていた。

その廊下の床には、顔じゅうにガラスの破片の突きささった番頭の西村が、血まみれになって倒れ、とぎれとぎれに呻いていた。

その三人を、部屋部屋から跳び出してきた男たちが前後からとりまいていた。拳銃を見て、化石したように足を止めたが、再びじりじりと迫ってきた。小柄な土井は、ワルサーPPK〇・二五自動拳銃を構えたまま、クルッと体を回し、後ろから迫っていた男たちに銃口を向けた。

「やい、やい――」

鼻に皺を寄せた長身の中島は、ドヤの男たちに向けて言った。

「何が珍しくて、俺たちをそういつまでも眺めてるんだ。早く部屋に帰って、膝小僧でも抱いてオネンネしてろよ」

「いらんお世話だ」

男たちの一人が答えた。他の男たちも、衆を頼んで口々にわめきたてた。

「帰れ、殺し屋！」

「持ち慣れん拳銃(ハジキ)をたまに持ったからって、大きなツラをするない！」

「そいつはアメ横で買ったオモチャじゃねえのか？」

わめきたてながら、男たちは、さらに中島と土井に近づいた。

「こいつがオモチャだって？　てめえら、いままでに本物を見たことがねえんだろう？　こいつが本物だ。よく見てろ！」

唇を歪めた中島は、銃口を斜め下に向け、西村に狙いをつけて引金を絞った。

廊下の壁にこもった銃声は凄まじかった。衝撃波で、帳場の横のガラスの破れの残りが吹っとび、天井から、おびただしい埃が舞い落ちてきた。

銃弾は、投げ出された西村の右の掌を貫いていた。火薬煤で黒く変色した掌の弾痕の孔は星形に裂けていた。

西村は絶叫をあげ、射たれた虎か豹のように跳びあがった。掌を貫いて、廊下の床にくいこんだ七・六五ミリ弾は、新しくできたギザギザの木目を血で彩っていた。

跳びあがった西村は、再び床に落下するまでに気絶していた。男たちは、先を争って逃げだそうとした。

「動くな！」

「逃げると、射つぞ！」

中島と土井は鋭く命じた。

ドヤの男たちは、足がすくんで動けなくなった。へなへなと、その場に坐りこむ男も出てきた。中島に、そのブローニングはオモチャだろう、と言ってからかった男だ。

「なんでえ、そのザマは？」

中島は冷笑し、怯えきった男たちの瞳に視線を移して言った。

「衣川という男を知ってるだろう？」

小柄な土井が、男たちを銃口で威嚇しながら尋ね、

「ここでは偽名を使ってるだろうが、手負いの獣のような素振りですぐに見当がつくはずだ。背は一メーター八十ぐらい、体重は八十キロを越していて、拳銃の達人だ」

と、鼻で笑った。

「あの指名手配の衣川？……」

「あの殺人鬼か？……」

男たちは囁き合った。

「そうだ、その衣川だ。奴がこのドヤに泊まってるという情報を聞きこんだんだ」

中島が言った。

「そんな男、ここいらで見かけるわけはねえよ」

「たとえ、奴さんがここにやって来たとしたって、危なくてここに泊まらすことなんかできるもんか！　俺たちが力を合わせて警察に突き出してやる」

素肌に巻いたサラシの上に、ジャンパーやくたびれた背広を羽織った男たちは、口々に叫んだ。

「隠したら、てめえら、ただじゃ済まされねえぜ。この番頭のようになってもいいのかい？　今度は、初めから、もうちょっとばかり手荒いぜ」

中島は、気絶した西村を顎で示した。衣川がこのベッド・ハウスにいるならば、容易なことでは窓から逃げだすことはできないだろう。このベッド・ハウスの小さな窓にはドヤ代を踏み倒してトンズラするのを防ぐために、牢獄のように格子が入っているし、裏口はかたく閉ざされている。

「とんでもねえ」

「何かの間違いか、冗談を真に受けたんでないんですかい？　俺たちだって新聞ぐらい見ますよ。奴さんの記事は写真入りで出てるのに、もし奴がここに泊まってるとしたら、誰かが気がつくはずですぜ」

男たちは言った。

「おかしいな……」

「確かここだと聞いたんだが、〝旭館〟というとこは、山谷にはねえのかい？」

中島と土井は自信をなくしたらしかった。

そのとき、ベッド・ハウスの表に駆け寄ってくる数人の足音がした。

中島と土井は、素早く片膝をつき、自動拳銃を握った右手を、玄関の戸に向けて伸ばした。

「刑事(デカ)かな？」

「きっと銃声を聞きつけてとんできやがったんだ。面倒なことになるぜ」

二人は落ち着きのない瞳を左右に走らせ、圧し殺したような声で囁いた。

まわりをとりまいていたドヤの男たちは、気絶した番頭を残し、潮のひくようにそれぞれの部屋に身を隠した。

2

ベッド・ハウスの表戸が勢いよく開き、一目でヤクザとわかる若い男が玄関に跳びこんできた。その後ろに、数人のチンピラを従えていた。

そのヤクザは、太い眉の奥に、軽く血走った鋭く冷たい瞳を持っていた。片膝を落とした中島と土井が握りしめた拳銃を見て一瞬ひるんだが、上等な背広に包んだ肩をちょっと怒らせ、腰をひいて仁義を切る構えをした。幹部級らしかった。

「お初にお目にかかりやす。わたくし、このあたり一帯の縄張りをあずかる高木一家の端くれでござんして、有村という者でござんして……」

「なんだ、デカじゃなかったのか。それで、いったい俺たちに何の用があるんだ」

中島は素っ気なく有村の言葉をさえぎった。

有村の唇はムッとしたように歪み、眉の奥の瞳が危険な光を放ったが、肩をすぼめてわざとらしく笑い、

「言伝を持ってまいりやしたが、その前に物騒なハジキをおおさめくださいな」

「早く言え、何の言伝だ？」

中島はせかした。

「兄さんたちは、田辺さんのところの方々でしょうな？」

有村は、あくまでも腰が低かった。

「そうだ。だから、どうしたってんだ。お前んとこの一家の若い奴らを、道中でちょっとばかり痛めつけてやったが、なんかそれに文句でもあるのか？　悪いのは、奴らのほうだぜ」

中島は、とってつけたように高笑いした。

「いえ、いえ、けっしてそのことでは」

「だから、何だってんだ？」

「実はちょっと前に、あなたたちの舎弟の五郎さんからうちの親分のところに電話で連絡がありまして、衣川は山谷にでなく、荒川の方で騒がれてるからすぐに帰って来て欲しいと言われましたんでして……」

有村は上目づかいに、二人を見上げた。有村の背後では、チンピラたちが頬をこわばらせていた。

「本当かよ？」

土井が言った。

「へい。それであなたたちを捜しまわっているうちに、ここから銃声がしたんでして。パトロールのポリがこのドヤに向けて駆けていくのを見つけたんで、そのポリの前で舎弟たちに馴れあいの喧嘩をさせて奴さんの注意をひきつけておき、その間にあたしたちがここに駆けつけた、ってわけでござんす」

「そうかい。ご苦労だったな」

中島は唇を歪めた。

「これは、これは。ねぎらいのお言葉、痛みいります」

有村は怒りをおさえて頭をさげた。

「馬鹿野郎」

中島は、有村の頭上に罵声を浴びせかけた。

「え?……」

顔をあげた有村の瞳には、圧さえきれぬ怒りが燃えていた。

「いらんお世話だというんだ。ポリがここに来てえんなら勝手に来させたらいいじゃねえか。実弾練習で標的のかわりにしてやったのに。それを、何だ? たかがポリの一人や二人を手玉にとったからって恩にきせやがって……」

中島は鼻で笑った。

床に倒れていた番頭の西村が、呻き声を洩らし、朦朧とした目を開いた。ひきつるように右の掌を眼前に近づけた。

射出口となった手の甲から、へし折られた白骨が露出していた。西村は追いつめられて反撃に移った獣のような唸りを発し、中島の腰部に血まみれの頭から体当たりしていった。

有村と睨みあっていた中島は、気配に素早く振り向いた。それがかえって中島にとって不利になった。無防備の股間が、突っこんでくる西村の前に向けられたのだ。西村の頭は、拳銃を振りおろそうとする中島の股間を鋭く突きあげた。

グウッ……と呻いた中島は、睾丸から脳の芯にまで突っ走った激痛に耐えかね、西村の背に拳銃の銃身を叩きつけたまま前のめりに上体を傾けた。中島は、そのまま、自分の股間に頭を突っ込んだ西村の上に倒れた。

土井が、罵声をあげ、ワルサーPPKを腋の下のホルスターにおさめて中島を助け起こそうとした。

土間に立っていた有村は、素早く背後を振り返り、チンピラたちと、険しい目くばせを交わした。尻のポケットから牛乳ビンの形をした革袋に砂と鉛の芯を詰めたブラック・ジャックを抜き出し、真っさきに廊下に跳びあがった。

「よくも、俺たちを舐めやがったな。もう、勘弁ならねえ!」

有村は、殴打用凶器ブラック・ジャックを力いっぱい振りおろした。

ビュッ……と、風を切って襲ったブラック・ジャックは、横っとびに逃げようとした小柄な土井の頭をはずれ、肩口に鋭くめりこんだ。

神経組織を麻痺させられた土井は、一瞬、そのままの姿勢で棒立ちになっていたが、次の瞬間には朽木のように横転した。口から血のまじった泡を吹いていた。

それに勢いづいたチンピラたちは、手に手に短刀を抜き出し、土井と中島を痛めつけるべく、喚声をあげて廊下に跳びあがった。

3

追手を逃れた衣川は、いつのまにか深夜の川口市内に迷いこんでいた。足を引きずり、肩を落としていた。

衣川は、まだ警官から奪った制服を着けていた。左腋に抱えたヘルメットに入れた数丁の拳銃が重かった。

街角に立った掲示板から、衣川はいま自分が川口駅の北東にある飯塚（いいづか）という町にいることを知った。駅まで、一キロもない。

衣川は、憔悴（しょうすい）した顔にニヤリと白い歯を閃かせた。素早く、掲示板の前を離れ、街灯の光から身を隠した。

あたりは住宅街だった。左に飯塚小学校の校庭が塀越しに広がり、右のかなたには氷川（ひかわ）神社の杜（もり）が見えた。

東京とその近辺には、どういうわけで、やたらに氷川と名づけられた神社が多いんだろう……衣川は疲れた頭でぼんやりと考えた。

裏通りの四つ角だった。衣川の斜め後ろに、笹（ささ）の生い茂った空地がいちだんと高くなっていた。前方の道には、マンホール修理中を示す赤いランプが輝いていた。

遠く近く、衣川のまわりで捜索隊のホイッスルが鋭く吹きかわされていた。衣川は笹藪(ささやぶ)のなかに身をひそめ、警官の制服のポケットをさぐって、自分の服からそこに移していたタバコとライターを引っぱりだした。

掌でおおったタバコの煙をそっと吐き出しながら、衣川は瞼を閉じて考えこんだ。右側の氷川神社の杜の向こうに、東北本線が走っている。その線路伝いに二百メーターも南にさかのぼれば川口駅なのだ。

この市内に潜伏して一夜を明かすか、夜の闇にまぎれて都内に戻り、東雲(しののめ)の海に接近した船舶解体場にもぐりこむか……その二つ以外に、今のところ途(みち)はなさそうであった。車を盗んで逃げることは、主要道路や荒川にかかった橋が厳重に封鎖されているだろうことを考えると、無謀に近かった。それに、車は音が出る。

闇のかなたから、貨車の響きと汽笛が物悲しげに聞こえてきた。衣川は意を決して笹藪から忍び出た。

あたりには警官の姿は見えなかった。家々はかたく戸を閉じ、灯火を消していた。街灯のほかには、光といえばマンホールのそばで赤く輝く角灯からのものだけだ。衣川は、右手でワルサーP38を抜き出した。もう、人目を怖れる段階ではなかった。見咎(みとが)められたら、そいつを一発のもとに射殺するだけだ。

工事のマンホールまで、四、五十メーターの距離があった。衣川は、つんのめるように上体を前に倒して、足早に歩み寄った。足音が剝げかけたアスファルトに甲高く響いた。

誰にも見咎められることなく、衣川はポッカリと大きな孔をあけたマンホールのそばに立った。重い鉄の蓋のそばに置かれた古毛布の下に、拳銃と弾薬を詰めこんだ白バイ用のヘルメットを隠した。マンホールの孔の下から、カンテラの灯が洩れていた。まだ、下水は通じていないと見えて、水音はしてなかった。

衣川は、右手にワルサーを握り、マンホールの壁に通じた鉄の階段を伝って、穴の底に降りていった。祈るような気持ちだった。

物音に、下水道で働いていた二人の修理工が振り向いた。カンテラの光を、階段から降りた衣川にさしつけた。

二人の男は、カーキ色のヘルメットをかぶり、色褪せたブルーの仕事着を着けていた。脚にはゲートルを巻き、地下足袋を履いていた。右側の男は立派な体格をしていた。

「なんだ警察の旦那ですかい。びっくりしましたぜ」

「驚かしちゃ、嫌ですよ。いったいどうしたってんです。ピストルなんか持って?……犯人でも、この下水道に逃げこんだんですかい?」

修理工は、鉄の支柱のナットを締めつけていたスパナーを右手に持ったまま、口々に尋ねた。声が、天井からの水滴のしたたり落ちる下水道に反響した。

「ああ、そうなんだ。犯人が逃げこんでしまってね。協力してくださいよ」

衣川は、二人の方に足を踏み出した。右手のワルサーは、ダランと提げていた。足もとのコンクリートには、ところどころ、浅い水溜まりができ、水溜まりから流れ出た水は、地下道の左側につけられた溝に導かれるようになっていた。

「そいつはご苦労なことで。協力というと、儂らは、どんなことをしたらいいんです？」

「まあ、慌てることはない。カンテラをそこに置いて、こっちに来てください。ゆっくり相談して、方法を決めましょう」

衣川は誘った。

「…………」

工夫たちは、足もとにカンテラを置き、スパナーを腰の道具差しのベルトに突っ込んで、三メーターほど前方にしゃがんだ衣川のそばに蹲った。

「実はねえ……」

衣川は左の指を水溜まりに浸し、コンクリートの床にでたらめな地図らしきものを描きはじめた。二人の工夫は、よく見ようとそれを覗きこんだ。

衣川のワルサーが二度閃いた。二度、頰にヒビの入る無気味な音がした。二人の工夫は、頰をワルサーの銃身でひっぱたかれて、何が何だかわからぬ間に気絶していた。

「おかわいそうに……」

立ちあがった衣川は、本当に気の毒そうな声で呟いた。

立派な体格のほうの修理工の服やゲートル、道具差しのベルト、地下足袋などを脱がしていった。自分も、警官の服を脱いだ。

修理工の仕事着は汗くさかった。汗とカビの臭いが鼻をついたが、その仕事着は、衣川の体にとってそう小さすぎるということはなかった。地下足袋も衣川の足を受けいれた。ランターンと、ズックでできた道具入れの袋を持った衣川は、工夫のヘルメットをかぶって路上に出た。

三十分後、工夫姿の衣川は、鉄道線路に沿って、川口駅に向かっていた。線路工夫とまちがえたのか、張り込みの刑事も声をかけなかった。左の肩にかけたズックの袋には、白バイ用のヘルメットに入れてあった数丁の拳銃と弾薬をおさめてあった。ワルサーだけは、仕事着の腋の下に隠したショルダー・ホルスターの中だ。

夜を逃れて

1

左手にカンテラを提げ、右肩に数丁の拳銃を隠したズックの袋を背負った衣川は、マンホールの修理工から奪ったプラスチックのヘルメットと作業衣をつけて鉄道線路沿いに歩いていた。

ちょっと見たところでは、線路工夫のようだった。踏切番の老人が、その衣川にねぎらいの言葉をかけてきた。

川口駅は近かった。引込み線が衣川の前にあった。

赤や紫やグリーンの標識灯が規則的にまたたき、幻想的な光が、入り組んだ無数のレールを浮かばしていた。

引込み線では、ほとんどの貨車や機関車が静かに眠っていたが、まだ目覚めていて、汽缶(きかん)

の火であたりを赤く照らしている機関車もあった。

カンテラの光で足もとの砂利を照らしながら、衣川は足を早めた。すぐそばのレールは、進行してくる列車の震動を伝えていた。

引込み線の先に、駅のホームが見えていた。寒々としたホームには、人影がまばらで、明るい蛍光灯が白々しかった。

轟音を発して背後からやってきた夜行列車が、旋風を巻きおこして衣川の横を過ぎた。ブレーキから撒かれた砂が、車輪とレールに摩擦されて、火打石の粉のように閃光を発してはねた。

夜行列車は空(す)いていた。デッキのドアは閉じてない部分があった。衣川は、そのままデッキに跳びのって、早く窮地から脱したい誘惑に駆られた。

しかしながら、ホームには張り込みの刑事たちが待ち伏せていることだろうし、列車の中にも張り込んでいるかもしれない。迂闊(うかつ)な行動はとれないのだ。

列車の最後端についた赤い尾灯は、汽笛とともにホームに滑りこんだ。衣川はそれを見送って唇を嚙みしめた。

衣川は、向きを変えて、左側の引込み線のはずれ近くに眠っている有蓋(ゆうがい)貨車の方に歩を進めた。

電車の線路を見慣れている衣川には、軽くまたぎこえられる狭軌の汽車線路はひどく狭いように思われた。

目的の貨車への途中で、長くのびた空の客車の列の下をくぐりぬけなければならなかった。車軸のグリースが、寒さで凍てついたようになっていた。

その客車の下をくぐりぬけた衣川は、人の気配を背後に感じて巨大な手で心臓を摑まれたようになった。

衣川は、素早く振り返りざま、カンテラの灯を向けた。

客車のデッキのところで、肩を抱きあい下腹部をまさぐりあっていたアベックが床に敷いた女のコートに腰をおろしたまま、接吻の唇を慌てて離した。

男は駅員の制服を着けていた。娘はスェーターに、落下傘スカートを着けていたが、そのスカートはまくれあがって、白い太腿があらわになっていた。パンティは膝のあたりまでずり落ちていた。

女は小さな悲鳴をあげてパンティを引きあげ、相手の胸に顔を埋めた。髪を赤みがかった金色に染めていた。

衣川は肩をすくめていた。心臓は正常に動きはじめた。

驚かしやがる、この寒いのにご苦労さんだな……衣川は心の中で呟き、カンテラの光をアベックから外した。

「馬鹿野郎――」

男の駅員のほうが罵声をあげた。

「いきなりカンテラの光をさしつけるなんて、ビックリさせるのもいいかげんにしろ」

「すみません」

衣川はあやまった。

「すみませんで、すむと思ってるのか——」

女の手前もあってか駅員は威丈高であった。

「人の楽しみを邪魔しやがって、とっとと失せやがれ」

「こいつは、どうも、気がきかぬことをしてしまいまして」

衣川は頭をさげて、踵(きびす)をかえした。

「間抜けめ。こんど覗き見などやらかしたら、タダではおかんぞ」

駅員は威嚇し、娘の顎を持ちあげて、あてつけのように長い接吻を続けた。右手は、フリルのついたパンティの下から、濡れた柔らかい部分に向かって侵入していった。

衣川は唇を歪めて薄笑いしながら、その現場を離れていった。

目ざす有蓋貨車の向こう側に回りこみ、固く閉ざされた重い扉を試してみた。カンテラと数丁の拳銃と弾薬を入れたズックの袋を地面に置き、扉にかけた両腕の力をこめていった。

重い扉は、軋みを残して開いた。貨車の中には藁くずや、俵のほどけたものが散乱していた。

衣川は、カンテラとズックのサックを貨車の中に運びこみ、重い扉を閉めた。カンテラの光が、衣川の影を大きくグロテスクに貨車の壁に映した。

衣川は、藁くずや俵などを貨車の隅に集めて寝床を作った。その中にもぐりこみ、作業衣の下の左腋の下に吊ったワルサーを抜き出して胸の上に置いた。カンテラの灯を消し、ワルサーを胸の上で握りしめてじっとしていた。

冷えきった体が徐々に暖かくなってきた衣川は、しばらくのあいだ睡魔と闘っていたが、やがてすべてを忘れ去る眠りの国へおちこんでいった。

2

山谷のドヤ〝朝日荘〟では、高木一家の若い者たちが、倒れた中島と土井の上に重なり、思うぞんぶんに二人を痛めつけはじめていた。

短刀で中島の頬を切り裂く男もいれば、土井の肋骨を蹴ってへし折る男もいた。すりむけた自分の拳から血が出るのもかまわず、二人の頭を乱打する者もいた。

土井からワルサー自動拳銃を奪った有村は、渋い高級生地で作った背広姿にちょっとポーズをつくり、右手で殴打凶器ブラック・ジャックを軽く振り回しながら、舎弟たちが荒れ狂うさまを冷ややかに眺めていた。

中島と土井は、二人とも完全に気絶していた。鼻や口からも、おびただしく出血していた。

「もういい。やめろ」

有村は凄味(ドス)のきいた声で舎弟たちに命じた。舎弟たちは、二人を痛めつけるのをやめ、腰を起こして、ゼーゼーと荒い息をついた。みんな、血に酔ったような表情をしていた。短刀の刃を親指で撫で、痴呆めいた笑いを続けている者もいた。

「ここで、バラしてしまったらヤバい。ひとまず、こいつらを親分のところに運びこむとしようぜ」

有村は、血濡れた砂袋のように廊下に転がる中島と土井を顎で示した。

「へい」

舎弟たちはうなずいた。中島が握っていたＦＮブローニングを奪った十八、九歳のチンピラは、その引金に人差し指を通して、西部劇スタイルでクルクルと銃を回した。

「危ないことはよせよ。暴発したらどうするんだ！」

有村は叱った。

「こいつはどうも……」

そのチンピラは、頭を掻いてブローニングを胸の内ポケットにしまいこみ、女の子のようなジェスチャーでいとしげに胸を押さえた。

「誰か、車を玄関先まで回してこい。いや、玄関先に停めてあったブルーバードは、こいつらの車だろう。ポケットをさぐって、車の鍵を探してみな」

有村は口早に言った。

舎弟たちは中島と土井のポケットをひっくりかえした。ふくらんだ財布を見つけた肌の浅黒い男は、そっとそれを自分の尻ポケットに隠そうとして、有村の鋭い一睨みにあい、あわててそれを差し出した。

有村は財布を受け取った。掌でその重みを量るようにしながら、悠々と自分の内ポケットにおさめた。

「あった。ありました」

金魚が口を開いたような顔をしたチンピラが、鍵束を中島のポケットから探し出して得意げに笑った。

倒れていたドヤの番頭西村が、朦朧とした頭を振って半身を起こした。

「みんな、早く逃げてくれ。あとのことは俺が引き受けた。ここに泊まってる奴らには口止めを命じとく」

西村はのろのろとしゃべった。

「ありがてえ。あとで、充分に礼はするからな。うまいこと頼むぜ」

有村は、中島の財布から一万円札を数枚抜き出し、

「これで、ドヤの連中にも一杯飲ましてやってくれ」

と血まみれの西村の胴巻きに突っ込んで、ウインクした。

「ありがとうよ。さあ、早くしな」

西村は喘いだ。

「おう、みんな。その二人を運び出せ」

有村は舎弟たちに命令した。

瀕死の中島と土井は、手足をとられてベッド・ハウスの玄関から表に運びだされた。金魚のような顔つきのチンピラが中島たちの乗ってきたブルーバードのドアの錠に、鍵束の鍵を一つ一つ試してみた。

七つ目の鍵が合った。男たちは、中島と土井の体を後ろの座席の前の床に押しこめた。

有村は助手台に乗り込んだ。ヤクザたちを後ろの座席に詰めこませ、金魚のような顔のチンピラが運転するブルーバードは、唸りをあげて乱暴に発車した。

深夜のドヤ街も、この時刻になると、目覚める前の深い静寂に包まれていた。寝くたびれて、醜い素顔をさらしていた。

高木一家の総代である高木彰(あきら)の家は、浅草公園と隅田(すみだ)公園にはさまれた浅草馬道にあった。昔風の構えの日本建築だが、事務所も兼ねていた。

ブルーバードは、タイヤの軋みを残して、高い竹垣に囲まれた庭内に吸いこまれていった。

見慣れぬブルーバードが入ってくるのに驚き、さては殴込みかと、拳銃を持って事務所から跳び出してきた高木の用心棒は、車の座席におさまっている男たちの顔を見て、安堵の息をついた。

「親分は？」

車から降りた有村は、駆けよってきた用心棒に声をかけた。

「お待ちかねですぜ」

優男と言ってもいいほどの顔と体つきを持つ用心棒は、意味ありげにニヤリと笑った。

「よし、そいつらを事務所の中に運びこむんだ」

有村は後部座席の男たちに命じた。

用心棒は、車から運び出された半死半生の中島と土井の血まみれの姿を見て目を剝いた。

3

高木一家の事務所は建物の正面に位置していた。左右にチンピラたちを寝泊まりさす大部屋がつき、高木の私宅は、中庭をはさんで、建物の裏側を占めていた。

有村が先頭に立ち、高木一家の若い者たちは、中島と土井を事務所に運びこんだ。しんがりに、用心棒が続いた。

十畳敷きほどの板張りとなった事務所には、机が一つきりしかなかった。あとは椅子やソファが雑然と置かれてあった。激烈な調子の右翼のスローガンを書きなぐったビラが壁に貼られているほかは、飾りとてない、殺風景な部屋だった。

「そこに寝かすんだ」

有村は、中島や土井の手足をとって運んできた男たちに、革張りのソファを示した。舎弟たちは、言われた通りにした。

「親分が俺たちの帰りを待ってくれてる、と言ったが、裏でかい？」

有村は、高木の用心棒に顔を向けた。

「これと一緒にね……」

用心棒はうなずき、小指を立てた。

「じゃあ、俺の方から参上しよう。みんな、ちょっと待っててくれよな。すぐに戻ってくるから」

有村は舎弟たちに言い捨て、事務所の奥のドアに近づいた。優男の用心棒が、有村のためにそのドアを開いてやった。

ドアの向こうは、コンクリートの土間で、その次は、廊下になっていた。廊下と中庭はガラス戸でへだてられているが、築山に灯籠（とうろう）を配した中庭と、その向こうに建った高木の私宅を見る邪魔にはならなかった。

コンクリートの土間でスリッパに履きかえた有村と、高木の用心棒は、肩を並べて廊下を右側に歩み、突当たりで左に折れた。中庭の築山のところで、灯籠が淡い幻のような光で、木の枝のレース模様を浮かばしていた。その築山の中に、駐留軍から流れた多量の武器弾薬が隠されているという噂だった。

親分の高木は応接間で待っているはずだった。用心棒は、そのドアをノックした。

「私です。有村さんが戻られました」

「おう、入れよ」

唇を離すチュッ……という音に続いて、高木の太いダミ声がはねかえってきた。

高木は四十になるかならぬかの年だった。二代目の親分だったが、歌舞伎役者のような古風な顔だちをしていた。洋風の応接間のトルコ風の寝椅子に坐りなおし、唇についたルージュをハンカチでぬぐってニヤニヤ笑いをした。

高木の横で、二十五、六の女がコニャックのグラスを揺すっていた。蒼白（あおじろ）い肌が妖しく底光りする美貌の女だった。卓子（テーブル）に置いたヘネシーの壜が半分ほど空になっていた。そして女は——肉体が透けて見える薄いネグリジェをまとっていた。

女は、ネグリジェの下には、何も着けていなかった。

乳首の隆起と、下腹部の翳りが、部屋に入った有村と用心棒の瞳にとびこんだ。

優男の用心棒は、視線を外すジェスチャーをしたが、有村は大胆に、女の体を瞳で舐めまわした。

「どうだ、田辺のところの殺し屋と連絡がついたか？」

高木は立ちあがった。顔が大きいので坐っているところを見ると相当に上背がありそうだったが、立ったところでは背は低かった。

「ええ、なんとか……」

有村は答えた。

「そいつは、ご苦労だった。まあ、一杯やってくれ」

高木は再び寝椅子に腰を降ろし、コニャックの壜をとりあげた。女が、伏せていた新しいグラスを手に持ち、高木の注ぐコニャックを受けとめた。

そのグラスを持って、泳ぐような身のこなしで有村のそばに近よってきた。裸の足は、分厚い絨毯(じゅうたん)に物音をたてなかった。

「連絡はついたんですがね……」

近寄ってくる女の腰の動きを見つめながら、有村は言った。

「どうしたんだ？」

高木は笑いを消さなかった。

「いやはや、あの連中の仁義知らず、礼儀知らずの乱暴ぶりにあきれはてましてね……」

有村は、女からグラスを受け取りながら、そっと女の指を愛撫した。女はウインクを返して、高木のそばに戻っていった。

「お前も苦労したろう？」

高木は言った。

有村はコニャックを一息に呷(あお)って、

「ずいぶんと無礼な仕打ちを耐えたんですがね。あんまりひどいんで、ついに堪忍袋の緒が切れました。二人とも、いたぶってやってここに運んできました。まあ、今のところ奴らは半死半生といったところです」

「馬鹿もん！」

高木の顔色が一変した。歯をむきだして頬を震わせて怒鳴りつけた。高木の用心棒は、ドアを背にし、有村から視線を外さずに、右手をさりげなく、左の腋の下に近づけた。

「あんまり奴らが思いあがってるんで……それに、ハジキまで向けられて大きな顔をされたら、いいかげんに……」

有村は肩をすぼめた。

「えい、えい、言いわけなんか聞きたくない。貴様がそれほど阿呆とは知らなかった。田辺は、このごろ特に増村先生に可愛がってもらっている。ということは、田辺の飼っているあの二人の殺し屋にも先生の息がかかっているということだ。よくも、よくも、俺のツラに泥を塗りやがったな！」

高木は、有村に向けてコニャックの注がれたグラスを投げつけた。

有村はスッとウイーヴィングしてグラスを避けたが、液体のいくらかは、着ている背広の上着の肩を汚した。グラスは壁に当たって微塵（みじん）に砕けた。

「まあ、そう興奮しないで……」

有村は静かに言った。

「貴様、いつのまに俺に命令するようになった！」

高木は跳びあがり、足を踏み鳴らした。

「べつに、そんなつもりでは……」

有村は困ったような顔をした。用心棒は、腋の下のホルスターから突き出した拳銃の銃把を握りしめた。親指は、安全止めにかかっていた。

「うるさい。貴様、貴様のしたことが、どんなになって俺にはねかえってくるか考えたことがあるのか？」

高木はわめいた。

「すんません」

「貴様、指をつめろ！　指をつめるぐらいしないと、増村先生のお怒りをとくことはできんのだ」

高木はわめき続けた。

女が、コニャックを口いっぱいに含み、高木の腰にすがりついて寝椅子に坐らせた。

わめく高木の唇に自分の唇を押しつけ、無理やりに口移しで、コニャックを高木の喉の奥に流しこませた。

高木は強烈なアルコールに噎(む)せたが、その手は、自然に、ネグリジェの裾の下からさしこまれ、女の内腿を撫であげていった。

闇の掟

1

「シミがついちゃうじゃない」

女は、高木の唇から自分の唇を離し、さかりのついた牝猫のように喉を鳴らした。内腿に這いずってくる高木の手をそっと押さえた。

高木はやっと、眼前に男たちが立っていることに気づいた。女を押しのけて立ちあがろうとした。

下に何も穿いてない女のネグリジェの裾が、パアッと開いた。女は優雅な動作で高木にとりすがった。

「貴様、まだここにいるのか？」

渋い顔だちの高木は、両手を揃えてかしこまっている有村に怒鳴った。

「はあ……」

有村は揉み手した。

ドアのそばに立つ優男の用心棒は、拳銃を腋の下のホルスターから抜き出し、背後に隠した。

「そうだ、貴様には指をつめてもらうんだったな」

高木は少々出っぱり気味の目を剝いた。女がその腰を押さえているので、立ちあがれないでいた。

「まあ、そうおっしゃらずに、ひらにご勘弁を……」

有村は米つきバッタのように腰を折ったが、その実、視線は薄いネグリジェ一枚の女の下腹の翳りに向けられていた。

「ねえ、あなたあ……」

女はサッカリンのような声をだして、高木の頰に唇を寄せた。

「うるさいな!」

高木は女を突きとばそうとしたが、なよなよしているように見えて、女の力は強かった。かえって、高木の耳たぶに唇を密着させ、熱い鼻息で高木の官能をくすぐった。

「よ、よしなよ……」

高木は言ったが、まんざら嫌でもないらしかった。だらしなく瞼を閉じて、頰の筋肉をゆるめた。

「ねえ、あなたあ。有村が気の毒じゃないの。言い分を聞いてやってよ」

女はハスキーな低音を高木の耳に吹きこんだ。

「お前、奴に惚れてるんじゃねえのか？」

高木は女から身を引いて、ギョロッとした目を光らせた。

「笑わせないでよ――」

女は言った。

「あたしの惚れた男は、あなた一人だけ……あなただって知ってるでしょう？　変なことおっしゃるなら、あたし今夜は一人で寝るわ」

「そうか、そうか。よし、よし、わかった。そうふくれるんじゃないったら、ベビーちゃん――」

高木は骨抜きになった。だらしない二代目親分であった。有村に憎々しげな瞳を向け、

「貴様がしでかした不始末だぞ。貴様が自分で決着をつけるんだ！」

と、ヒステリックに叫んだ。

「へい、それはわかってます」

有村は殊勝らしく頭をさげながら、女と視線を合わして、目の隅でチラッと笑った。

「田辺のところの殺し屋は、二人とも半死半生だと言ったな。どんな具合だか、ここに運び

こんでみな」

高木はコニャックの壜に手を伸ばした。女がその手を押さえ、グラスに壜の液体を満たしてやって、高木の唇まで運んでやった。

「かしこまりました……」

有村は小腰をかがめ、踵(きびす)を返してドアの方に歩んだ。高木の用心棒が、薄笑いを浮かべて体を開いた。抜き出していたベレッタ・ブリガデール〇・三八口径自動拳銃は背後に隠したままだった。ブリガデールは九ミリ・ルーガー弾を使用する。

有村と用心棒はたがいに鼻で嘲(あざ)けりあった。有村は用心棒から瞳を外さずにドアを開き、廊下に出た。

中庭の築山を囲む廊下を渡って、右翼のアジ・ビラを貼りめぐらした事務所に戻ってみると、血まみれになった中島と土井は気絶から醒め、声高に罵り声をあげていた。

その二人を、チンピラたちがソファに押さえこみ、猫が鼠をいたぶるように、面白がって殴りつけていた。

「よしな！」

事務所に足を踏み入れた有村は、のんびりした声で命じた。

「へい」

男たちはソファから離れた。

「野郎、よくもひでえ目にあわせやがったな！」

中島はソファに半身を起こし、有村に向けて青痰（あおたん）を吐きつけた。痰は力なく、床に落ちた。

「まあ、まあ、そう興奮するんじゃないよ。傷に悪いぜ」

有村は笑った。

「畜生、不意打ちをくらわせやがって。俺たちをこんな目にあわせたら、あとがどんなになるか、わかってるんだろうな？」

頰の皮膚をビラビラに切り刻まれた小柄な土井が、喉の潰れたような声で言った。声とともに、口から血が滲みでてきた。

「まあ、泣きごとはあとでゆっくり聞いてやるよ。立てるか？」

有村は笑いを消さなかった。

「てめえの命令は受けたくねえや」

中島は唇を歪めた。

有村は、中島からFNブローニング自動拳銃を奪って胸の内ポケットにしまいこんでいた十八、九歳のチンピラに近づいた。

「借りるぜ」

と言って、そのチンピラの内ポケットからブローニングを引き抜き、薬室と弾倉を点検（チェック）してみた。薬室は空けてあったが、弾倉には五発の実包が詰まっていた。

有村は弾倉を銃把の弾倉室に戻し、そのブローニングをズボンのベルトに突っ込んだ。チンピラたちに顎をしゃくって命令した。

「この二人を、親分の部屋に運びこめ」

2

応接間では、女は薄く体が透けるブルー・ラヴェンダーのネグリジェの上に、同系統のローブを羽織っていた。

チンピラたちに手足を取られて運びこまれてきた中島と土井は、有村の指令によって、高木と情婦の坐っているトルコ風寝椅子の、斜め向かいに置かれたソファの上に坐らせられた。

「もう、出ていってもいいぜ」

有村はチンピラたちに命じた。チンピラたちは、部屋の様子や、妖しいまでに美しい高木の情婦を見回しながら、応接間から去っていった。

用心棒に向けて、高木が鍵を投げつけた。ドアのそばに立った用心棒は、左手を伸ばしてその鍵を宙で受けとめた。右手のベレッタを有村の視線から隠すようにしながら、ドアに鍵をかけた。

中島は、用心棒が握ったベレッタを目にとめた。弱った体がシャンとなった。

「てめえら、俺をバラす気か？」

土井も中腰になった。

「まあ、落ち着いてくれ。お願いする」

高木は、愛想笑いを浮かべ、立ちあがろうとする土井を手で制した。

「何がおかしい。てめえたち、いまに先生に焼きを入れられて、吠えづらかきやがるくせに」

中島が傷にもめげず、せせら笑った。

「そこなんだ……」

高木は雄弁にまくしたてた。

「さっきは、この有村の馬鹿が何かのはずみであなたたちに失礼なことをしてしまったそうで、今も、この馬鹿をこっぴどく叱りつけていたところです。どうか、失礼のほどはひらにご容赦願えませんでしょうか。このとおり、頭をさげてお願いいたします」

「馬鹿野郎！　とんでもねえことを言いやがる。俺たちをこんな目にあわせといて、失礼で済むと思ってるのか。その有村という畜生も大馬鹿だが、貴様だって大馬鹿野郎だぜ。舐めるんじゃねえよ」

中島はタンカを切った。

「まあ、まあ、そうおっしゃらずと。本人も罪を悔いていますので、どうか、今夜のことは穏便に。さあ有村、貴様もあやまるんだ」

高木は愛想笑いと揉み手でいそがしかった。有村の方を凄い目つきで睨んだ。

「どうかお二人さん、勘弁してくださいな。さっきは、年甲斐もなくカッときてたんでどうもすいません」

有村は、絨毯の上に土下座した。

「ふざけるな。てめえは、俺たちが田辺さんのところの者と知ってながら、やりやがったんだ」

土井が小さな体をそっくりかえらした。

高木は、上着の内ポケットから、分厚い財布を取り出した。一瞬躊躇したが、一万円札を十五、六枚引っぱりだし、それを二つに分割した。

立ちあがり、小腰をかがめて、中島たちの坐っているソファの前に歩み寄った。

「これは、まことに僅少でお恥ずかしいものですが、どうか、どうか、今夜のことはご内聞に……」

高木は、八万円ずつの札を、二人の手におしつけようとした。

「ふざけるんじゃねえよ！」

二人はいっせいに叫んで、高木の両手を薙ぎはらった。

高木の手から滑った紙幣がヒラヒラヒラヒラと舞い落ちて絨毯に散った。

高木はちょっと動揺を顔に表わしたが、へりくだった調子で言った。

「これは失礼しました……では、いかほどなら……」

「百万ずつ、二人で二百万。それに、治療費を合わせて合計三百万だ。安いもんだろう。ありがたいと思え」

中島は傲然と言いはなった。

「三百万？」

高木の愛想笑いが、とまどった表情に変わった。

「ああ、それ以下には、ビタ一文も負けられねえよ」

土井が言った。

「そ、そう無茶なことをおっしゃられても……」

高木は狼狽した声を出した。

「けちけちするな。たったそれだけのゼニで、貴様の首がつながると思えば安いもんじゃないか？」

中島は言ってポケットをさぐった。タバコでも取り出すつもりだったらしいが、急に内ポケットに手を突っ込んだ。

「ない。財布がねえぞ！　貴様らは、不意打ちの汚らしい手を使うほか、コソ泥までやりやがるのか？」

中島は、内ポケットから、空の手を出してわめいた。

土井も、自分の財布が奪われているのに気づき、息をきらして罵った。

高木の唇から、愛想笑いが影もなく消え去った。唇のまわりが白っぽくなり、ピクピクと痙攣しはじめた。

「貴様か？」

と、有村の方に振り向き、上目づかいに睨みあげた。情婦が腰をあげて、ステレオの方に歩み寄った。

3

有村は肩をすくめた。

「返しゃいいでしょう？」

ふてぶてしい声が出た。

「何いっ！……」

高木は歯をむきだした。ガックリと肩を落として、

「フン、それも道理だな。しかし、問題はこんがらかってきたぜ。俺のところの幹部が盗みにまで手をだしてるってことが知られたんじゃあ、ヤクザの風上にも置いてくれなくなるか

らな」

「じゃあ、どうすればいいんです？」

有村はふてくさった。

高木は、トルコ風の寝椅子の方に後じさりした。

「消すんだ」

「その二人をですかい」

「ああ、殺(や)っちまうんだ。そうすれば、口はふさげるからな。そして、お前はうちの一家から追いだされたことにして、しばらくの間ホンコンか台湾にでも隠れてるんだな」

高木は、冷たく言った。

「糞っ！」

「俺たちを消せるもんなら消してみろ。どんなことになるかわからぬほど間抜けでもあるまい」

中島と土井は、口々に叫んだ。

「ああ、わかってるよ――」

高木も居すわり直っていた。

「あんたたちを消した後の報復が、どんなもんかぐらい、知らないはずはない。だから、俺はなるべく穏便に事をはこびたかった」

「まあ、聞きなよ……ところが、あんたたちがそのとおり、話のわからん連中ぞろいだからな。生かしておいて、後々こっちが痛い目にあうよりは、あっさりと片をつけたほうがいいやな。幸い、有村が、自分のやった不始末のケリは自分の手でつける、と言ってるからな」

高木は、嘲笑い、コニャックのグラスに唇をつけた。

「二百万。そうだ、二人で全部で二百万に負けてやる。そしたら今夜あったことも、聞いたことも、いっさい知らねえということにしといてやる」

突然、土井が口をはさんだ。

「そうだ、二百万で手を打とうじゃねえか？」

中島は賛成した。

「もう遅い。俺がここでうまい酒を飲んでいるまに、あんたたちは地獄行きとなるんだ。お気の毒にね」

高木はコニャックのグラスを高く差しあげて目礼し、情婦を引きずりよせてその顔にかぶさった。

「糞野郎！」

中島は、足もとの紙幣を蹴っとばした。用心棒が、もったいないな、といった顔で肩をすくめた。

「うるせえ！」

「有村、その客人たちを始末してこい。それから、ちょっとお前、こっちに来な」

情婦から唇を離した高木は、用心棒を顎で呼びつけた。

用心棒は拳銃を腋の下のホルスターにおさめ、喜々とした足どりで高木のそばに近寄った。

高木は用心棒の腕をとって、横の寝室のドアを開いた。二人して、寝室の中に消えていった。ドアが閉まった。

中島と土井は、凄まじい罵声をあげ続けていた。高木の情婦は、さりげない動作で、寝室のドアに近づき、耳を当てた。

有村と高木の情婦は、しばしば、素早い目くばせを交わした。有村は、土井から奪っておいたワルサーPPK自動拳銃の遊底をちょっと引いてみて薬室にも装塡されているのを確かめた。ワルサーを内ポケットに戻した。

「糞っ、俺のハジキまで盗みやがって!」

土井はしゃがれ声で罵った。

寝室のドアに耳を当てていた高木の情婦が、素早く寝椅子に戻りながら、人差し指で寝室のドアを示し、ついで有村を示して、指を曲げて引金をひく格好をした。眉をしかめ、鼻孔をふくらませていた。

有村の顔が一瞬こわばったが、ゆっくりと女に向かってうなずいた。唇が固く結ばれていた。

寝室から、高木と用心棒が出てきた。高木は情婦のそばに坐ってその腰に手を回し、用心棒は有村のそばに歩み寄った。爪先立ちして有村の耳に自分の唇を近づけ、

「現場は、荒川放水路の新葛西橋の近くに貯水池がある。そこで殺っちゃおうぜ」

と囁いた。

「あんたも、来るのか?」

有村はそっと唇を歪めた。

「ああ、車を運転する者がいねえとな」

用心棒はニヤリと笑った。

体力の弱った中島と土井を、二人は背後から抱えるようにして応接間から押しだした。廊下にたむろしていたチンピラたちが、わめきながら暴れる二人の殺し屋を事務所まで運びこんだ。

「こいつらの車の鍵を出してくれ」

用心棒が言った。

金魚のような顔のチンピラが、鍵束を渡した。イグニッション・キーだけを、ほかの鍵と反対側に回して区別した。

わめきちらす二人の殺し屋は、チンピラたちの手によって猿グツワをかまされた。乗ってきたブルーバードの後部座席に放りこまれた。

有村と用心棒は、帽子掛けにかかっていたそれぞれのソフトを目深にかむった。チンピラたちからサングラスを借りた。

用心棒がハンドルを握り、有村が助手台に反対に向けて坐り、ワルサーPPKの銃口で後部座席の殺し屋たちを威嚇した。

殺し屋たちも、猿グツワをかまされては、汚らしい罵声を吐き続けることはできなかった。

闇の夜空に、東の方が薄い青藍色に染まりだした夜の街に、ブルーバードは乗り出していた。

一日じゅうで、いちばん車道のすいている時間だった。たまにすれちがうのは、千葉から新鮮な野菜を積んでやってくるトラックの群れぐらいであった。

ブルーバードは、朝刊を運ぶ新聞社のトラックを追い抜き、八十キロ近くのスピードで疾走した。交番の巡査は居眠りをしていた。

車は言問橋(ことといばし)を渡り、隅田川を越えて亀戸(かめいど)に入り、右に折れて工場の建ち並ぶ北砂(きたすな)町を突っきった。

東の空は明るさを増し、青灰色に変わっていた。

旧都電通りを越え、少し行くと貯水池だった。ブルーバードはタイヤを軋ませて停車した。

東の空は青灰色に染められているとはいえ、地上には、まだ闇が去らんとしてはためらっていた。

有村は車から降りて後ろのドアを開いた。ハンドルを握っていた用心棒も、ヘッド・ライトを消して車から降りた。

「お前さんたちも降りるんだ！」

用心棒は、ベレッタを抜き出し、猿グツワをはめられて後部座席で呻いている二人の殺し屋に命令した。

下剋上（げこくじょう）

1

貯水池は、黒い水をたたえて、都会の隅にひっそりと眠っていた。あまり広くはなかったが、闇の中に静まりかえっているので無気味さがあった。

池の近く、丈高い雑草を車輪で折り敷いて停まったブルーバードの中で、猿グツワをはめられた二人の殺し屋、中島と土井は呻いた。

「降りるんだ！」

イタリー製ベレッタ自動拳銃を突きつけて、高木の用心棒は命令した。

中島も土井も化石したように動かなかった。

「ぐずぐずするんじゃねえぜ！」

用心棒は圧（お）し殺した声で叱咤した。

池の中で水鳥が鳴いていた。虫もすだきはじめた。

頬の皮膚をピラピラに切り刻まれた土井は、器用な手で、素早く猿グツワを外した。猿グツワは唾液でベトベト濡れていた。

「野郎！」

優男の用心棒は、顔に似合わず激しい声をだした。

「射つ気か？　射つんなら、さっさと射ちやがれ」

土井は唾を吐きちらした。

「まあ、そう慌てるなよ。死ぬのを急ぐことはあるまい」

ワルサーPPKの七・六五ミリ口径小型拳銃を構えた有村が、からかうような声で言った。PPK、すなわちポリース・ピストル・クリミナルは、P38と同じくダブル・アクションの自動拳銃だ。

「ぐずぐずしてるのはてめえたちだ。さっさと降りろと言っているのが聞こえねえのか？」

用心棒は空いた長い左手を土井の方に伸ばした。

「触れるな！」

少年のように小柄な土井は、用心棒に劣らず激しい声を発した。

用心棒は左手をひっこめ、

「フン、チビのくせにデカい口を叩くじゃねえか？」

い？」

「余計なお世話だと？　笑わせやがる。もっとも、このごろは危険な十七歳とかいって、嘴の黄色いチンピラがヤケに幅をきかせてるから、てめえもおだてられて頭にきてる口かい？」

「余計なお世話だ」

用心棒は冷笑した。

「馬鹿にするな。俺は立派な大人なんだぞ」

土井は憤然と車から降りた。用心棒は勢いに圧されて素早く後ろに退がった。足もとで、枯草が湿った音をたてて折れた。

用心棒のズボンの膝から下も、有村のそれも、夜露で濡れそぼった。夜明け前の寒気は、興奮した体を、快くひきしめてくれた。

「さあ、殺れるんなら殺ってみろ！　てめえが全弾倉を射ち尽くすまに、俺はてめえの喉笛を食い破ってみせる」

スマートな用心棒の肩のあたりまでしか背丈のない土井は、狂ったように瞳を光らせ、用心棒につめよった。

「ふん、いまにゆっくり料理してやるさ。ガツガツするんじゃねえよ――」

用心棒は、いささかひるみながらも、鼻を鳴らした。有村の方に顎をしゃくって、

「そいつを早く降ろしてくれよ」

と、言った。

有村は、座席で身を固くしている長身の中島の腕をとった。

抵抗する中島を、右手のワルサーPPKで威嚇しながら、無理やりに引きずりおろしたが、その間に中島は猿グツワを力まかせに千切った。

中島は、右腕を摑まれたまま、左のフックを有村の脇腹に叩きこんできた。

身をよじってその打撃をよけた有村は、低く沈めた中島の頭部に力いっぱい、小型自動拳銃の銃身を叩きこんだ。

中島は小さな悲鳴を漏らし、血の混った唾を口から垂らしながら、殴られた頭をゆらゆらと前後に振った。両膝は力なく折れて、枯草の間に坐りこんでいた。

有村は溜めていた息をそっと吐き出した。もし、中島がこれまでに高木一家の若い者たちの手でこっぴどく痛めつけられていなかったとしたら、彼は、ボディに一発フックをくらってスッ飛ぶところだった。

「やりやがったな……」

中島は喉にひっかかったような声で罵った。体力さえあれば、摑みかからんばかりだった。

「もういいかげんで、あきらめるんだな」

有村は軽く言ったが内心で怖れていた。拳銃を持った俺に、素手でとびかかってくるとは……。拳銃に生きてきた中島が、銃の怖さを知らぬわけはないのに。

用心棒の唇も、かすかに蒼ざめていたが、肩を怒らせて凄味（ドス）のきいた声を出した。

「さあ、二人とも、池の方に歩くんだ」

2

「歩くのは面倒くせえや。殺るんなら、ここでやったらいいんだ」

土井は鼻に皺を寄せた。

「そうまで言うんなら、お説に従うことにするかな――」

用心棒は、親指でベレッタ・ブリガデール九ミリ口径自動式の露出した撃鉄を起こした。

その銃口を動かして、

「お前さんもこっちに来て並ぶんだ」

と、枯草の上に坐りこんだ中島に命じた。

有村は中島の襟をつかんだ。

「立て！」

と、中島の後頭部を銃口でこづいた。

中島はのろのろと立ちあがった。銃口で背を突かれながら、土井の横に並んだ。

枯草の露がついたズボンの尻はズブ濡れになっていた。

有村は中島から離れて、高木の用心棒のそばに立った。

「さあ、お二人さん。もうこうなったら、お祈りでもしてるほかに手がなさそうだな」

用心棒は、土井の心臓にベレッタの狙いをつけはじめた。

その用心棒が、

「ウッ……」

と呻いて、ベレッタを持った体を硬直させた。横目で、左側の有村を睨んだ。

有村は、ワルサーPPKの銃口を用心棒の背に突きつけていた。素早く自分も用心棒の背後に回りこんだ。

「じょ、冗談はよせ……」

用心棒は血走った瞳をひきつらせた。

「冗談と思うか？　おめでたい男だな、お前さんは」

有村はニヤリと笑った。

「いったいどうしたんだ？　気でも狂ったのか？」

用心棒は背後を振り向こうとした。

「動くんじゃねえよ――」

有村は用心棒の背に、グリグリ銃口をくいこませ、

「ぼやぼやしてねえで、拳銃(ハジキ)を捨てるんだ」

と穏やかに言った。

「よ、よしてくれよ。俺たちは仲間(ダチ)じゃねえか」

用心棒は木造りの人形のように背を固くしていた。

「拳銃(ハジキ)を捨てろって言ってるんだ。おまえさんはいつのまに耳が聞こえなくなっちまったんだい？」

有村の穏やかな声には、かえって冷酷な趣(おもむき)があった。用心棒の手から、ベレッタ自動拳銃が滑り落ちた。拳銃は枯草を折り、銃把が浅く土に埋まった。

「よし、横にどいてろ……」

有村は用心棒を突きとばし、地面に落ちたベレッタを左手で拾いあげた。

用心棒はよろけた。捨てばちな勇気をふるって、有村に体当たりしてきた。

「よしなよ」

有村は、ベレッタの銃身部を鋭く用心棒の耳に叩きつけた。用心棒は、悲鳴にならぬ呻き声を漏らし、コマのように回転してブッ倒れた。

「き、貴様……！」

用心棒は喘いだ。

「俺がどうしたというんだ？　あんたが考えてたほどの間抜けじゃなかった、と言いたいのか？」

「いったい、なんのために俺をこんな目に遭わすんだ？」

「すっとぼけるのも、いいかげんにしなよ」

有村は、鼻に皺を寄せて笑った。中島と土井は、仲間割れと見える有村と用心棒の争いを見守っていた。

「と、とぼけてなんかいねえ。とぼけることなんか、何もねえよ」

用心棒は、殴られた右耳を手で押さえながら、ふてくさった顔をつくろおうとしたが、それは失敗に終わった。顔の汗が湯気となってたちのぼりはじめた。

「そうじゃあるめえ。あんたは、高木親分から、俺もここで消してしまうようにっていう命令を受けたはずだ」

「盗み聞いてやがったのか？」

用心棒は顔を歪めた。

「やっぱり、そうだったな？」

「聞かなかったのか！　どうして、それを知った？」

用心棒の声は悲鳴に近かった。

「明子が盗み聞いて、手まねで知らせてくれたというわけだ」

有村は言った。明子は高木の情婦の名前なのだ。

「やっぱり、あの女は、親分の目を盗んでお前と関係してたんだな？」

「あんたのように優男じゃねえが、俺はこう見えてもまんざら女にモテねえってことはないんでね」

「じゃあ、隠してもしようがねえや」

用心棒は、熱病患者のように乾ききった唇を舐めて湿らせ、

「確かに俺は親分の命令を受けた。そこの二人を片づけたあとで、お前も消してしまえってな」

「そして、あの二人の死体にお前の拳銃(ハジキ)でも握らせて、俺とあの二人が射ちあって死んだようにでも見せかけようとする計画だったのか？」

有村は苦笑した。

「そこまで知ってたのか……」

用心棒は肩を落とした。

「なあに、知ってたんじゃない。考えついたんだよ。いかにも、親分のやりそうなことだと思ってね」

「そうなんだ。俺は嫌だった。俺は仲間を殺るような卑怯(ひきょう)なことはできん。勘弁してくれと親分に言ったが、聞きいれてくれなかったんだ」

用心棒の声は、哀れっぽい調子を帯びてきた。体を動かすことができるなら、手でも合わしたいような素振りだった。

「本当かな?」

用心棒の背に右手のワルサーPPKの銃口を圧しつけた有村の声には皮肉があった。

「信じてくれ! だから、俺は、ここであんたをわざと逃がしてやるつもりだったんだ。本当の話だ。嘘は言わない」

用心棒は哀訴した。

3

「そうかい、話はわかった」

有村は短く言った。

「ありがたい。拳銃(ハジキ)を返してくれるのか」

用心棒は、安堵の溜め息を漏らして、有村の方に向き直ろうとした。

有村は、用心棒の背に、再びグリグリとワルサーPPKの銃口をくいこませた。

「痛い。話はついたんだ。乱暴はよしてくれたっていいじゃないか!」

「お前さんだけが、勝手に虫のいいことを思ってるだけだよ。俺の話というのは、俺のかわりに、あんたに死んでいただくということなのさ」

有村は嘲笑(ちょうしょう)した。

「や、やめてくれ！」

用心棒は叫んだ。全身を痙攣が突っ走った。

有村は無言で待った。用心棒の恐怖が頂点に達し膝の震えが骨を鳴らしはじめたとき、有村はその左背にワルサーを圧しつけるようにして引金をひいた。

ダブル・アクションのワルサーＰＰＫは、引金をひいただけで撃鉄があがり、充分にあがったところで引金の逆鉤(ぎゃっこう)が外れて、撃鉄は激しく撃針を打った。

銃声は、圧迫されたように鈍かったが、それでも、静寂のなかではジーンと耳が痺れるほどであった。

用心棒は、弾に心臓を貫かれ、衝撃で前のめりにブッ倒れた。

枯草の間に顔を突っ込んだ。銃口を近接して発射したために、火薬ガスの閃光が燃え移って、背広の射入口がチョロチョロと小さな炎を舌なめずりしていた。

用心棒の心臓を貫通した七・六五ミリ・オートマチック弾は、被甲弾であるためにほとんど弾頭変形をおこさず、五メーターほど先に立っていた土井の肩先をかすめた。

土井は、罵声をあげながら尻餅をついた。

有村は、素早く右手のワルサーＰＰＫと、左手のベレッタを、続けざまに七発、土井と中島の二人に向けて速射した。

はじけるように鋭い七発の銃声は、ほとんど重なりあうようにして夜明け近くの夜に木霊した。空薬莢の雨が一列になって空中を右後方にとんでいった。

土井と、中島は、胸と顔面に次々に弾を叩きこまれて昏倒した。

有村はベレッタの銃把の上部にある安全止めボタンを左に圧して引金のロックをとめた。

そのベレッタを枯草の褥に寝かしておき、左手に持ち替えていたワルサーPPKを、ハンカチで丁寧にぬぐって自分の指紋を消した。

ワルサーをハンカチでくるんだまま、断末魔の痙攣に移った土井のところに歩み寄った。

地面に爪をたてた土井の右手にワルサーを握らせ、引金に人差し指をかけてやってハンカチを外した。

引金にかけた土井の人差し指を押してやった。ワルサーは土井の指紋を残し、発射の反動で後ろにフッ飛んだ。

有村は、用心棒の死体の向きを変え、土井と中島に背を向けさせた。用心棒の背を焦がしていた炎は鎮まり、煙だけがくすぶっていた。

「馬鹿な奴……」

有村は呟き、ベレッタの安全止めを外して、ハンカチで指紋をぬぐった。それを用心棒の右手に握らして引金をひかしてやった。

発射の閃光が、苦笑いをうかべた有村の顔をかすかに照らしだした。突きぬけるような銃声は澄んだ黎明の大気を粉々に千切り、轟音となってははねかえってきた。

有村は内ポケットに隠しておいたブローニング〇・三八〇口径自動拳銃を引き抜き、停めてあったブルーバードの中に跳びこんだ。

イグニッション・キーは点火プラグに差しこんだまま残してきてあった。有村は乱暴にブルーバードを発車させ、枯草の原っぱを右にターンして、隅田川に通じる堀沿いの道に車を進めた。

銃声に驚いたあたりの工場の警備員たちが道路を駆けてきていた。有村はヘッド・ライトを強め、テール・ライトを消した。

「待てっ！」

警備員の一人が、ヘッド・ライトに目をくらませながら、道の中央に立ちふさがって車を停めようとした。

有村は薄笑いをうかべ、グウンと車のスピードをあげた。

バンパーをブッつけられた、その中年すぎの警備員は、空中に跳ねあげられ、前窓ガラスを突きあげるほどの勢いでフードに当たり、横に転げ落ちた。腰の骨がグシャグシャになっていた。

それを目撃した残りの警備員たちは、あわてて工場の門内に逃げ戻った。疾走し去る車のナンバーを確かめようとしても、テール・ライトが消えているためによくわからなかった。

十五分後、駒形橋（こまがたばし）を渡ったブルーバードは、隅田公園と浅草公園にはさまれた高木親分の家の裏門近くに停車した。表は、高木一家の事務所になっている。

屋敷の裏側は、高い塀に囲まれていた。裏門は、まるでお寺の門のように頑丈で分厚かった。そして、くぐり戸がついていた。

有村は、くぐり戸の鍵を合鍵で外し、音のしないように気をくばって裏庭にもぐりこんだ。右手には、ブローニングを握りしめていた。

建物の寝室のあたりから、淡い灯が洩れていた。有村は骨っぽい苦笑いに頬を歪めて建物に近づいていた。植込みが多いので、身を隠すのに便利だった。

寝室の隣りのサン・ルームのガラス戸を一つ一つ試してみた。明子が気をきかして、その一つに鍵をかけてなかった。

音のしないようにそのガラス戸を開くには三分以上もかかった。靴を脱いだ有村はサン・ルームにあがりこみ、床張りのその部屋を横切って、勢いよく寝室のドアを開け放った。

香水の芳香の漂う、なまめかしい色調の寝室では、豪華なダブル・ベッドで、素っ裸の明子と高木が重なっていた。

脂が乗りきった明子のまばゆい体には贅肉（ぜいにく）が少しも見当たらなかったが、その上に乗った高木は下腹が突き出ていた。

快楽を追う夢から醒めた高木は、唸り声を発して立ちあがろうとした。右手はベッドのそばの椅子の背に吊った拳銃入れのホルスターに伸びた。

明子は、素早く背に両脚をまきつけて締めつけた。高木の右手にしがみついた。

「二人とも裏切りやがったな！」

高木は左手で明子を突きとばそうとした。走り寄った有村は、高木の耳にブローニングの銃口を圧しあてた。

「静かにしなよ。もう、勝負は決まったようなもんだから」

「糞っ！」

明子にからまれ、銃で威嚇されながらも、高木は必死にもがいた。

「今日からは俺がボスだ——」

有村は歯をむきだして笑い、穏やかな声で付け加えた。

「まあ、あんたも、そう悲観することはないだろう。葬式だけは盛大にあげてやるよ」

ひとり狼

1

ガーン……と、体じゅうに伝わった衝撃に、工夫姿の衣川は跳ね起きた。跳ね起きながらも、胸の上に置いていたワルサーP38を摑んでいた。

夢も見ずに熟睡していたので、ちょっとの間、自分がどこにいるのだかを思い出さなかった。衣川は、頭を振って血のめぐりをよくしながら、しきりに瞬(まばた)きした。

あたりは、真っ暗だった。その暗黒の世界に、燃えるほど明るい光線が数本射しこんでいた。

焦点の定まった衣川は、やっと自分が貨車の中に隠れていることを思い出した。すると、このまばゆく輝く光線は、扉の隙から射しこむ朝日なのか。

ガチャーン……と金属性の音が響き、貨車は震動した。よろめいて、あやうく身をたてなおした衣川は、その音が、貨車の連結器を嚙みあわす音なのだと知った。

連結器の音は再び起こり、それとともに貨車は動きだした。ホームの方に進んでいっているらしい。

衣川は、ワルサーを腋の下のホルスターにおさめて、貨車の扉の方に歩み寄った。

靴の下で、藁くずが軋んだ。そのもっと下では、車輪とレールがのどかな歌をうたっていた。

衣川は、貨車の重扉を細目に開いてみた。思ったとおり、朝がきていた。そばの線路に置かれた無人の客車の間から駅前広場の風景がのぞかれた。

衣川の隠れた貨車は、プラット・ホームに滑りこんだ。衣川は、扉を閉めた。

ガタン……と車体が揺れて、貨車の列は停まった。衣川は、貨車の床に四つん這いになり、手さぐりで、寝床にしていた藁の方に戻っていた。

川口駅の騒音が、扉の隙間から流れこんできた。足音やスピーカーの吠え声、人声や手押し車の音などが渾然と一体になり、まるで地鳴りのようであった。

鉄の車輪のついた手押し車の騒音が近づき、衣川の隠れた車輛の扉が勢いよく引きあけられた。

いくつもの拳銃を入れたズックの袋を持ち、素早くプラスチックのヘルメットをかぶった衣川は、車輛の隅に跳んで身を縮めた。

扉を開いたのは、中年の駅員であった。薄暗い車内の隅に蹲った衣川に気づかず、電気動力の牽引車で引っぱってきた数台の荷車から、小荷物を乱暴に投げこみはじめた。

衣川は、瞳を半眼にして薄闇の中に自分の目が光らぬように気をくばった。駅員は、荷物を投げこみ終わると、重い扉を音高く閉じた。外側から、貨車の扉に鍵をかける金属の軋みが聞こえてきた。

「しまった……」

衣川は唇を噛んだ。鍵が外されるまで貨車から出ることができない。ガックリするとともに、飢えと渇きを強烈に意識した。昨夜、さんざん水に濡れたために、体じゅうが熱っぽかった。肺炎にかかってないだけ、ましなほうであった。

鋭い汽笛が構内の空気を震わせ、列車は発車した。扉の隙間から漏れてきていた駅の騒音にかわって、レールの継ぎ目の音が単調なリズムを刻んだ。

扉の隙間から細い矢のように射しこんでくる陽光によって、闇に慣れた衣川の瞳は、貨車の床に乱雑に積まれた小包みの山を識別することができた。

衣川は、マンホールの修理工から奪ったカンテラに灯をともし、積まれた荷物の方に近づいた。

小包みの荷札を見ると、そのすべてが東京都内行きであった。上野駅どめのものもだいぶあった。

衣川は、食料の入っていそうな小包みにカンテラの灯を頼りに麻縄をほどいた。

その小包みからは、毛布の間にくるまって、小鮒の乾物が一袋と、地酒らしい一升壜が五本、菰に包まれてあった。東京に出ている息子か亭主に、故郷の味を送っているのだろう。衣川は小鮒の乾物を一摑みと、一升壜を持って、貨車の隅に造った藁の寝床の方に戻った。一度荷物の方に引き返して荷造りを直し、藁床に坐りこんだ。

一升壜の蠟びきのセンを歯で抜くと、ドブロクくさい酸っぱい匂いが鼻にきた。衣川はカンテラの灯を消し、乾物をかじりながら、舌にねっとりとくる地酒をラッパ飲みした。尿意をもよおすと、貨車の反対側の隅で用を足した。

赤羽でも、荷物が積み込まれたが、衣川はうまく発見されるのをまぬがれた。気のゆるんだ衣川は、血管の中を這いまわるアルコールを意識しながら、再び不覚にも眠りこんだ。アルコールが、さらに水を求めさせた。衣川は夢のなかで、水道の蛇口や、はては便所の手洗い水までむさぼり飲んでいる自分を見た。いくら飲んでも、喉の渇きはおさまらなかった。

2

肩を蹴とばされて衣川は目を覚ました。素早く半身を起こし、右手は腋の下に走っていた。

「こんなところで、何をしてる?」

威丈高な怒声が降り落ちてきた。

衣川は乾ききったヒリヒリ痛む喉笛を上下させ、ゆっくりと血走った瞳をあげていった。

制服制帽の駅員と、腰の前に小さな拳銃の革ケースをつけた鉄道公安官が薄ら笑いをうかべて衣川を見下ろしていた。

貨車の扉は開かれ、上野駅の広大な引込み線とほかの貨車の群れが見渡せた。衣川は無意識にあたりを見回した。

貨車の中に積まれてあった荷物はなくなっていたが、すぐ手近に、数丁の拳銃と弾薬を入れたズックの袋は残っていた。

衣川は、ニヤッと笑った。乾いた唇が裂けそうだった。

「何がおかしい。貴様、どこの飯場の者だ、無賃乗車なら、まだ勘弁できないことはないが、貨車に乗りこむとは、何事だ!」

中年肥りの公安官が怒鳴った。

「すみません――」

マンホールの修理工姿の衣川は、ピョコンと頭をさげた。腋の下のホルスターから右手を離していた。

「親方があんまり悪どいんで、たまらなくなって逃げてきやしたが、ゼニを一銭も持ってないんで、つい、悪いと知りながら……勘弁してください」

「そうかね。それは気の毒だ、と言いたいんだが、小荷物を開いた罪は重いぞ。おまけに、酒までくらってこの貨車を便所がわりにした。これはどうしても、事務所まで来てくれないと困るな」

公安官は言葉を和らげたが、態度は強硬であった。

「そいつだけは、何とか勘弁を……」

「いや、どうしても来てもらわねば」

公安官は、身をかがめて衣川を引き立てようとした。

「自分で立てますよ」

衣川は鼻で笑った。

「こいつ……!」

肥った公安官は手錠をさぐった。

衣川は立ちあがった。右手が閃くと、手首のあたりまで公安官の腹に埋まった。

上半身を折って、貨車の床に顔を突っ込んだ公安官を見て、薄笑いをうかべていた駅員は顔をこわばらせた。逃げようとしたが、足がすくんで動けなかった。

「じっとしてるんだ、いい子だから」

頬骨の尖った駅員の瞳を覗きこみながら、衣川は静かに歩み寄った。

駅員は衣川の両手が喉にまきつけられるのを感じながら、目の先がスーッと暗くなっていった。

中年肥りの鉄道公安官は、床を吐物で汚しながら、ホルスターのフラップを開いて小型ブローニング〇・二五口径を抜き出そうとしていた。

衣川は、その首筋めがけて、力いっぱい蹴りつけた。凶器と化した靴先は、鋭い音をたてて公安官の頸骨を砕いた。

公安官は、鼻と耳から、濃い血液を垂らして動かなくなった。

衣川はヘルメットをかぶり、重いズック袋だけをかついで貨車から跳び降りた。貨車の扉をきちんと閉じた。上野駅の引込み線は活気に満ちていた。絶えまなく列車が行き来し、汽笛が青空に消えていった。

西の空に、公園の森が浮かんでいた。デパートのアドバルーンが、風に吹かれてゆらめいていた。

衣川は、線路を横切り、鉄錆(てつさび)に赤茶色に染まった土を踏んで、公園と反対側に向けて歩いていた。線路ばたで焚火(たきび)を囲んでいた工夫たちは、その衣川に何の注意も払わなかった。はずれに並ぶ柵にたどりついた衣川は、身を躍らせて柵を跳びこえた。

赤と白の手旗を振っていた駅員が、何か言いたげな表情をしたが、進行してくる機関車にすぐ注意を奪われた。

まず水を飲みたい……山下町の商店街を歩きながら衣川は空つばを呑んだ。

薄汚れた赤い提灯をさげたラーメン屋に入った衣川は、脂と汗のシミで黒光りするテーブルの前に腰を降ろした。

ズック・サックを横の椅子におろすと、中に入っている拳銃と弾が、金属性の音をたてた。

注文を訊きに店の奥から出てきたひからびた感じの中年女に焼きソバを注文した衣川は、隅の洗面所に行って、アルミのコップから浴びるほど水を飲んだ。

それでもまだ喉の渇きは鎮まらなかった。衣川は、指を喉に突っ込み、洗面台の中に胃の中のものを逆流させた。

「朝っぱらから酔っぱらってやがる」

「だから、土方はタチが悪いんだよ」

調理場で、聞こえよがしに呟く声が聞こえてきた。衣川はそれにかまわず、胃を完全に空にしてから、うがいをした。コップに蛇口の水を受けて、ゆっくりと飲んでいった。

麺に菜っ葉とソースをブチ込んだだけの焼きソバの皿を、調理場から出てきた中年女がテーブルに投げ出すようにした。

衣川は二口ほど食って箸を休め、何気なく壁に貼ってあるメニューを見上げた。

メニューの間から、ポスターの写真が真っ向から衣川を見つめていた。選挙ポスターではなかった。凶悪殺人犯人として、特別指名手配されている衣川自身の写真であった。

バーを経営していた昔の写真だった。蝶ネクタイを結んだその写真の端麗な顔は、そこはかとなくおっとりとしていて、生真面目そうに見えた。

不精髭が伸び、埃と泥にまみれた衣川は、指名手配のポスターにニヤリと笑いかけ、焼きソバの残りをかきこんだ。

3

晴海の先にある東雲（しののめ）の船舶解体場に向かおうと、衣川は深川豊洲（とよす）の工場地を歩いていった。すでに十二時近かった。工場は黒煙を吹きあげ、衣川の肩に煤煙（ばいえん）を降らせた。埋立地にかようトラックが、まわりの工場の塀を轟々と震わせて通り過ぎた。

道を歩いているのは、ほとんどが作業衣を着けていた。それがために、衣川の薄汚れた工夫姿は目立たずにすんだ。

衣川の左右に、広大な石炭置場が広がっていた。戦車のようにキャタピラをつけた巨大な車が石炭の山を鋤（す）きかえしては踏みならし、自然発火を防いでいた。

衣川は、作業場に向かう労務者のように、ガニ股に足を開き、東雲橋の方にセカセカと歩いていった。

船舶解体場の廃船の鉄板の下に、衣川が作った巣があるのだ。そこには、替え服や弾薬や寝具などが隠してある。そして、誰にも邪魔されずに、ゆっくりと睡眠がとれるであろう。衣川の足は、期待に早まった。

右手に、活況を呈している東洋埠頭を眺め、衣川は、トラックに傷めつけられた東雲橋に近づいた。

橋がよく見える地点にきた衣川は、思わず口の中で罵声を発して足を遅めた。

橋の両脇に、バラック建ての検問所ができていた。緑の筋の入った腕章をつけた交通巡査が、トラックを停めていた。

それだけなら、まだよかった。だが、交通巡査のほかに、制服や私服の警官たちの姿が見えていた。

警官たちは、橋を渡ろうとする労務者たちをいちいち呼びとめては、何事か尋ねていた。労務者たちは、通行証らしいものを示していた。

今までは、絶対にこんなことはなかった。さては、俺の隠れ家が発見されたのだな……衣川は直感した。

トラックは、荷台の中まで調べられているようだった。これでは、橋をひそかに突破するのは容易なことではない。それに、東雲に通じる橋は、それ一つしかないのだ。

豊洲と東雲を区切るその海は、幅百メーターもないから、泳いで渡れぬこともない。だが、それにしても、夜でなければ……。

衣川は、電柱に近より、タバコを唇にくわえた。火を風から防ぐような身振りで背を橋の方に向けた。タバコにライターの火を移して、もと来た道を逆にたどりだした。

戻るところといえば、西新宿の真美子のアパートしかなかった。だが、そのまわりは張り込みの刑事が固めていることだろう。

旅館にも、衣川の手配写真は回っているのに違いなかった。職務尋問をかけられることなく、真美子のアパートに近づく方法を衣川は考えながら歩いた。

逆手に出るのだ。警察は衣川が戦い疲れてボロをまとっているところを想像しているだろうから、かえってパリッとした服装で意表を突いてやるのだ。

衣川は、空(す)いてそうな理髪店を探し歩いた。深川の浜園公園のそばに格好な店が見つかった。〝ニコニコ理容〟と書かれたその店は床屋といったほうがふさわしかった。椅子は二つしかなく、客の姿は見えなかった。

刺青(いれずみ)でもしていそうな、大兵(だいひょう)肥満のオヤジが、古ぼけたソファの上であぐらをかき、新聞を読みながら、口の中でブツブツ呟いていた。鏡もところどころ剝げかけて、お世辞にも清潔といえた店ではなかった。

「髭そりを頼むぜ、オヤジさん」

ヘルメットをソファに投げ出した衣川は、声をかけた。

「へい」

鬢（びん）のあたりが銀色に光ったオヤジは、新聞を置いて立ちあがった。その新聞の社会面には、衣川の二、三年前の写真が大きく出ていた。

椅子は硬かった。衣川は膝の上に重いズック袋を置いた。

「邪魔だから向こうに移しましょうかね？」

白布を衣川にかけながら、オヤジは尋ねた。ドスのきいた下町弁だった。

「いや、かまわん」

衣川は笑った。

オヤジの鋏（はさみ）はリズミカルに動いた。そして早かった。

「いい腕だな」

衣川はほめた。

「いや、いや。あっしがどんなにいい腕を持ってても、資本のある奴にはかないませんや。近くに〝長沢（ながさわ）バーバー〟ができてからというもの、このとおり毎日閑古鳥（かんこどり）が鳴いてますぜ」

「話は違うが、東雲で何かあったのかな。埋立地で働いてる友達を訪ねようとしたら、ポリに通行証を見せろ、とやられたぜ」

「へえ、お客さんのように世事にうとい人がいるとはね。あの東雲のはずれの船の解体場で、例の衣川っていう凶悪犯の隠してた品物が見つかったんでさあ。どうやら、奴はあそこを隠れ家にしてたらしいですぜ」

鋏の手を休めずにオヤジは得意顔でしゃべった。

「やっぱり、そうだったんだな」

「新聞に出てますぜ」

「あいにくと、俺は字が読めねえんでな」

衣川は真面目な顔で言った。

衣川の頭の裾をととのえたオヤジは、その髪に石鹸液を振りかけて泡立てはじめた。

「まあ、世のなかにはずいぶんとひでえ奴がいるもんだ。もし、あっしが、あの衣川という野郎を見かけたら、叩きのめして切り刻んでやりてえぐらいですぜ」

衣川の髪をこすりながら、オヤジは力をこめて言った。

「できるかな?」

「年はとっても、まだまだ、負けはしませんやな」

オヤジは肩を怒らせた。

洗髪が済むと、髭そりだった。衣川は仰向けになり、目をつむった。顔の上を走る剃刀の感触を楽しんでいた。

突然、その剃刀の動きが乱れた。オヤジは黙りこんだ。

「どうした?」

衣川は目を開いた。

「て、てめえは？」

オヤジは顔色を変えていた。剃刀を持った手が、中風患者のそれのように震えていた。

「しっかりしろよ。俺に会ったら切り刻んでくれるはずだったんじゃないか？」

衣川は不敵に笑った。

オヤジは、剃刀を放りだして表に走り出ようとした。衣川はその襟をつかんで引きもどした。

暗い怒り

1

二時間後、衣川の姿は西新宿四丁目の真美子のアパートの前にあった。髭はきれいに剃られ、服は床屋のオヤジから奪った地味な背広とコートにかえていた。

衣川は、左手にサラリーマンのような革カバンを提げていた。カバンの中味は数丁の拳銃と弾薬であったが、衣川はそれを軽々と扱っていた。

床屋のオヤジは、今ごろ、気絶から醒めているだろうか……衣川は唇にかすかな苦笑いを浮かばせた。

アパートの前のちょっとした広場には人影が見当たらなかった。しかし、鉄筋コンクリート造りのアパートの建物の横と背後にある空地には、まだ数台の自動車が停まっていた。

その車の一台には、思い思いの格好をした男たちが二人笑っていた。だが、アパートの入口に歩み寄る衣川を見つめる彼らの瞳は、異様に底光りしていた。刑事(デカ)だ。

衣川は、手配写真に写っている自分の顔と、現在の自分の顔とが相当違ってきていることを知っていた。それで素知らぬ顔つきで、アパートの玄関を入っていった。

入ってきた衣川の顔を一目見て、左側の管理人室のガラス窓の奥から、小さな叫びがあがった。

「…………」

衣川は、本能的にワルサーを抜き出し、管理人室に銃口を向けた。

管理人は衣川の顔を見知っていた。衣川がまだ凶銃を手に入れる前の顔であったが、写真と違って、現在の衣川を見間違えることはない。

衣川を認めた管理人は、驚きと恐れのあまり全身が麻痺していた。すぐそばのデスクの上についた非常ベルに手を伸ばそうとするのだが、どうしても体は意思の思い通りに動かなかった。

衣川は管理人室のドアを開き、中に足を踏み入れた。ワルサーは腰のあたりに構えていた。

六十歳を越えているが、まだ黒々とした頭髪を誇りにしている管理人は、ついに腰を抜かして床に坐りこんだ。

涎が唇の端から垂れた。

「新聞で読んだ。真美子さんが誘拐されたそうだな」

後ろ手でドアを閉じた衣川は、静かに言った。

「わ、儂(わし)は眠っていて、何も知らなんだ」

管理人は、衣川を見上げて、かすれた声を絞り出した。

「あんたなら、せいぜいそんなところだろうな。真美子さんの部屋の合鍵を貸してもらうぜ」

「け、刑事さんが持っていっちまって、ここには……」

「合鍵でなくても、あんたは全部の部屋の錠に合うマスター・キーを持ってるんじゃなかったのかい？」

衣川は薄笑いし、カチッとワルサー自動拳銃の撃鉄を起こした。

「デスクの抽出(ひきだ)しの中に……」

管理人は窓のそばの大きな事務机の方に、飛び出しそうな瞳を向けた。

アパートの玄関に、人の近づく足音がした。足音は二人のものだった。

衣川は、ワルサーの銃身を、いきなり管理人の頭に叩きつけた。昏倒した管理人の体をデスクの下に蹴りこんだ。

衣川は、自分もその大きなデスクの下にもぐりこんだ。窮屈な姿勢のままワルサーの狙いをドアの方につけた。

気絶したまま転がっている管理人の体が暖かだった。

足音は、玄関で一度とまり、横に回って管理人室のドアの方に向かった。

衣川は待った。少時の間をおいて、管理人室のドアが勢いよく開かれた。

戸口に並んだ二人の刑事は、コートのボタンを外していた。右手を、背広の下の左腋の下に突っ込んでいた。

二人の刑事の視線は、あわただしく室内を走りまわった。デスクの下から突き出された衣川のワルサーを発見して狼狽の色を示した。

「動くんじゃない！」

衣川は、腋の下のホルスターから拳銃を引き抜きかけた二人の刑事に、圧し殺した声で命じた。

声は低かったが、それだけに、有無を言わせぬ迫力があった。

二人の刑事の右手は凍りついた。瞳に現われた狼狽の表情は、恐怖のそれに変わっていった。

「俺に射たせたくないと思ったら拳銃から手を離すんだ！」

衣川は、二人の刑事から、視線と銃口の向きを離さずに、そろそろとデスクの下から這い出た。革カバンは手放していた。

刑事たちは、ゆっくりと拳銃の銃把から手を離した。その右手を、ダランと垂らして、無抵抗の意思を示した。

衣川は立ちあがった。射すくめるような眼光であった。無造作のように見えて、用心深い足どりで刑事たちに近寄っていた。ワルサーは、再び腰のあたりに構えていた。

2

「二人とも、ご苦労だが、壁の方を向いてもらいたい」

衣川は命じた。

二人の刑事は、ゆっくりと壁に向かって立ち、衣川に背を向けた。

「ついでに、壁に手をついてもらおう」

衣川は言った。

「…………」

二人の刑事は口の中で罵った。声にならなかった。衣川の命令に渋々従った。

衣川は、ワルサーの撃鉄と撃針の間に親指をはさんで、ショックで撃鉄が倒れて暴発するのを防ぎ、右側の痩身(そうしん)の刑事の後頭部に銃身を振りおろした。

その刑事は、床をゆるがせて尻餅をついた。髪の間から血が流れ、完全に気絶していた。

ガックリと頭を垂れたと見るまに、砂袋のように横に転がった。

左側の刑事が、怒りをこめて振り向こうとした。衣川は、その背に強くワルサーの銃口を圧しつけた。

「動くんじゃない！」

「何をする気だ、殺人鬼！」

中年の刑事は喘いだ。

「殺しはしない、俺の尋ねることに答えてくれたらな」

衣川は静かに言った。

刑事は、肩から力を抜いた。

「何を尋きたいのだ？　もう、いいかげんで無益の殺戮はやめて、自首してくれ」

「真美子さんは、誰に拉致されたんだ？」

「知らない。それを知ってるのは、かえってお前のほうだろうに……」

刑事は声を高めた。

「声を落とせ。あの女は、誰に、どこに連れていかれたのかと尋ねているのだ？」

「お前が知らない、と言うのなら、われわれが知るはずはない」

「そうか？　強情をはる気だな。俺に引金をひけ、と言うんだな。お願いだ、俺にあんたを殺させないでくれ」

衣川の声は、物悲しげでさえあった。

それを聞いて、刑事は大きく身振いした。憑かれたようにしゃべりはじめた。

「われわれは、田辺が雇っていた殺し屋二人に、彼女は拉致されたと見ている。だけど、その二人は、今朝、新葛西橋の近くで死体となって発見された」

「射たれたのか？」

「射たれたんだ――」

刑事はフッと言葉を切り、不審げな声で、

「お前が殺したのでなかったのか？」

「それだといいんだが、残念ながら俺の仕業でない。俺は真美子を捜しているのだ」

「そうだったのか……いや、その二人が田辺に雇われているということにしても、われわれは確証を摑んでいるわけでなし、それかといって、証拠固(がた)めに田辺のところに踏みこむわけにもいかないのだ」

刑事は、背に圧しあてられたワルサーの銃口も一瞬忘却し、残念そうな口ぶりだった。

「なぜ、なぜなんだ？」

「田辺には増村の息がかかっている」

「増村？」

「そう、一時は国務大臣も務めたことがある政界の黒幕だ。右翼の大老なので、首相も一目おいている」

「右翼野郎か。名前は聞いたことがあるぜ」

「怪物と言われているほどの大物だ。その増村の息がかかってるもので、うちの警部補が殺されたというのに、われわれは田辺に手が出せない。上からの指令なんだ」

中年の刑事は唇を歪めた。

「弱きを挫き、強きを助ける警察か。しばらくのあいだ眠ってもらうぜ」

衣川のワルサーが閃き、銃身は横なぐりにその刑事の耳の上に叩きつけられた。骨にヒビの入る嫌な音がした。刑事は長々と床に伸びた。

衣川はワルサーの撃鉄を静かに倒して腋の下のホルスターにおさめた。デスクのところに戻って、抽出しから大きなマスター・キーを取り出した。

デスクの下で気絶した管理人のそばに転がる拳銃入りの革カバンも左手に持った。衣川は素早く管理人室から脱け出した。二階の真美子の部屋まで、階段を三段ずつ跳んで駆けのぼった。

アパートの住人たちは、そのほとんどが外出しているのか、あるいは部屋の中で昼の番組でも眺めているのか、廊下は静かで人影は見当たらなかった。

真美子の続き部屋の玄関に当たるドアには、警察の手で封印がしてあった。衣川はそのドアをマスター・キーで開いた。

部屋は捜索を受けたあとが歴然としていた。寝室に入ってみると、ベッドのマットはひっくりかえされ、戸棚は開かれたままだし、抽出しは、床に転がって内蔵物をあたりじゅうにまきちらしていた。

戸棚に入れてあったレミントン・スライド・アクションの三〇-〇六口径小銃はなくなっていた。衣川は床に転がっていた真美子のペットであった小熊の縫いぐるみにそっと口づけした。

その小熊は、土足に踏まれて、丸っこい胴のあたりが潰れかけていたが、まだかすかに真美子の移り香が残っていた。

衣川は小熊の縫いぐるみをコートのポケットに突っ込み、ダイニング・キッチンに足を踏み入れた。

流しのそばの棚に、いろいろな調味料にまじって、砂糖のカメがのっていた。衣川は右手を使ってそれをおろし、勢いよく中味の砂糖を床にブチまけた。

カメの底に、ポリエチレンで包んだ、レミントン・ピータース社製の九ミリ・ルーガー弾の弾箱が二つ眠っていた。

衣川が隠していたのだ。衣川はニヤッと笑い、ポリエチレンの袋を破った。五十発ずつ入ったワルサーP38用の九ミリ・ルーガー弾の弾箱を、コートの内ポケットに突っ込んだ。

3

日暮れの太陽が、死にぎわの赤い火の玉となって最後の力を燃やしながら、家並みのかなたに沈んでいった。しばらくは西の空だけが、暗く輝きながら刻々と色調の変化を示していた。

代田二丁目にある田辺の屋敷は、屋根瓦に夕映えを受けて静かだった。近所の家々からは、電灯の光がまたたきはじめた。

だが、その静けさは、無気味さをはらんでいた。屋敷の前の電柱の蔭には私服刑事の姿が見えたし、裏手に停まったバタ屋の車は、午後からずっと動かなかった。

バタ屋に扮しているのは、北沢署のベテラン警部柴田であった。田辺の屋敷の隣りの家の塀に背をもたれさせ、ボロをまとって、薄汚れた古雑誌を読んでいた。ガラクタを詰めこんだ手押し車の底には、無線送受信機の装置が隠されてあった。

静かな住宅街なので、自動車はほとんど通らなかった。目につくのは、スクーターや自転車に乗って威勢よく走りまわるご用聞きの姿であった。

三軒ほど離れた家の塀角から、クリーニング屋がスクーターに乗ってやって来た。革ジャンパーにハンチングを目深にかむっていた。スクーターの荷台につけた箱にはホワイト・ランドリーと店名が書いてあった。

警部はエロ雑誌から瞳をあげ、近づいてくるスクーターを盗み見た。それが、クリーニング屋のものであることを知って、再び雑誌に視線を落とした。

ジャンパー姿のその店員は、衣川であった。本物のご用聞きは、百メーターと離れていない空地の草むらで、頭蓋(ずがい)を割られたまま、まだ昏睡を続けているだろう。

クリーニング屋の店員姿の衣川は、張り込みの柴田警部の前をスクーターで通りぬけ、屋敷の塀の横についた勝手口に近づいた。洗濯物を入れた箱には、数丁の予備の拳銃と、弾薬などの詰まった革カバンを奥に突っ込んであった。

衣川はスクーターから降りた。カバンを左手で取り出し、勝手口の戸を叩いた。

「こんちはー、クリーニング屋です。遅くなりました」

衣川は声をかけ、返事を待たずに勝手口の戸を押し開いた。塀の内側に身を滑りこませた。台所とおぼしいところまで、十メーターほどあった。衣川は右手でワルサーを抜き出し、一気に台所に駆け寄った。左手には革カバンを提げていた。

台所のドアを蹴り開いた。ガランとしていて、人影はなかった。衣川は台所に躍りこみ、鋭い瞳をあたりにくばりながら、廊下に走り出た。

和風の建築だった。廊下の左右の襖(ふすま)を蹴倒しながら、真美子や田辺を求めてさまよった。玄関まで来たが、とうとう一人も人影は見当たらなかった。衣川は歯ぎしりをしながら、玄関から跳び出した。

途端に銃声がした。衣川の足もとの土がパァッとはねあがり、弾に削られたあとが長くのびた。跳弾は上にあがって塀を飛び越えた。

衣川は、本能的に膝をつきながら、銃声の方に体を回した。

銃声は、右後方五十メーターほどの土蔵から再び吠えた。土蔵は灯火を消してあるので、銃火が赤紫の舌をなめずるのが鮮やかに目にとまった。銃弾は、衣川のはるか左にそれた。

衣川はワルサーの狙いを土蔵の戸口につけ、素早く引金を絞った。

確かに手応えがあった。土蔵に反響した無気味な衝撃音とともに、人間のものとは思えぬ、凄まじい悲鳴が聞こえた。腹部を貫通したらしい。

衣川は身を伏せた。その頭上を、続けざまに三発の銃弾が通過していった。五十メーター離れていれば、ヤクザの拳銃の腕では盲射同然だ。

衣川は、再び土蔵の中に射ちこんだ。再び悲鳴があがった。今度はさきほどと別の男だった。

土蔵の中の男たちは、引金でもひいていれば少しは恐怖を鎮めることができるのか、ろくろく衣川を狙いもせずに、無茶苦茶に乱射してきた。

「真美子さんを、どこにやった？」

衣川は、左手でカバンをさぐりながら叫んだ。

背後から近よってくる足音に気づいて、電光のように素早く腹這いになったまま、後ろを振り向いた。

無線装置で本庁への報告を終わった柴田警部が、ボロをまとったまま、ホルスターから小型自動拳銃を抜き出していた。その横には、表の木蔭でひっそりとしていたもう一人の刑事が並んでいた。

「みんな、銃を捨てろ！」

「捨てぬと、本気で射つぞ！」

二人の警官は口々に叫んだ。衣川との距離は四十メーターそこそこしかなかった。

「やれるんなら、やってみな」

衣川は言い捨てて、たて続けに二発、呪いのこもったワルサーを発射した。目にもとまらぬ早さで、引金にかけた人差し指が屈伸し、ワルサーの排莢子孔はガス煙を吹きはじめていた。

二人の刑事は、そろって顔の真ん中に射ちこまれて即死した。衣川は再び体の向きを変えた。

弾倉が尽きるまでワルサーの九ミリ弾を土蔵の中に叩きこみ、素早く予備の弾倉を弾倉室にはめこんだ。

「真美子はどこだ？」

衣川は悲痛な声で叫んだ。真美子はここにはいないことだけは確かだ。もし、ここにいるとしたら、奴らは真美子を人質として自分に降伏をすすめさせたろう。返事のかわりに土蔵から再び銃火が閃き、衣川の左側の地面に、えぐったような痕が残った。

衣川は不敵に笑い、革カバンを左手で開いた。ウイスキーの壜に詰めたガソリンが出てきた。

衣川はワルサーを左手に持ちかえ、右手にガソリンの壜の首を握って、力いっぱい土蔵に投げこんだ。

素早くワルサーを右手に戻し、土蔵の中に消えていこうとする壜を一発で射ち砕いた。熱く焦げた弾は、ガラスに当たった途端に火花を散らした。それが、凄まじい勢いで四散するガソリンに燃え移った。

土蔵の中は、一面に火の海になった。ゴーッと、地鳴りのような音をたて、熱風を渦巻かせて、ガソリンは燃え狂った。

「参った、射つな！」

「射たないでくれ！」

土蔵の中から悲鳴があがり、髪や眉がチリチリに焼け落ちた男たちが三人、両手で目と顔をおおってよろめきでた。背広がくすぶっている者もいた。

「田辺や真美子は？」

衣川は声をかけた。

「ま、増村先生のところだ！」

盲目になった五郎が呻いた。

「よし、わかった。礼を言うぜ」

衣川は無抵抗の彼らを、次々に射殺していった。

手榴弾（しゅりゅうだん）

1

闇に包まれた祐天寺の増村の大邸宅は、外から見れば何事もないように、静かに落ち着いていた。

高く長いコンクリート塀に囲まれ、築山が複雑な起伏を見せた庭には、白亜（はくあ）の二階建て邸宅の窓々から洩れる灯が影を落とし、常緑樹の枝葉は、夜露を吸って生き返ったように輝いていた。

だが、静かに見えるのは外観だけであった。ぴったりと鉄柵の門を閉じたコンクリート塀に沿って、十人近くを数える私服警官がひっそりとたたずんでいた。

増村の邸宅と少し離れた道路には、黒塗りの覆面パトカーが停まっていた。そのパトカーの無線ラジオは、警視庁五階の一斉指令室から送られてくる指令を流していた。助手台の若い警部補が、指令を張り込みの私服たちに伝えに往復した。

邸宅の中では、殺気だった男たちが一階の大広間に集まっていた。その数は七、八人であった。暖炉に投げこまれたコークスの炎に照らされた顔は、景気づけのアルコールによって、さらに無気味に光っていた。

皆、一癖も二癖もありそうな面構えをしていた。

男たちは、スポーツ・シャツの左肩から腋の下に、これ見よがしに拳銃入れのホルスターを吊っていた。床には、空になったスコッチやバーボンの壜が転がっていた。部屋はタバコの煙で息苦しいほどであった。

ソファに仰向けに転がり、薬室を空にした拳銃の狙いを天井のシミにつけている男もいた。床に坐りこんで、日本刀に打粉をかけている男、ウイスキーの壜をラッパ飲みにしている男もいた。

彼らは、一様に黙りこみ、血走った瞳をギラギラ光らせていた。落ち着かぬ様子であった。火をつけたまま、すぐに捨てられたと見えるタバコが無数に踏みにじられ、あたら高価なペルシャ絨毯を台無しにしていた。

「あああ――」

緊張に耐えられなくなったためか唇の上に小豆大のイボを持つ中年男がとってつけたように欠伸をして、

「相手は、たかが衣川一匹じゃねえか。みんな陽気に歌でもうたおうぜ」

「まったくだ。しかも、あの野郎、怖気づきやがったのか、まだ姿を現わさねえや。へっ、考えてもみろっていうんだ。俺たちは、田辺が家に残してきて、とうとう全滅させられたあんなチンピラどもとは、年季の入れかたが違うってんだ」

顔の半面が、鈍器で殴られでもしたかのように変形した大男が相槌を打った。

だが、景気づけに歌おうといわれても、残りの者たちは、牡蠣のように黙りこくっていた。

誰かが、音高くペルシャ絨毯の上に痰を吐いた。

重苦しい沈黙のなかに、コークスが燃える熱風の音だけが耳についた。苛立った数人の男は、ホルスターから拳銃を素早く抜き出しながら親指で撃鉄を起こす練習に熱中することによって、不安をまぎらわそうとした。

男たちは賢明にも、自動拳銃を選ぶ場合、コルト・スーパー〇・三八とか、ベレッタ・ブリガデール、アストラ・ファイキャット、あるいはモーゼルHSCといった撃鉄露出式の拳銃を手にしていた。

引金だけをロックする機構が多い拳銃の安全ボタンというものは、しばしば信頼がおけぬ場合があるので、結局のところいちばんの安全装置は、撃鉄を半起こしにしておくことだ。こうしておけば、うっかり引金をひいても暴発するようなことはない。発射するときには、親指で充分に撃鉄を起こしてやってから、引金をひけばいい。

柱時計が夜の十時を打った。

「糞っ、衣川の奴、いつまでじらしやがるんだ？」

「もしかすると、奴さん、ポリにつかまったのかもしれんぞ」

「それにしては、塀のまわりに張り込んでいる刑事（デカ）たちが立ち去ったという知らせがねえのがおかしい。もし衣川がパクられたのなら、デカさんたちは警戒態勢を解くはずなのに」

男たちは言った。

「そうなんだ。正門のそばにいる刑事（デカ）はすでに買収済みだから、何か起こったら鉄柵越しにメモを門番に渡してくれることになってるんだから何も知らせがないところを見ると、衣川はまだパクられてねえようだぜ」

唇の上にイボのある男が言った。

「畜生。これじゃあ、まるで惚れた女と一緒に寝ながら、おあずけをくってるときのような気分だぜ。衣川の野郎早く来やがらねえと、漏らしてしまいそうだ」

顔面の変形した大男が、かすれた声で笑った。残りの男たちも、ひきつるように笑ったが、その笑いはすぐに消え、前にも増して重苦しい沈黙がのしかかってきた。

2

高価な骨董類に囲まれた二階の第二応接室にも、重苦しい空気が漂っていた。

部屋の前の廊下には択抜きの拳銃使いが三人、すでに自動拳銃やリヴォルヴァーを抜き出して見張りを続けていた。

部屋には、三つの人影があった。増村と田辺——それに真美子だ。

田辺はさんざんの姿をさらしていた。射ぬかれた耳は、まるで中耳炎のときのように耳隠しでおおわれ、顔面は傷痕で醜悪に変形し、ゆるいズボンを穿いた両腿の真ん中が高く盛りあがっていた。破壊された睾丸に巻かれた薬と包帯とサポーターのせいだ。

田辺が坐ったソファの前の床に、素裸にガウンをまとわされた真美子が蹲っていた。怯えた瞳だけがギラギラ光って落ち着かぬ様子は、まるで豹の前に竦みあがった兎のようであった。踵をローソクの炎で炙られたあとなので、自分では立ちあがれない。

元気なのは、増村老人ただ一人であった。

たださえ鋭い瞳を濃い銀色の眉の底から炯々と光らせ、長身の猫背をかがめるようにして受話器にかじりついていた。

「うん、わかった。新しい情報が入りしだい、すぐに連絡を頼む」

増村は猫背を反りかえらせて電話を切り、火の消えたハバナ葉巻をくわえてガス・ライターの火を移した。

「例の土井と中島の件ですか？」

田辺は尋ねた。

「そう、あの二人の間抜けどものことだ。今、ある筋から入った情報によると、あの二人を殺ったのは、やっぱり衣川でなくて、浅草の高木一家の有村という男だそうだ」

「裏切り者め！　さぞかし高木は、有村が指を詰めたぐらいでは勘弁しはしなかったでしょうな。有村の生首ぐらいは送ってもらわぬことには、先生も面子（メンツ）が立たんでしょうし、わしも腹の虫がおさまらん」

田辺の顔は、ますます醜悪に歪んだ。

「ところがだ――」

増村は苦虫を嚙みつぶしたような顔になり、グチャグチャになった葉巻の端をペッと吐きとばし、

「有村の奴、悪く居すわり直って、反対に親分の高木を血祭りにあげてしまったとのことだ」

「何ですって！」

田辺は腰を浮かしかけ、下腹部の激痛に耐えかねて再びソファに坐りこんだ。

「インチキ情報ではない。確かなことだ。高木一家の若い者たちは、女に迷ってちっとも自

分たちの世話を見てくれない高木に見切りをつけていたから、親分の仇をうつどころか、有村を新しい親分に仰ぐことに衆議一決したのだ」

増村は、皺だらけの頬を、凄惨な笑いで歪めた。

「よ、よくも！……警察では何の手も打たなかったんですか？」

「さっき、警官隊が奴らのアジト、つまり、高木一家の事務所や家に踏みこんだそうだ」

「全滅したんでしょうね。いい気味だ。裏切り者の末路は死に決まっている」

田辺は叫んだ。

「ところが、そうはうまく問屋がおろさなかった」

「と、おっしゃいますと？」

田辺は増村を見上げた。

増村は新しい葉巻のセロファンを破り、ロンソンのガス・ライターの火を先端に当てて短く吸いこみながら、骨董品に囲まれた室内を、檻の中の狼のように歩きまわった。

「奴らは逃げた――」

増村は歩を停めずに呟いた。

「奴らは逃げたんだ。警官隊が踏みこんだとき、奴らはすでに影も形も見当たらなかった。そして、築山は掘りおこされてあった」

「あの築山の中には、多量の武器弾薬が隠してあるという噂でしたが！」

田辺はボクサーのように瞼の潰れた瞳をそらせた。

「そうなのだ。高木一家が戦後まもなく駐留軍の払下げ物資の権利をもらって荒稼ぎした時分、軍の武器庫から少しずつ米兵に盗みださせて貯えた品だ。短機関銃もまじっていると聞いていたが――」

増村は歩きやめ、瞳ばかり光らせている真美子の顎を靴先で持ちあげて仰向かせ、肩をすくめながら、

「衣川に対してはここに人質がある。だから儂は、部下が怖れているほど衣川を怖れてない。いかに衣川といえども人間だ。この女をみすみす殺させはしまい。だが……」

「だが、怖いのは有村たちだ」

「奴らがここにおしかけてくる、とでもおっしゃるので？　そんな馬鹿な。無茶です！」

田辺は激しく頭を振った。

「いや、無茶は争いの常だ。むろん、儂だって予想が外れるのを祈るわけなんじゃが、有村たちはひょっとするとここを襲うかもしれんぞ」

増村は真美子の顎から靴先を外して、再び歩きはじめた。

「それはまた、どうして？」

田辺は言った。

「有村は土井と中島を殺った。あの二人には儂の息がかかっているということを知ってなが

らやったんだ。当然ながら奴は復讐を怖れる。だから、儂のほうが手を出す前に、先手を打って奇襲してくるということも充分に考えられる」

「しかし……」

「有村たちにしても、親分は血祭りにあげたし、隠してきた武器弾薬は掘りおこして手に入れた。気勢は充分にあがってるはずだ。勢いに乗って、どんなことをやらかすかわかりはせん。だから儂は仁義を知らぬ近ごろのヤクザが大嫌いなんじゃ。グレン隊とちっとも変わっておりはせん」

増村は銀色の髪を逆立てて、怒りを面にあらわにした。インター・ホーンのスイッチを入れ、一階大広間でしびれをきらしている部下たちに、有無を言わさぬ声でさまざまの指示を与えた。

3

増村の予感は当たっていた。四台の自家用車に分乗した旧高木組一派の精鋭十二人は、有村に率いられて祐天寺に向けて直行していた。

それぞれの車の後部座席のフロアにはグリースを拭(ぬぐ)いさり、完全に組み立て終わった米軍用のトムスン短機関銃が三丁ずつ、キャンヴァスのカヴァーをかけられて横たわっていた。

円盤状(ディスク)の五十連発ドラム・マガジンでなくて、三十連の箱型弾倉(ボックス・マガジン)のついたMAタイプだ。実包はコルト自動拳銃四十五と共通して、四十五口径ACPの拳銃弾を使用する。

男たちは、コートの下、背広の腰のあたりに、ズック製の弾倉帯を巻き、それに二十個の予備弾倉(スペア・マガジン)を差しこんでいた。だから、それぞれが六百発以上の弾薬を用意してきたことになる。

有村は先頭のビュイックの後部シートに背をもたせていた。腹に巻いた弾倉ホールダーのほかに、左右の肩から一丁ずつのホルスターを差し、それに拳銃をブチ込んでいた。

有村の靴先には、手榴弾の弾箱が触れていた。安全ピンを抜いていないから暴発の心配はないとしても、あまり気持ちのいいものではなかった。

車の列は大通りをそれ、静かな住宅街に入った。有村の左に坐った副参謀の三宅(みやけ)が、いかにもプロ・ボクサーあがりのようないびつな顔をニヤニヤ笑いで歪め、

「ふん、増村の野郎。先生、先生とか言われて、まだヤニさがってやがるだろうな。知らぬが仏とはよく言った」

「いつまでもあんな野郎を崇(あが)めたてまつっていられるもんか。いまに俺のほうを奴に先生と呼ばしてやる。もっとも、そいつは奴さんが運よく今夜生きのびたらの話だが」

有村は乾いた声で笑った。三宅が馬鹿笑いで調子を合わせた。広大な増村の邸宅の塀が黒々と見えてきた。ヘッドライトの中に、塀にへばりつくようにして立った私服刑事たちの姿が浮かんだ。

有村はビュイックのハンドルを握る男の耳に小声で囁いた。運転手は鋭く二度クラクションを鳴らしながら急停車させた。塀にへばりついていた私服刑事たちは有村のビュイックの前二十メーター、つまり、増村邸の正門の前に駆け集まった。スクラムを組むようにして、ビュイックが邸内に突入するのをはばんだ。

三宅は、キャンヴァスをはねのけて、車の床から短機関銃を取りあげた。一丁を運転手に渡し、自分も一丁を握った。

有村は、三個の手榴弾を手に持った。手榴弾の安全ピンを歯で引き抜き、ドアを開いて路上に跳びおりると見るや、刑事たちに向けて次々に投げつけた。急いで車に戻り、身を低く伏せた。三宅たちも伏せた。

シューッと無気味な音をたてて飛んでくる手榴弾を認め、刑事たちは慌てて拳銃を引き抜こうとした。

一瞬タイミングが遅れた。目もくらむ閃光とともに、凄まじい爆風が刑事たちをフッ飛ばし、手榴弾の破片が、彼らの顔や体をグシャグシャに砕いた。

四台の車の窓ガラスも、爆風を喰って微塵に砕けた。正門の鉄柵は飴(あめ)のようにひんまがって倒れていた。

四台の車から右手に短機関銃、左手に手榴弾を三個ぶらさげた男たちが喊声(かんせい)をあげて跳び出した。それぞれの車は、援護射撃を受け持つ運転手を残していた。

車から跳び出した男たちは、有村と三宅を先頭に立て、刑事たちの死体を踏みこえ、百メーターほど奥の建物に向けて短機関銃を乱射しながら、木立ちを縫って走った。門番の用心棒二人は、手榴弾にやられて即死していた。

短機関銃は、絶えまなくさえずり続けた。白亜の建物に着弾の白煙が躍りまわり、窓ガラスは破壊され、窓の後ろから狙撃してきた増村側の部下が、悲鳴と呻きを連発させた。

増村側も、ガラスの破れた窓から銃を突き出して防戦していた。建物の内部はすべて灯火を消していた。

有村たちは、建物の前三十メーターのあたりで築山が途切れるあたりに踏みとどまった。岩や樹木を楯にして、建物の中に短機関銃を射ちこんだ。

増村側から射ってくる拳銃弾は、岩に当たって凄まじい火花を散らしながら跳ねかえり、あるいは一抱えもある樹の幹を貫いた。三宅が、枝に当たって方向転換した増村側の拳銃弾に右の肺を貫かれてクタクタッと膝をついた。

「みんな、援護射撃を続けながら、手榴弾を一発ずつ建物の中に投げこむんだ。あとの二発は、白兵戦になるまでとっておくんだぞ！」

苦悶する三宅の体を岩蔭に引きずりこみながら、有村は声をかぎりに叫んだ。

破壊された正門の前では、車に残した運転手がパトカーを迎射しているとみえ、快い短機関銃の連続発射音が軽快に響いてきていた。

有村の命令を受けた男たちは、素早く短機関銃の長い弾倉を詰めかえ、右手に手榴弾を持って安全ピンを引き抜いた。シューッと導管に点火した手榴弾を三つ数えるまで持ち続け、立ちあがって、建物の窓の中に投げこんだ。

八個の手榴弾の一斉爆発は、巨大な建物を揺るがすのに充分であった。窓という窓から閃光と爆風が閃き、続いて赤黒い炎が吹き出した。壁が津波のような音をたてて崩れ落ちはじめた。

爆風がおさまったあと、建物からは一発の銃声も聞こえなくなった。身を伏せて爆風を避けていた有村たちは、土民のような喊声を喉からほとばしらせ、短機関銃を乱射しながら、ドアの吹っとんだ玄関に跳びこんでいった。

増村側は全滅した、と思っていたのは、有村の誤算であった。火炎の照返しにかすかに明るい大広間は漆喰の雨が降り落ちていたが、粉末のスクリーンの向こうから発射の閃光が続けざまに閃いた。同時に、有村の部下三人が倒れた。もう、こうなれば混戦であった。両方の男たちは、ただただ恐怖に駆られて弾倉の尽きるまで引金をひき続け、あるいは盲滅法に手榴弾を放り投げた。

同士射ちや、自分の投げた手榴弾で自滅する者が続出した。二階は燃え狂い、熱風と炎が階下に逆流してきた。無我夢中で弾倉を詰めかえ、射ちまくっていた有村は、いつのまにか、建物の中で生き残っているのは自分一人だということに気づいて身震いした。

明日なき命

1

渦まく熱風と炎の中に、凄まじい音をたてて大広間の壁の一面が崩れ落ちてきた。有村は両手で頭を抱え、トムスンの短機関銃の上におおいかぶさるようにして床に身を伏せた。

その有村の背に、雪崩（なだれ）のような音をたてて落ちてきた壁のかけらがはねかえった。粉末で、髪も背も真っ白になった。

壁の崩れはおさまった。一時弱まったかに見えた火勢が再び強まり、有村の体は熱で汗まみれになった。

有村は血走った瞳を開き、続けざまに嚔（くしゃみ）を連発した。背から、白い漆喰が飛びちった。こわごわ首をあげてみると、大広間にゴロゴロ転がっている敵味方の死体が、炎の照返しに染められて、まるで粗悪なプリントのスペクタクル映画を見るようであった。

有村はよろよろと立ちあがった。伏せているとき体の下に敷いていたので、短機関銃の遊底部分には漆喰が詰まっていないようだった。

有村は銃口に左の小指を突っ込んで、銃腔が埃で詰まってないのを確かめ、増村側のものと思われる死体の一つに向けて試射してみた。

ブオア……ブオアッ……という発射音とともに、銃身は凄まじく跳ねおどった。遊底の回転は良好であった。たちまち、弾倉は尽きた。

続けざまの四十五口径弾をくらった死体は、原形をとどめぬまでに破壊された。腹からは湯気をたてて腸（はらわた）が飛び出し、切断された右脚の骨がギザギザになっていた。

有村は空になった三十連のマガジンを、トムスン短機関銃の弾倉室から引き抜いて捨てた。腰の上に巻いた小銃弾帯のような弾倉帯から、予備の弾倉を抜き取って短機関銃の弾倉室に叩きこんだが、そのときになって二十個用意した予備弾倉のほとんどを使いきっていることに気づいた。

熱気は耐えがたいほどであったが、有村は近くに転がる数人の部下たちの死体が残している予備弾倉を次々に奪い、弾倉帯のパウチに差しこんだ。欲ばって、さらにポケットにまで五個の弾倉を入れた。

有村は、そのうえ、床に転がっている手榴弾を拾いあつめていった。まだ発火してないのが七個あった。

右手に短機関銃を構え、左手に吊り紐で吊った七個の手榴弾を提げ、有村は、もう一刻も耐えられぬほどの焦熱地獄から逃れようと、増村邸の大広間から玄関前の庭に走り出た。二階の窓や一階の奥から、赤黒い炎が吹きあがり、火炎は庭を無気味に照らし、大きな火の粉が築山の池に落ちて、ジュー、ジューと音をたてていた。

前のめりに、勢いよく、屋外に走り出た有村は、溜めていた息をフーと吐き出した。深呼吸を繰り返しているうちに、生き返ったような気がしてきた。

正門の前では、四台の車に残してきた援護射撃係の運転手たちが、遠まきにとりかこんだパトカーの群れと射ちあっていた。警官たちは手榴弾を怖れて近くには寄りつけぬようであった。

正門から逃げるのはまずい……。有村は三十連の弾倉二十数個におさめた七百発近い四十五口径ACP弾の重さに腰をふらつかせながら、息をきらして、炎上する建物の裏手に回りこんでいった。

建物の裏手も広かった。ほとんど自然の面影を残した雑木林になっていた。木立ちのはるか奥に、高いコンクリート塀と、寺の山門のように頑丈な樫でできた裏門が見えていた。

裏門は固く閉ざされていた。そこに向けて、建物の右手のガレージから、大型車が二台通れるだけの幅の車道が走っていた。

有村は安全装置を外しっぱなしにした短機関銃の引金に右手の人差し指をかけ、立木の下生えを踏み折り、枝を体でねじまげながら無理やりに車道の方に近づいていった。

車道は建物から百メーターのあたりで裏門に続いていた。木立ちに目をくらまされ、建物の燃え狂う轟々という音で耳をふさがれていたが、車道に近づいた有村は、裏門から三十メーターほどの距離に黒光りするキャディラックがエンコしているのを発見した。

生き残った一人の拳銃使いが、弾痕のあいたキャディラックのフードを開き、懸命にエンジンと取っくんでいた。車の後ろ窓ガラスには気絶しているらしい真美子の蒼白な額がもたれかかっていた。

車の横では二つの人影がうごめいていた。白髪を血で染め、仁王立ちになっている増村と、必死の形相でその脚にすがりつこうとしている田辺だ。

「お、お願いです、先生。私を見捨てないでください」

田辺は、もう人相も見さかいがつかなくなった醜い顔を歪め、這いずりながら、車の方に近づこうとした。

「うるさい！　いいかげんにしろ。貴様のような大馬鹿を背負いこんだおかげで、儂が今まで築きあげたものがあの通りになってしまった。貴様も男なら、ここに残って責任をとれ！　儂のいないまに勝手にあの屋敷を使い、このような結果を招いたのだ、ということに口裏を合わせるんだ」

増村は、田辺の顔に唾をひっかけた。

「わかりました、先生――」

用心棒の拳銃使いが、喜びの声をあげた。

「配線が一本、弾をくらってブッちぎられてたんです。動かしますから、早くお乗りくださ い」

「よし、ご苦労」

増村は、田辺が伸ばしてきた右手を、邪険に蹴り離し、キャディラックの後部座席に跳び乗った。フードを閉じた拳銃使いは、ハンドルの後ろに身をすべりこませ、エンジンを始動させた。

「ま、待ってください、先生――」

田辺は、地面をかきむしって泣き声をあげ、

「私を連れていってくださらんのなら、先生がやってることを検察庁にしゃべりますよ」

と、精いっぱいの脅しをかけた。

増村は車のドアを開いた。右手には、小型のベアード自動拳銃が握られていた。

車から降りる。

「儂を脅迫する気か？　馬鹿もいいかげんにしろ。警視庁、検察庁の連中は儂のメッセンジャー・ボーイのようなものだということをもう忘れたのか」

増村はベアード〇・三八〇オートマチックの遊底（スライド）を引いて撃発装塡にし、薬室に弾倉の実包を送りこんだ。

「く、糞ッ右翼め！」

田辺はヤケになって罵った。睾丸の傷口が切れたと見え、ズボンと地面は、赤黒く血で汚れていた。

「馬鹿もん！　貴様のみじめったらしいドブ鼠根性を生まれかわって叩きなおしてこい！」

増村は嘲笑いもせずにベアードの引金を絞った。銃身が短いため、〇・三八〇口径の弱い弾でも、相当に激しい銃声がした。

至近距離だったので、〇・三八口径スペッシャルや〇・三八スーパー・オートマチック弾にくらべるとお話にならぬほど威力の劣る〇・三八〇口径銃でも、田辺の額を貫いて、ザクロを踏みにじったような射出口を後頭部に残した。

田辺は横向きに転がり、かすかに手足を痙攣させてから動かなくなった。増村は死体と化

2

した田辺に、もう一度唾を吐きかけ、ゆっくりと背を見せた。

途端に——車道に躍り出した有村が、手榴弾の束を地面に投げ出しざま、膝射ちの構えをとって短機関銃を連射した。左手はしっかりと、弾倉の前の把手を握っていた。

慌てて振り向いた増村の左足もと五メーターのあたりに、最初の着弾の土煙があがった。増村はベアード拳銃を放りだし、雑木林の中に逃げこもうとした。

相手が短機関銃だということだけで、血迷ってしまっていた。

その増村をめがけて、弾着の土煙がパパパパッと追っていた。増村が肺が裂けるほどの悲鳴をあげたとき、ひずんだ跳弾の一発が増村の胃袋を完膚なきまでに破壊し去り、上に突きあがって、肩口に拳大の射出口を残した。

増村は両足を跳ねあげ、二メーターほど向こうにフッ飛ばされた。鼻と耳と口から、血塊を吹きちらしていた。

車から転げ出た用心棒が、銃身の長いルーガー海軍拳銃を腋の下から引きずり出し、乱射を続ける有村に向けて発砲した。

有村の頬骨の端が、突きぬけるような銃声とともに削りとばされた。有村は大きくよろめき、頭を振ってクラクラする意識をはっきりさせながら用心棒に向けて短機関銃の銃口を移動させていった。

短機関銃の弾倉が尽きる寸前、一発が用心棒の右肺を貫いた。用心棒は、ググッと後ろによろけ、両手でルーガー海軍拳銃を握りしめたまま、ガックリと頭を垂れた。背中の射出口から、血あぶくとともに、肺の空気が漏れていた。

「ざまあ見ろって言うんだ」

有村は、頰から流れ続ける血を乱暴に服の袖でぬぐった。思わず棒立ちになり、歯をくいしばったほど痛かった。

有村はそれでも痛みに屈せず、短機関銃の弾倉を詰めかえはじめた。

突然銃声がした。同時に、有村の額から上がものの見事に吹っ飛び、あたりじゅうに血と脳漿(のうしょう)の雨を降らした。頭蓋骨の破片は粉々になっていた。脳中に入った弾が瞬間的に凄まじい衝撃波を全方面に進行させて炸裂したためだ。

裏門の上に、レザー・コートをまとった衣川の上半身が見えていた。右手の凶銃ワルサーが、スライドの後ろから薄い煙を吐いていた。

衣川は、高い位置から身軽に裏庭に跳びおりた。腰に衝撃がきたが、そんなことをかまってはいられなかった。

キャディラックの中でグッタリとなった真美子を横目で見ながら、衣川は即死した有村のところに駆け寄った。その瞳は、倒れた有村が放り出した短機関銃と、手榴弾に向けられ、ギラギラ輝きはじめた。

血で汚れた有村の腰から弾倉帯を外した衣川は、それを自分の腰にまきつけた。

弾倉帯の左側に、数個の手榴弾を結びつけた。重かった。

短機関銃も拾いあげて左肩に吊った。銃身には空冷ラジエーターのフィンが切ってあったが、薬室に近い部分は衣川の背を焦がすほど熱かった。コートの革生地が不快な臭いをたてた。

左右に転がっている増村と拳銃使いの死体に目もくれず、キャディラックに歩み寄った衣川は、ワルサー自動拳銃の撃鉄を静かに倒して、腋の下のホルスターにおさめた。ドアを開いて、真美子の肩に手をかけた。自分が左肩に吊った短機関銃の銃身先端が、車のドア枠にぶつかった。

真美子の体は冷たかった。冷たくて蒼白であった。衣川は瞳を曇らせて真美子をそばに引き寄せた。

3

折れた人形のそれのように、真美子の首がガクンと曲がり、面(おもて)は深く垂れさがった。長い黒髪が、シートの上に扇形にひろがった。

衣川は真美子の襟をはぐってみた。現われた豊かな乳房は張りを失い、耳を寄せてみても、心臓の鼓動は聞こえなかった。

「哀(かな)しい女(ひと)だった」

衣川はひからびた声で呟き、命なき真美子を抱きあげた。炎上する建物はさらに火炎の勢いを増し、その火は二人の姿を凄惨に照らした。

真美子を抱いた衣川は、雑木林の中を分けいっていった。橅(ぶな)の根もとに静かに横たえた真美子の両手を、胸の上に組ませてやった。

屋敷の表側では、まだ射撃戦が続いているようだった。散発的な銃声が炎の唸りを越えて聞こえてきた。

衣川はゆっくりと立ちあがった。ワルサーをホルスターから出し、キャディラックの方に駆けもどった。顔や肩を枝が強く打ったが、そんなことは眼中になかった。

増村の死体は、キャディラックの左側に倒れていた。自慢の銀髪は、乾きかけた血で薄汚れていた。

衣川はワルサーの狙いを、増村の眉間につけ、強く引金を絞った。自動拳銃でもワルサーP38はダブル・アクションなので、引金を絞っただけで撃鉄はあがり、逆鉤(ぎやっこう)が外れ、撃鉄は強く撃針を叩いた。

発射の突きぬけるような快音とともに、眉間に一発くらった増村の顔面が粉砕されたのは、有村の場合と同じであった。

炸裂弾の謎は、ワルサーの銃把から弾倉を抜き取り、ポケットから出した九ミリ・ルーガー弾を二発補弾したことによって解けた。

その実包は弾頭の先端を鑢で削って被甲を取りのぞき、しかも弾芯の鉛を錐でえぐって、オープン・ホローポイントの恐るべきダムダムになっていた。衣川は、増村の部下たちが彼の来襲の遅いのを焦れている間、ダムダム弾の製造に熱中していたのだ。

衣川はキャディラックに乗りこみ、シートの左側に短機関銃を置いた。ダッシュ・ボードの手袋入れを開いてワルサーを突っ込み、いつでも射てるようにしておいた。

一時間後——衣川は池袋のはずれの住宅街にある空地でキャディラックを捨てた。キャディラックのボディは弾痕でポンコツ同然になり、窓ガラスは完全に破られ、短機関銃の銃身は手が触れられぬほど焦げていたが、衣川はともかく生きていた。

その空地には、数台の車が停めてあった。無料駐車場になっているのだ。衣川はそのなかから、グレーとブラウンのツー・トーンに塗りわけたヒルマンを選んだ。

車の左側の三角窓を分厚い刃のナイフでこじあけ、腕を突っ込んでドアをロックしている棒ボタンを引いた。ドアを開いて運転台にもぐりこみ、ボンネット・ボタンを引いた。

車の前に回り、ボンネットを開いた。エンジン部分の上部、前から向かって右側の奥に、イグニッションのヒューズが二つ並んでいた。蛍光灯の管を思いきり小さくしたようなガラスのチューブにおさまっていた。

衣川は左側のヒューズを真ん中の隙間にはめこみ、右側のヒューズとくっつけて直結にした。スターターが、ガガッと唸って活動しはじめた。ヒルマンのボンネット・フードを閉じた衣川は、ポンコツ同然となったキャディラックから、短機関銃とワルサーをヒルマンに移した。

運転台に坐り、衣川はギヤを入れ替えて、ヒルマンを発車させた。静まりかえった住宅街にヘッド・ライトの光芒が流れた。

志村中台町の由紀子の家まで、まっすぐに飛ばせばすぐのことなのだが、主要道路に張られた非常網を避けて車を進めたので、裏の畑を通る石ころ道につくまでに、三十分ほどを要した。

裏側を生垣、表を白塗りの木柵で囲んだ由紀子の家は、居間からだけ、かすかに灯火が洩れていた。左肩に短機関銃を吊り、右手にワルサーを握った衣川は、ほとんど足音をたてずに、居間の窓に忍び寄った。今夜は、張り込みの刑事の姿はないようであった。

窓の隅に瞳を寄せてみると、カーテンの隙間から部屋の一部が眺められた。暖炉の部分であった。暖炉の前の敷き皮の上に坐り、放心したような瞳で炎を見つめている由紀子の横顔が見えた。

衣川は静かに窓ガラスをノックした。怯えぐせのついているらしい由紀子は、サッと頰をこわばらせて振り向いた。柔らかに渦巻いた鳶色(とびいろ)の髪が大きく波打った。衣川は、口笛を低く二度吹いた。立ちあがった由紀子がフラフラと窓に近寄り、カーテンを細めに開いた。

由紀子の瞳は、衣川を認めて、一瞬のうち烈しい感情の乱れを示した。唇に指を当てて、黙っていて、と無言で命じ、ガラス窓の鍵をそっとゆるめていた。

音をたてぬように滑稽なほど気をつけながら、由紀子は窓を開いていった。潤んで妖しいほどの光を放ちはじめた瞳は、衣川をくいいるように見つめて離れなかった。

衣川は、半開きになった窓から、そっと体を室内に移した。由紀子の背に左腕を回した。

「玄関で張り込みの刑事が二人、眠りこけているわ。ラジオの臨時ニュースであなたのことを聞いたので、コーヒーにバラミンを混ぜてあの二人に飲ませたの。待ってたわ。待ったた……」

衣川の首にすがりついた由紀子は、熱い息とともに、その耳に囁いた。

「よし」

衣川は、快感にジーンと体が痺れてくるのに耐えて、そっと由紀子から体を離した。短機関銃を肩から外してソファに置き、靴を脱いで足音を殺しながら、玄関の方に忍び寄った。

角刈り頭の刑事が二人、玄関のタタキに置かれたマットの上で重なりあうようにして眠りこけていた。由紀子が掛けたものらしい毛布が、二人をおおっていた。衣川は、冷静に二人の刑事を絞殺した。

衣川は、駆けるようにして居間に戻った。スイッチを倒して部屋の電灯を消し、ワルサーはホルスターにしまった。

「あなた……」

暖炉の炎を浴びて輝く由紀子は、衣川の腕の中に倒れこんだ。

「もう、ここにいるのは俺たち二人だけだ。俺はこの朝早く、ネズミどもの本拠地、舟橋の邸宅を襲う。生きのびられるとは考えていない。だが復讐だけは遂げるのだ」

「思い直して！　二人だけで、どこか遠いところに逃げましょう……」

「もう俺は、逃げまわるのに飽きてしまった。あと四時間の命だ。命の洗濯をするには、充分すぎる時間だよ」

衣川は乾いた声で笑い、唇で由紀子の唇をとらえて、暖炉の前の毛皮の敷物の上に押し倒していった。

そして、もう誰もいない

1

　中野哲学堂に近い舟橋の豪壮な邸宅には生き残った大物たちがつめかけていた。メンバーは、舟橋を初めとして坪田、高橋、小田、それに傷をおしてやって来た三国だ。

　邸宅は、男たちの私兵ともいうべき用心棒で物々しく警備されていた。広い庭の植込みの蔭で、彼らの握りしめた銃器が鈍く光った。

　舟橋たちは、金属製のドアを閉じた地下室に集まっていた。湿った冷たい空気は、電気ストーブによって暖められていた。

　地下室は三十畳敷きほどの広さを持っていた。左側の壁についた銃器ロッカーは開かれ、四十丁を越す散弾銃（ショットガン）と小銃（ライフル）の大半は警備の用心棒たちに分配され、今は十丁ほどしか残っていなかった。

舟橋たちは、ここに籠城(ろうじょう)の決意を固めているらしかった。ストーブを囲んで、それぞれが肘掛け椅子に埋まっていた。ヒーターの上でコーヒーのポットが香気をまきちらしながら躍っていた。

男たちは虚勢を張る気力も失ったかのように、みな憔悴しきった顔つきをしていた。大型の電気ストーブが熱気を送ってくるので、上着を脱ぎ、左腋の下に吊ったホルスターから拳銃の銃把をのぞかせていた。

久しぶりに起き上がった三国は、坐っているだけでも苦痛なのか、顔から脂汗を流していた。首筋には分厚く包帯を巻いていた。

「横になったら、三国君？　まだ傷口は完全にふさがってないんだろう？」

舟橋は普段のたしなみを忘れ、もうこれで昨朝から三十何本目かの葉巻の灰でチョッキを汚しながら、大男の三国の方に顔を向けた。

「ありがとう。だけどだめなんだ。横になると、そのまま動けなくなるような気がしてしまって」

三国は手の甲で額をぬぐった。手に雫がついた。

「そんな弱気では困るじゃないか――」

銀行マンといった感じの高橋が口をはさんだが、フッと口調を変え、

「といっても、私も君にハッパをかける資格はないがね。私だって怖いのだ。本当に今度だ

けは怖い」

「そうさ。衣川の奴はもう人間でなくなってるんだからな。殺人機械に生命がかよったようなもんだ。危なくて、しようがない」

しなびたような小男の坪田が言った。

「なんだか、皆さんの言ってることを聞いてると、儂らは皆殺られてしまう運命にあるようじゃないか」

肥満した小田が、拳銃予備弾倉を弄びながら、ただ一人駘蕩たる口調で言ったが、その声にも不安は隠しきれなかった。

「いや、そうむざむざと殺られてたまるもんか。われわれは万全の警備態勢をととのえているんだからね」

舟橋は言った。不安をまぎらわせるために吸いすぎた葉巻で喉を痛め、苦しげに咳こんだ。

「そうなんだよ。もっと皆が自信を持たなければならん。田辺と増村は確かに殺された。だけど、それだって衣川一人の力でないよ。有村という素っとぼけた野郎が子分を連れて増村のところに殴込みをかけなかったとしたら、衣川一人の手であのしたたかな増村と田辺を殺ることはできなかったはずだ」

小田は言って、一人でうなずいた。

「それは、そうだが……」

三国が何か言いかけたが、小田はそれを遮り、
「それに、田辺と増村が殺られたということは儂らにとって吉報でこそあれ、しょげること
は何もないんだ。増村の屋敷も石と灰だけになってしまったんだから、書類も焼けたろう。
もう儂らは誰からも脅かされる心配はない」
「このあと、衣川さえうまく片づければな。だけど、そいつがいちばんの難問だ」
「そう、そいつは儂も認めるさ。だけどだよ、いまさらいろんな心配をしたところでしょう
がない。拳銃の射ちかたの練習でもしたほうが気がきいてるよ。僕もここ長らく、社員に荒
仕事をまかせっぱなしにしてるから、拳銃の腕も鈍ってるだろうからな――」
小田はソーセージのような手で不器用にブローニング〇・三八自動拳銃を抜き出して、
「いざというとき、あわてなさんなよ。私の知っているある男は、自動拳銃というと遊底を
引くものと思って、一発射つごとにスライドを引いちまったんで、とうとう七連発のピスト
ルが四連にしか使えなかったんだからな。実戦のときは泡をくってしまって、とんでもない
ことをやらかすものさ」
と言いながら、銃器キャビネの一点に狙いをつける真似をした。

2

暖炉の炎が、熊の敷き皮の上に重なった衣川と由紀子の姿を美しく照らしていた。二人とも全裸であった。

由紀子が爪を立てた跡が赤く残る衣川の背には、一面に汗が吹き出ていた。それが暖炉の火を受け、水蒸気と変わって急速に引いていった。

衣川は無理やりに首を上げ、由紀子から静かに体を離していった。由紀子の体の下の毛皮は、彼女が何度もほとばしらせた愛液で撫でつけられたようになっていた。

「行っちゃ、いや……」

まだ夢から醒めぬ由紀子は、衣川の背に回した腕に力をこめた。瞼をかたく閉じていた。

「もう四時だ。俺には残された仕事がたった一つ。離してくれ。可愛い娘だから」

「もう行ってしまうの?」

衣川は音をたてて由紀子の額に口づけし、その体からスルッと自分の体を抜いた。

由紀子は瞳を開いた。

「ああ、行かなければならない。どんなことがあっても」

「私を愛してないのね? かわいそうと思ってくださらないのね?」

「思ってるよ。だけど、それと奴らに対する復讐とは別だ。俺は一度自分の心に決めたことは、どんなことがあってもやりぬく主義なんだ」

「…………」

「許してくれ、俺の身勝手を……」

衣川は手早く服を着けはじめた。体は疲労を覚えるどころか、かえって爽快であった。

レザー・コートの上に巻いた予備挿弾子差しのベルトの左側に、七個の手榴弾を吊った衣川は、右手にトムスン短機関銃を取り上げた。むろん、左の腋の下には凶銃ワルサーをおさめた拳銃ケース(ホルスター)を吊っていた。

「じゃあ、生きていたら……」

衣川は、半身を起こして両腕で胸を隠した由紀子のそばに蹲った。

「行っちゃ、いや……」

由紀子は、衣川の首を抱え、涙に濡れた頬を押しつけながら、燃える息で唇を求めてきた。

「いい娘(こ)だ。いい娘(こ)だ。じっと待ってんだよ。運が続けばまたここに戻ってくるから」

衣川は、由紀子の唾液を呑みこみ、左手で優しく彼女の髪を愛撫した。

由紀子は、長い間、啜り泣きをやめなかった。衣川は由紀子の頬のしょっぱい涙の筋を吸った。

「じゃあ、さようなら……」

衣川は立ちあがった。

「…………」

由紀子は衣川の脚にすがりついて頰をすりよせた。真っ白な裸の背に広がった鳶色の髪は、暖炉の光を吸って金色に輝いていた。

「元気でな」

衣川は優しく由紀子を押しもどし、足を引きずるようにして窓に近づいていった。毛皮の敷物に顔を伏せていた由紀子が喰いいるような視線をその窓に向けたとき、衣川はすでに窓を開いて、地面に跳びおりていた。

衣川は走った。靴音を消して、裏の畑道に停めてある盗品のヒルマンに向けて走り続けた。ナンバーから足がついたか、と警戒したが、それは大丈夫だった。交番の巡査は、まだまわってきてなかった。

衣川はエンジンを直結にさせたヒルマンを発車させた。エンジンが冷えきっているため、初めのうちはオイルの回りが悪かったが、すぐにそれも直った。

わざと裏道や細道を選び、非常線の隙間をかいくぐって、衣川の運転するヒルマンは、哲学堂近くにある舟橋の邸宅に向けて進んでいった。

夜明けまでにまだ一時間ほどあった。徹夜で仕事をしている者にとっては、いちばん眠たい時刻だ。舟橋邸の庭や建物の中で衣川を待ち伏せている二十数人の用心棒たちも、襲ってくる睡魔と必死に闘っていた。ともすれば、抱えたライフルや散弾銃の銃身に、力なく垂れた額がぶつかった。ハッとして目を覚ましても、すぐ瞼がふさがってきた。

男たちの小銃(ライフル)は口径三〇−〇六スプリング・フィールド、散弾銃は十二番であった。機構や銃種は多種多様にわたっていた。三〇−〇六の凄まじい高速弾は市街戦には適さないのだが、お仕着せ同様に支給された用心棒たちにそんなことはわかるはずはない。まだ、試射さえもしてないのだ。

邸宅のまわりの塀のそばに、警官の姿は見当たらなかった。衣川の運転するヒルマンは、舟橋邸の正門にますます接近してきた。

正門は、衣川を誘いこんで一気に殺戮する目的で、わざと閉じてなかった。門の裏側の塀の両脇には、二人ずつの用心棒が蹲って待ち伏せていた。

3

ヒルマンのハンドルを握る衣川の瞳に、舟橋の大邸宅の門構えが見えてきた。衣川は少し車のスピードをゆるめ、右手だけでハンドルを操りながら、左手で手榴弾の一つを外した。歯で安全ピンをくわえて引き抜いた。安全レヴァーを放す。点火したヒューズがシューッと青白い煙を吹きはじめた。

衣川は、ヒューズの燃えつきるまでの短い時間にタイミングを合わせて、再び車のスピードをあげながら、すでにガラスを降ろしてあった車窓から、正門をかすめ過ぎる瞬間に、手榴弾を力いっぱい邸内に投げつけた。車のスピードをゆるめずに五百メーターほど行きすぎた。

相手側は手榴弾を投げ返す余裕も度胸もなかった。シューッと無気味な音をたてて玄関前の車寄せの方に飛んできた異物を見きわめようと、隠れていた植込みの蔭から顔を突き出した。

「危ない、伏せろ！　手榴弾だ！」

戦場経験のあるらしい一人の用心棒が、声をかぎりに叫んだ。

一瞬、遅かった。轟然と炸裂したパイナップル型手榴弾は、閃光と土煙と鋭い鉄片を四方に向けてフッ飛ばした。

さしも大きな建物がゆらぐかと思えるほどの爆風だった。甲高い音をたてて窓ガラスが砕けちった。植込みの蔭で四、五人の男が顔面や胸を押さえて棒立ちになり、力つきて横転した。みな、手榴弾の破片をくらっていた。ある者はまともに爆風を受けて体が千切れていた。

庭に生き残っているのは十人近くだった。閃光と爆風と轟音に血迷い、三〇－〇六ライフルや、自動散弾銃を構えて正門の方にブッぱなした。

口径三〇－〇六のレミントン・ポンプ式ライフルを発射した二人の射手は、あまりにも凄まじい発射の反動と、目の前が一瞬白くなってしまうほどの衝撃に耐えかねて銃を放りだし、あやうく尻餅をつきそうになった。

衣川の乗ったヒルマンは、すでにそのとき塀の角で急カーヴを切って、邸宅の裏手に回りこんでいた。

裏塀の上に、数丁の拳銃が突き出された。闇を火箭(ひや)で引き裂きながら、銃弾をヒルマンめがけて射ってきた。

ヒルマンのボディに着弾の閃光が散り、弾痕はボディの金属をギザギザにした。

衣川は車を止めなかった。スピードをゆるめずに反対側の角まで一気にとばした。そこで再び鋭くカーヴを切り、邸宅の塀の方に車を回りこませた。

衣川は車のドアがコンクリート塀に接触し、高熱を発して飴のようにひんまがるまで走らせた。ブレーキをかけておいて、右手に撃発装置にした短機関銃を摑んで、塀と反対側のドアから跳び出した。

まだ、車の横の塀には、相手側の男たちの顔は突き出ていなかった。衣川は身軽に車のトランクに跳びあがり、続いて車の屋根に乗り移った。

車の屋根に乗ると、塀の天辺(てっぺん)は、ちょうど衣川の胸のあたりにとどいた。衣川は舟橋の庭内を見下ろすことができた。

混戦を避けるためか、建物のガラスの破れた窓という窓はすべて開け放され、煌々(こうこう)とした明かりが、庭にふんだんに光線をまきちらしていた。したがって、衣川が庭に跳び降りると光線に明るく浮きあがり、絶好の集中射撃の目標になるようになっているのだ。

植込みの後ろに身構えた生残りの用心棒の姿が十人近く見えた。手榴弾は玄関の前に広く浅い穴をあけ、その周囲に肉塊や千切れた腕が転がっていた。

用心棒たちは、塀から顔を覗かせた衣川を認めた。ライフルや散弾銃の銃床を頬つけする間ももどかしく、でたらめな姿勢から狙いも定めずに引金をガク引きした。発射の衝撃にあやうく肩をもぎとられそうになり、茫然とすくんだ。

弾は衣川からはるかに外れた。下射ちになった三〇－〇六ライフル弾は凄まじいコンクリートの破片を吹きあげて塀に大きな孔をあけ、上射ちになったライフル弾のバラ弾でさえも、たった三個しか衣川の頬にくいこまなかった。

衣川は発射の衝撃波と轟音を受けてよろめいた。バラ弾をくらった頬が焼けるように熱くなり、口の中にあふれてきた生暖かい血でさえも冷たく感じたほどであった。

「やったな！」

衣川は罵声とともに、頬を貫いて口の中に入っていたバラ弾と血を吐きとばした。塀越しに手榴弾を一発、用心棒たちの真ん中に投げこんでおき、短機関銃を掃射しはじめた。

地面に転がった手榴弾はシューッと無気味な音をたてて爆発を待っていた。用心棒たちは悲鳴をあげて浮き足だち、銃を投げ捨てて建物の方に駆け寄った。

その彼らを、点射する衣川の短機関銃が面白いように薙ぎ倒していった。

衣川は三秒ほど射ち続け、サッと顔を塀の外に引っこめた。同時に――手榴弾が轟然と爆発した。塀の外にまで肉塊が吹っ飛んできた。

再び塀から顔をあげた衣川は、建物の電灯がわずかに二、三カ所を残して消えているのを見た。その弱い光でも、建物の前にちらばっている用心棒たちの肉塊を認めることは容易であった。

衣川は短機関銃の弾倉を詰めかえて、身を躍らせて邸内の庭に跳びおりた。建物の中からためらいがちな銃声が起こったが、衣川はそんなことは気にとめなかった。

根もとから吹きあげられて横倒しになった植込みの蔭を縫って、衣川は玄関に走り込んだ。走りながら、短機関銃を乱射した。銃身は金属の焦げる快い匂いをまきちらした。

一階には人影は見当たらなかった。二階であわてふためいている幹部級の用心棒の様子が感じられた。

衣川は静かに階段に近づいた。手榴弾の安全ピンを抜き、時間をはかりながら階段を駆けのぼった。踊り場から二階の廊下に手榴弾を放り込み、自分は素早く階下に跳び降りた。階段の下に身を沈めた。

爆発は二階の床に大穴をあけ、そのうえに火災を引き起こした。一階の広間の天井が崩れ、石塊が凄まじく落下してきた。衣川は階段の蔭で身を縮めていた。その階段も、石塊の重量に耐えかねて、無気味に軋んでいた。

衣川は地下室の階段の底にもう一発の手榴弾を叩きこんでおき、まだ落下してくる石塊の間をかいくぐって建物の外に跳び出した。

地下室では、舟橋をはじめとする五人の男が、さきほどから続けざまに起こる凄まじい震動を、歯をくいしばって耐えていた。銃器ケースに並べた銃は倒れ、コーヒー・ポットは床に落ちて液体をあたりじゅうにまきちらしていた。

電源が切れたと見え、彼らはローソクを照らし、膝の震えを手で押さえていた。

「いかん、このままでは生埋めになってしまう。裏のトンネルから逃げよう」

舟橋は腰を浮かした。

途端に衣川が投げこんであった手榴弾が扉の外で爆発した。爆風にひんまがった鉄扉が開き、火炎が地下室に吹きこんだ。ローソクの火が消えた。

こうなると、相手のことなど考えてはいられなかった。彼らはたがいに突きとばしあい、われがちに裏のトンネルに抜けるドアに殺到した。

「俺を放っとく気か！」

傷が治っていない三国の悲痛な声も、誰かに銃身で頭を割られる音とともに静まった。

前庭に跳び出た衣川は、膝射ちの構えをとって、崩れた建物の玄関を睨みつけていた。口の中に溜まってきた血を吐きながら待った。

銃声は衣川の背後から起こった。衣川は左肺を射ちぬかれて前にのめりながらも素早く銃声の方に振り向いた。地面に着弾の土煙がパパパッとあがった。

正門の近くにある空井戸（からいど）の蓋が忽然（こつぜん）と開かれ、舟橋……坪田……小田……高橋の四人が地面に躍りでて、衣川をめがけ拳銃を乱射していた。

衣川は、短機関銃の引金を絞りっぱなしにして、右手の片手射ちでドドドッ……と掃射した。下腹部を弾に縫われた四人の男が転がった。

衣川の手から短機関銃が滑り落ちた。体じゅうから力が抜けていた。激痛に耐えながら左腋の下のホルスターからワルサーを抜き出そうとしたが、さっき射たれたはずみにワルサーは自分の体から離れ、五メーターほど向こうにとんでいるのに気づいた。

衣川は、そのワルサーに這っていこうとした。体が動かなかった。肺の血が逆流してきて咳こんだ。咳こみながら、芋虫のようにワルサーににじりよった。建物の火炎が、衣川の顔を血の色に照らしていた。

門の外から、髪を翻（ひるがえ）して一人の娘が駆けこんできた。タクシーで衣川のあとを追ってきた由紀子であった。衣川は声をだそうとしたが喉に血塊が詰まって声はでなかった。

由紀子は衣川が何を欲しているかを直感した。ワルサーに跳びつき、それを衣川に手渡した。

途端に再び銃声が空井戸から響いた。這い出してきた三国が発砲したのだ。心臓を貫かれた由紀子が昏倒した。

衣川は最後の力をふりしぼって、三国の顔面にワルサーからダムダム弾を射ちこんだ。三国の顔はフッ飛んだ。

衣川は、舟橋たちの死体に、次々にダムダム弾を射ちこんでいった。一発射つごとに口から血が吹きこぼれた。朦朧としてきた瞳には祈りにも似た色があった。

弾倉が尽きるとともに、衣川の命も尽きた。

数知れぬ人々の血を吸った凶銃のみが深い鋼鉄の底光りをたたえて、無心に地面に転がった。

雪崩(なだれ)のように建物が焼け落ちた。手をつかねて遠まきに見守っていたパトカーや消防車が、威勢よくサイレンを咆哮させはじめた。

解説――非情美を極めた最高純度の復讐小説

宇田川拓也（うだがわたくや）
（ときわ書房本店　文芸書・文庫担当）

アレクサンドル・デュマ『モンテ・クリスト伯』を筆頭格に、古今東西、様々な復讐譚が生み出されてきた。非道な振る舞い、卑劣な企み、理不尽な仕打ちによって、傷つき、貶（おとし）められ、奪われた者たちの恨みと怒り。黒々と渦を巻くこうした報われぬ激情がひとびとの心から消えない限り、反撃の物語はこれからも求められ、創作されていくことだろう。

そんな復讐譚のなかでも、その純度の高さと凄まじさで一線を画し、妖しく輝き続けるのが、大藪春彦『みな殺しの歌』『凶銃ワルサーP38 続 みな殺しの歌』である（二部作となっているので、本書から手に取られた方は、『みな殺しの歌』に遡（さかのぼ）って順番にお愉しみいただきたい）。

復讐の徒となる主人公――衣川恭介（ころもがわきょうすけ）は、新宿でバーを営む青年だ。彼は五年前、兄を痛ましい形で亡くしていた。愛する女性との暮らしを決意し、犯罪組織から足を洗おうとした兄は、仲間の男たちから嘲笑を浴びながらなぶられ、最後は殺傷力を増すために先端を斜めに削った四十五口径の銃弾を腹に射ち込まれて非業の死を遂げたのだ。ところが兄の命を奪った血も涙もない悪人たちは当時の顔を隠し、現在は表の世界で成功者となっていた。これでは兄が浮かばれない。「だから、俺は兄貴を殺った奴らを生かしてはおけない。法が裁かなくても、俺の拳銃が裁く」。

ここで衣川が〝俺の拳銃〟といっているのが、もうひとりの主人公というべき九連発のドイツ製自動拳銃――ワルサーP38だ。かつてナチスの死刑執行人の最高責任者だった男が特別に作らせた代物で、スイッチ・レヴァーを切り替えれば引金を絞ったまま連射できるよう手を加えられたこの銃は、悪魔のごときナチス高官の愛銃として数々の大量虐殺の場に立ち会い、残虐の限りを尽くす。そしてナチス滅亡後は米軍士官によってアメリカへと持ち出され、手にした者たちの運命をつぎつぎと狂わせ、死と破滅を撒き散らしながら、いつしか海を越えて日本へ流れ着いたという血まみれの歴史を持つ呪われた凶銃なのだ。

果たして衣川の憤怒が凶銃を呼び寄せたのか、それとも凶銃がその魔力で衣川を復讐鬼として覚醒させたのか。ふたつが結びついたあとはただ、血を求める凶銃が死を量産し、冷めやらぬ怒りが敵を屠るのみ。以上――。

と、ここで話を切り上げてしまうわけにもいかないので続けるが、この二部作の魅力を

〝純度の高さと凄まじさ〟と表現した理由は、壮絶な復讐の道のりを簡潔過ぎるほど簡潔に描き出している点にある。

ここには暴力に訴えることへの迷いやためらいもなければ、復讐の是非を問い掛けることも、在るべき正義やモラルが説かれることもない。主人公は〝みな殺し〟という目的遂行のためにただ突き進み、邪魔するものがあれば力と銃弾でそのすべてを排除、抹殺していく――それが当然だといわんばかりに。衣川の目に映る都会の街並みは、追手を躱し、獲物を追い詰めるためのフィールドに過ぎず、視界に入る人間は復讐の妨げになるかならないかの違いしかない。作中には、兄の婚約者だった真美子、異常な出会い方を経て衣川と惹かれ合うことになる由紀子、ふたりの心許せる女性も登場するが、その存在すらも復讐を思い止まらせるまでには至らない。非情な怒りは、愛よりも上位なのだ。

こうした徹底して憎き敵を討つことのみに絞り込んだ描き方が読む者に型破りで強烈なインパクトを与えているわけだが、あわせて触れておきたいのが得もいわれぬ迫力を醸し出している二部構成の効果だ。

この二部作は二冊を通してひとつの大きな山場を迎えるのではなく、衣川とワルサーP38にとってのクライマックスが正・続それぞれに用意されている。

『みな殺しの歌』では、海上での機銃を搭載した巡視艇との激しい攻防が最大の山場だが、激闘のあとに衣川が冷静にワルサーの手入れをする様子が描写され、凶銃を自身の一部として使いこなしている精悍な印象を受ける。いっぽう『凶銃ワルサーP38　続 みな殺しの歌』の終盤では、復讐の最終決戦に凶暴な別エピソードが火に油を注ぐように接続され、衣川の想定を完全に逸脱してしまう。そしてページから火薬と血の濃い臭いが立ち昇りそうな阿鼻叫喚(あびきょうかん)の地獄絵図が繰り広げられ、凶銃の魔力を見せつけるように静かなラストへと着地する。つまり、それぞれのクライマックスが表裏となって響き合い、二重奏となることで、前述のような独特の迫力が生み出されているのだ。

では、セオリーに反しているように見えて成功しているこの神懸(かみが)かった構成は、狙い澄ましたものなのか、それとも偶然の産物なのか。

エッセイ集『荒野からの銃火』（一九七九年・角川文庫）を紐解くと、「ハードボイルドであろうがなかろうが」（初出「宝石」昭和三十八年十二月号）と題された文章にこうある。

ハードボイルドには思想はない。あるのは、反骨精神と、鉄の意志と行動をささえるストイシズム——それも闘争的ストイシズムだと思う。／ハードボイルドにおける闘争的ストイシズムは、己れの外面と内面の傷に対して他人事のような無関心さをよそおい、痛手をわざと無視して己れの心に決めた鉄の法則を貫くために戦いぬくことである。耐えて耐えぬいたものが激しく爆発し、再び「静の世界」に戻っていくところに一種の非情美が生まれるものと思う。（／は筆者による）

筆者は、大藪作品とは「大藪作品」以外の何物でもなく、ハードボイルドの枠に当てはめて語ることを是としない考えなのだが、それはひとまず措くとして、語られていることはまさに『みな殺しの歌』二部作の結構そのままといえる。あの妖しいまでの迫力とはつまり、狙いどおりに極められた〝非情美〟なのである。

この事実には大げさでなく、あまりに信じ難くて愕然とするしかない。なぜならこの二部作が刊行された当時、大藪春彦はデビューからわずか三年、二十六歳の若さだったのだから。いま活躍する二十代の書き手を見渡しても、これほどの密度と激しさで復讐を描き、非情なる美を表現できる才能が果たしているだろうか。

ちなみにこの時――一九六一年の大藪春彦の仕事ぶりには目を見張るものがあり、『みな殺しの歌』二部作のほかにも矢継ぎ早に新作を書き上げ、つぎつぎと上梓している。なかでも、呪われた銃を手にした若者たちの束の間の栄光と破滅を様々に描いた作品集『凶銃ルーガーP08』二部作、銀行を襲撃した男たちが裏切りのなか逃亡と警官隊相手の銃撃を繰り返す『ウィンチェスターM70』は、銃に狂わされた人間が命を散らすシチュエーションが共通するため、『みな殺しの歌』とあわせて〝凶銃もの〟〝凶銃三部作〟のようにひと括りにして語られることも多い。いずれも『野獣死すべし』、『蘇える金狼』、『汚れた英雄』といった代表的な作品と並んで挙げられるべき屈指の傑作なので、ぜひ手を伸ばしていただきたい。

大藪春彦が没してから早いもので四半世紀が過ぎたが、本書発売と同じ二〇二一年十月には、東京創元社からも『野獣死すべし／無法街の死　日本ハードボイルド全集2』（北上次郎・日下三蔵・杉江松恋 編／創元推理文庫）が刊行される。唯一無二の作品群は、これからも装いを改め、繰り返し生まれ変わりながら、読者を鮮烈に刺激していくことだろう。

※本文中に、今日の観点からみて差別的と思われる台詞や表現が含まれています。それらは作品が発表された一九六一年（昭和三六年）当時の時代及び社会風俗を反映したものであり、また、著者がすでに故人であることも考え併せ、原文のままとしました。読者の皆様のご理解を賜りたくお願いいたします。（編集部）

一九六一年七月　アサヒ芸能出版刊

光文社文庫

凶銃(きょうじゅう)ワルサーP38　続(ぞく)みな殺(ごろ)しの歌(うた)

著者　大藪(おおやぶ)春彦(はるひこ)

2021年10月20日　初版1刷発行

発行者　鈴木広和
印刷　新藤慶昌堂
製本　榎本製本

発行所　株式会社　光文社
〒112-8011　東京都文京区音羽1-16-6
電話　(03)5395-8149　編集部
8116　書籍販売部
8125　業務部

ISBN978-4-334-79258-9　Printed in Japan

組版　萩原印刷

光文社文庫　好評既刊

海馬の尻尾　荻原　浩
純平、考え直せ　奥田英朗
泳いで帰れ　奥田英朗
向田理髪店　奥田英朗
グランドマンション　折原　一
鬼面村の殺人 新装版　折原　一
猿島館の殺人 新装版　折原　一
黄色館の秘密 新装版　折原　一
丹波家の殺人 新装版　折原　一
模倣密室 新装版　折原　一
棒の手紙　折原　一
ポストカプセル　折原　一
劫尽童女　恩田　陸
最後の晩餐　開高　健
ずばり東京　開高　健
サイゴンの十字架　開高　健
白いページ　開高　健

狛犬ジョンの軌跡　垣根涼介
トリップ　角田光代
オイディプス症候群（上・下）　笠井　潔
吸血鬼と精神分析（上・下）　笠井　潔
地面師　梶山季之
首断ち六地蔵　霞　流一
嫌な女　桂　望実
我慢ならない女　桂　望実
諦めない女　桂　望実
おさがしの本は　門井慶喜
小説あります　門井慶喜
こちら警視庁美術犯罪捜査班　門井慶喜
うなぎ女子　加藤　元
凪待ち　加藤正人
応戦 1　門田泰明
応戦 2　門田泰明
一閃なり（上・下）　門田泰明